# 永恆辯

段子期 著

A Vindication of Eternity

江苏凤凰文艺出版社
JIANGSU PHOENIX LITERATURE AND ART PUBLISHING

图书在版编目（CIP）数据

永恒辩 / 段子期著 . -- 南京：江苏凤凰文艺出版社，2024.1
　　ISBN 978-7-5594-8127-6

Ⅰ.①永… Ⅱ.①段… Ⅲ.①幻想小说—小说集—中国—当代 Ⅳ.① I247.7

中国国家版本馆 CIP 数据核字 (2023) 第 229737 号

# 永恒辩

段子期 著

| 策划编辑： | 凌　晨　刘　念 |
| --- | --- |
| 责任编辑： | 白　涵 |
| 封面设计： | 李宗男 |
| 版式设计： | 李宗男 |
| 封面插画： | 冰　鑫 |
| 出版发行 | 江苏凤凰文艺出版社 |
| | 南京市中央路 165 号，邮编：210009 |
| 网　　址 | http://www.jswenyi.com |
| 印　　刷 | 北京盛通印刷股份有限公司 |
| 开　　本 | 880 毫米 x 1230 毫米　1/32 |
| 印　　张 | 9.25 |
| 字　　数 | 250 千字 |
| 版　　次 | 2024 年 1 月第 1 版 |
| 印　　次 | 2024 年 1 月第 1 次印刷 |
| 书　　号 | 978-7-5594-8127-6 |
| 定　　价 | 48.00 元 |

江苏凤凰文艺版图书凡印刷、装订错误，可向出版社调换。联系电话 025-83280257

# "提喻法":科幻作为媒介
## ——序

宋明炜
(美国韦尔斯利学院东亚系教授、系主任)

我关注段子期,是从《重庆提喻法》开始的。这篇小说走进我的视野时,我已经在关注"她科幻"的崛起。之前虽然也有女作家写科幻,但是自二十一世纪初开始兴起的当代中国科幻,其最辉煌的那些篇章,往往有着雄浑风格,皆出自几位男性作家之手。段子期是女作家,但笔下的叙述者常常设置为男性视角,这本小说集中的作品,也不乏壮丽的太空史诗,甚至《永恒辩》就是对刘慈欣《三体》的致敬——小说情节从宇宙的二维化开始。然而,段子期的小说,从《重庆提喻法》开始,给我的最大启示,是她的写作体现一种新世代的文本意识,在自觉创造一种不同以往的新写法。

如果按照传统的阅读方式,读者可能会发现《重庆提喻法》是一篇令人费解的作品,作品中没有一目了然的故事线索,短短篇幅中时空交错,人物多次发生身份转换。小说主人公执着于寻觅二战时期在重庆拍摄的一部老电影,最后这执念促使他重拍失落的老电影,由此进行时空穿梭,情节化为一座迷宫,在时间与意识、历史与映像的纵横交错中,情节从线性变成褶曲。这座纸上的迷宫,有着无穷的内部,次第打开神秘的未知之门。所谓"提喻法",在小说中,是叙述者借由一件看似无关的事,来提示理解世界和历史的方法；同时，"提喻法"在文本层面也是段子期重构科幻叙事的方法。作者用电影作为提喻，重新映照了科幻小说的媒介本身，她借此反观"写作"这个动作本身，将科幻解释为一种媒介，在虚拟的层面重建世界观。

段子期小说情节中战时重庆的那部老电影《坍缩前夜》，随着叙述者从观众向导演的身份转变，电影中的"此刻"和观影的"此刻"被不断重复，"此时此刻"打断线性时间，从中涌现出无穷的时空。叙述者体验、认识和重拍电影的过程，遂变成一个不断创造出自身的文本建立过程。在此"拍电影"也就是"写科幻"——小说的核心不在于雄浑的世界图像，而是用科幻作为媒介建立这一图像的过程。

有很长时间——直到今日，中国科幻的焦虑一直是能否或如何超越《三体》。但我一直认为，沿着《三体》的路线，恐怕无法超越《三体》。真正超越性的作品——让中国科幻进入 2.0 版本的新科幻，只会如当年中国科幻崛起时——如刘慈欣在默默无闻的状态中写作《三体》时——那样，发生在令人意想不到的地方。段子期的作品之所以有新意，也在于作者对于科幻"主流"照顾不到的地方情有独钟。

在阅读了小说集《永恒辩》的原稿后，我才理解，段子期独特的科幻写作方法，确实来自她独特的个人背景。作为科幻作家的段子期，仍有一个身份，是作为电影人的段子期。她是电影专业科班出身，也曾创作一些科幻电影剧本，并参与一些著名电影的拍摄工作。电影作为一种媒介，确实是段子期重构科幻写作的方法。

谨以本集作品为例，就有《重庆提喻法》《永恒辩》这两篇小说都以电影为核心主题，体现了作者"电影拯救宇宙"的主题。在广义的层面，段子期的许多其他作品，即便如《深夜加油点遇见苏格拉底》这样的浪漫小说，也都强化了叙事本身的"媒介"意义——科幻的成像方式，犹如电影；又如《猫在犯罪现场》，强化了经验可以被呈现的"媒介"——小说中的破案过程，犹如电影。何为电影：电影是潜意识在世界中的投影？电影是多重宇宙的跨纬度呈现？电影是追忆似水年华的技术梦境？电影作为一种综合艺术，无所不包，无穷无尽，以虚拟成像"提喻"宇宙的真相？电影是——科幻的本质？

《永恒辩》是这部小说集的核心作品，小说写到末日与拯救，其中的世界建构与电影艺术分不开。未来时代的人们，面临宇宙二维化的前景，正如《重庆提喻法》写到的那样，需要电影——需要电影来重构文明，通过升维拯救宇宙。这篇小说像是段子期写给电影的情书，那些伟大的电影人的名字在小说中出现，而小说提到的《永恒辩》这部影片是电影的终极理想，它之所以成为永恒，仍在它从未被人观看，如小说中导演自述：

文明毁灭，定会以某种方式复兴，这是规律。战争还没结束，有秘密组织将地球上还存世的艺术作品收集、保存、复制，《永恒辩》不仅没被遗忘，反而在战时备受追捧，掀起了一阵迷影文化的高潮。正因它从未示人，也绝无机会再掀开神秘的面纱，一出生即死亡的悲怆命运让它轻易站上了美的巅峰。

主人公在未来所要做的，就是重新拍摄《永恒辩》，在宇宙的尺度上让这部集所有文明精华于一体的巨作，成为拯救人类、给宇宙升维的关键方法。小说中对这方法做了详细描述：

电影是二维的，而三维观众在观看，即使用化约论来解释，我们在一部电影结束之前，并不知道后面的剧情，前因后果是分割开的，但是这部电影的导演知道所有剧情，在这部电影还未结束时，导演是四维的，他用二维电影戏弄了三维观众。通过整体观来看，如果这部电影时间足够长，N维导演，用N-2维的电影糊弄N-1维的观众，在观众一直保持观看的状态下，N维导演就始终比观众多一个维度，那么电影结束，导演就会回到和观众同一个的正常维度。简单点说，要从三维升到四维，需要制作一部三维电影给四维观众看，在电影结束之前，我们每个人都是高维导演，我们知道所有剧情，而电影结束之后，我们就会回到四维，从而完成升维。

电影之所以成为宇宙升维的大杀器，恰恰在于电影需要被高维时空中的观众看到，由此观众与电影创作者一样，成为宇宙的创造者——不是说，宇宙之所以存在，是因为观测者吗？在宇宙级别的意义上定义电影，是给予科幻小说全新的媒介自觉，这个自觉也包含面向观众的开放性。

正是在这个意义上，段子期的科幻写作堪称"科幻2.0"版本——她的写作，犹如电影那样，已然包含观众/读者的互动；她的文本，除了营造情节，也包含对于营造情节的自觉重构。所谓2.0版本，是对于科幻写作的升级/升维努力，这一个新的维度，属于读者。段子期能够做到这一点，体现了新一代科幻作家从历史决定论中突围的开阔性。《三体》难以超越，但在升级/多重维度展开之后，可以打开前所未有的奇观景象。

毋庸置疑，这里没来得及提到的本集中的其他作品，也各有各的精彩。如同电影开场前的加映节目，是为序——现在请看正片。

一、重庆提喻法 ································ 001

二、永恒辩 ······································ 029

三、深夜加油站遇见苏格拉底 ············· 061

四、宇宙是片思念海 ························· 087

五、猫在犯罪现场 ···························· 099

六、去有玫瑰的目的地 ······················ 121

七、尚可思想的宇宙在此留白 ············· 129

八、无主之舟 ·································· 155

九、在云端 ····································· 177

十、天启 ········································ 213

十一、加加林的温泉旅店 ··················· 273

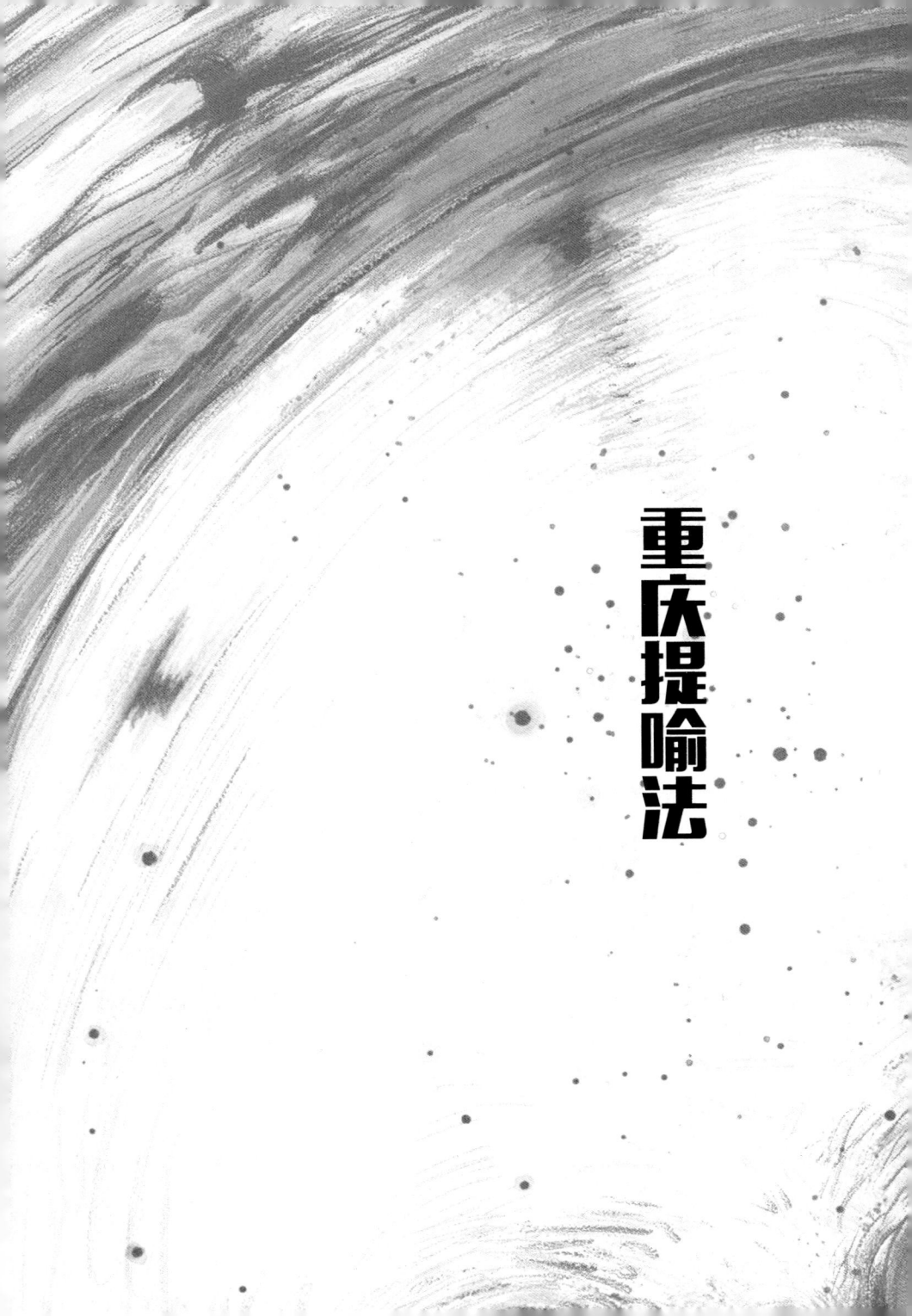

重庆，已经不是原来的重庆了。

当看到这句话时，我正在想该如何度过这糟糕的一天。传统媒体落幕的速度比大多数人想象得都快，《重庆时报》在最后一版刊登了一封言辞恳切的信，有点像不舍得离开舞台的演员，唱出一个略带埋怨的尾音。我的记者生涯也就此告一段落。然而在最后一天，电脑上弹出的信息让这个告别日变得离奇起来。

这是一封奇怪的邮件，比起告别信，它更像是一首诗、一些不知所云的闲篇，似乎在好心提醒你不要变得跟写信人一样。现实世界给你制造诸多困境，最明智的方法就是暂时远离世界，特别是像立体迷宫一样的重庆。

这是我从信中诸多华丽的比喻中解读出来的一小部分。

邮件最后一句有点像一篇侦探小说的开头——**他们都希望我死了，你也是吗？**

他是谁？落款没有留下姓名。希望他死了的他们又是谁？最关键的是这一切是如何跟我扯上关联的？

办公室的电器一个接一个地被关掉，像是失去光亮的群星，直到头顶的灯光暗下来，我才意识到，该走了。

编辑老李抱着箱子挤进电梯，问我也是在问其他人："接下来咋打算呢？"

顺其自然似乎是最好的答案，大方得体且能终止对方的盘问。

跟他们不同的是，我还带走了一个谜，一个暂且看不到来路和去路的谜，在谢幕前的最后一秒，它以恩客的姿态从天而降。非要比喻的话，它就像一个彩蛋或是一张地图，把我从暂时的伤感和沮丧中拽出来，随手抛给我下一个目标所在。

重庆的太阳明晃晃的，压得人抬不起头，天气炎热得能融化一切，空气潮湿而黏腻，在皮肤上裹了一层让人无法呼吸的膜。接下来的几天，我窝在房间跟空调相依为命。

我已经把那封信背下来了，短短几百字，没有任何时间、地点、人物的提示，除了知道那人跟我生活的城市有密切关联，其余一无所获。

"你也是吗"，这句话像是"顺其自然"的一种变形，作为最末或对话结束时一个漂亮的收尾。我不知为何如此在意它，或许，秘密，在平庸生活里总是稀缺的。

很快，我又对自己的自作多情感到羞耻，这可能是一封发错地址的邮件，或者仅仅是一个无聊的恶作剧。

我就这样跟夏天僵持着，直到她再次联系我。我都快忘记自己是如何失去她的。

阿棠跟我是一年前分手的，那个夏天热得让人想哭。她寄给我一个包裹，里面都是刊登过我的文章的《重庆时报》，她在报纸缝隙写道："我搬家了，无意间找到你的东西，就全部寄还给你，祝好。"她甚至懒得用一张新的纸来写下这些话。

我重新翻看那些文章，似乎能在黑色铅字上找到她目光停留过的痕迹，有种跟她重新对视的错觉。

在 2017 年 10 月 8 日的报纸上，我看到一篇报道。三年前，我曾注意到一部在重庆拍摄的老电影，跑了好多资料馆才找到尘封的胶片。我花了几个月时间查资料、做研究，写了起码三万字的笔记和评论，提交给报社的文字报道也有两千多字。我当时认为这是个独家信息，因为那个男演员身上藏着一个不为人知的重庆，可最后发出来的只有一个豆腐块。

后来，我把关于这部电影的文章匿名发到了网上，有不少人知道了他，这位民国时代的男演员、导演——封浪，名字里都带着一种江湖气质。他的出生地不详，来自动荡的北平或十里洋场，是国内第一批出国留学的知识分子，后来在战时来到重庆，拍电影对他来说是一件机缘巧合的事，或者说是一种注定。

**重庆，已经不是原来的重庆了。**

这是一句台词，来自封浪拍摄于 1945 年的黑白默片《坍缩前夜》，片长 40 分钟。由于年代太过久远，破损的胶片中只留下了 20 分钟左右的内容。《坍缩前夜》虽然没有对白和复杂场景，但我感觉它更像一部带着喜剧色彩的科幻片。

封浪在电影里饰演一位科学家，前半部分是他在地下基地做实验的画面，墙上挂着一个巨大的时钟，中间是一个类似反应堆的装置。他摆弄着各种工具和图纸，动作夸张、表情滑稽。没多久，实验室里进来几位衣着破旧的难民，有母子、有夫妻。封浪让他们站到那个装置上，围成一圈。他按下一个按钮，一束强光从装置上方射下来，一瞬间，他们竟然都消失了。接着，几个日本兵闯进来，像是在找谁，封浪举起双手表示自己没看到。张牙舞爪的日本兵还是把他抓了起来，离开前，他盯着那个装置说了一句话，像是在自言自语。这句无声的台词在字幕上停留了整整十秒——"重庆，已经不是原来的重庆了。"

因为后半部分的胶片完全损坏，画面在这里戛然而止。我对故事结局有过不少猜想，科学家绝地反击，更多难民被拯救，战争提前结束⋯⋯当然，是大圆满结局的可能性比较大，因为电影本该如此。

除了类型独特，最吸引我的还是封浪本人。他是这部电影的演员兼导演。当时，重庆正值紧张时期，一部喜剧科幻片显然有些不合时宜，不过也可能是战时用于政治宣传的片子，就像 1940 年正处于战争阴霾的伦敦，每天都有空袭，到处满目疮痍，可比城市更残破的，是人心，电影成了人们唯一的心灵慰藉。当时，英国资讯局电影部为了提升国家士气、安抚民心，拍摄了不少政治宣传电影，比如《敦刻尔克大撤退》。

封浪拍《坍缩前夜》时，西南边陲地区民风守旧、信息闭塞，科幻这种超越常识的概念对人们来说不亚于巫术。在战争结束前，他可能想用这种幻想中的胜利来慰藉人心，思不可思议之事，对饱受痛苦的人们来说的确是一场精神疗愈。

《坍缩前夜》中的镜头大多都是远景和中景，几乎没有特写，看不清封浪的全貌，他脸上滑稽的胡子和宽大的眼镜成了辨认他的最好方式。他似乎是刻意为之，将身体语言变成整个画面的主角，晃动的姿势、步伐，表现情绪时不由自主的小动作，都变成了与观众交流的工具，让我们从这些特征能直接看到他的内心。

几年前，我费了不少劲找到看过《坍缩前夜》的观众，他们当年只有十几岁，故事结局早已记不清，其中一个人说，封浪在那以后陆续又拍过一两部电影，可最后好像是被特务暗杀了。但那封邮件的结尾否定了封浪已死的说法。如果他还活着，现在也有八十多岁了。

"封浪……的确是死了，不过他有不少追随者。"

"追随者？"

"有人认为电影里的那种技术真的存在，能把人带走。"

"带去哪儿？"

"反正离开重庆吧，没有战争的地方，当时甚至有人偷偷缠着他，求他施法把自己带走，当然，也有人想要他死。"

"为什么？"

"因为他是个好人。"

我重新研究了那些笔记，他之后拍的电影《狂想曲》和《幻化网》都没有留下胶片。我对此有着过度的猜想，"曲"与"网"不仅在字的形态上有些类似，意象上也同样有着广大、细密的感觉，容易让人联想到时间、命运之类玄乎其玄的东西。我想，这些电影存在的意义不只是安抚人心，或许就像他的胡子和眼镜，他跟电影本就是一体，成了一个标志、一个符号，代表着幻想本身，而幻想，理应是每个怯懦时代最宝贵的意志。

> 谵妄的重叠景象消失于火焰，曾睥睨一切的国王消失于众生，这才是放逐。山与雨互为遮羞布，城之上还是城，城下住着逃兵，我像个逃不掉的孩子，重庆像是布景。

这些句子，让我想起毫不相干的从前。

在那个最应该逃走的年纪，我却被困在一个由自我打造的窠臼之中，十八九岁，我跟一个名字里带有"夏"字的女孩反复恋爱、分手，在宿舍床上写着张牙舞爪的诗，在电影院做着张牙舞爪的梦，在火锅店制造比隔壁桌更张牙舞爪的嘈杂……我还常常故意把小说读到一半然后放下，像是只谈了一半的恋爱，或者在认识不久的她们面前搬弄文学典故，做任何能让别人对我刮目相看的事，却毫无意义。每个人的青春似乎都是这么过来的，仿佛布景一样被安排。

可很多时候，我想像电影里那样活得危险。

封浪的生活可能远比电影危险，我刷着论坛上关于他的旧文章，突然很想再看一次《坍缩前夜》。几年前为了那篇报道，我拜托朋友从档案馆调来胶片，然后再去几千公里外的电影资料馆找到机器播放。主编对我的执着不以为然，我半开玩笑地跟他说，我们的独家精神已经失踪很久了。

我常常不告而别，像从前对阿棠那样。而这次，我对着空荡荡的房间，好像没有可以说再见的对象。电影胶片已经早早地跟这个时代悄无声息地告别，像报纸一样变成一种纪念品。

我鼓起极大的勇气挺身迈入重庆的夏天，为了再次看到那卷胶片上的电影，这是值得的。

很多人都以为这个城市的奇异之处，是那些纵横交错的路与桥；是你站在一栋大楼的顶部却发现自己实际上位于山的深谷；是穿过一条依稀可见的小径就能马上抵达繁华的城市腹地；是随着地平线起落的建筑带，不时被湿漉漉的云雾掩埋。的确，在如此压缩的区域中，它集结了自然界各种地形地势，让穿梭其中的每一个人都能体会到多于其他地方的江湖感。

但这并不是全部。

那些车马纵深、摄人心魄的纷繁景观，只是重庆的一个注脚。在我眼里，她就像电影本身，每一栋建筑、每一座桥、每一条街的沟回与曲折，都跟情节、故事丝丝入扣地对应着。电影里标准的起承转合构成了这座城市的主体，赋予她生命力和镜头感，磅礴而又鲜活。这些彼此互文的元素，像天空一样横亘在城市上，共同组成了一个标志、一个符号。

我从路的起点走到终点，站在更高处，才发现根本不存在起点和终点。我常常这样一个人走，上次经过一座桥，从长江大桥往上，又经过高架桥，萦回、漂移，在这个角度能环视所有楼宇，让我有种要飞上天的错觉。然后，再驶入另一条轨道继续下一个盘旋或攀升。重庆总是这样，容易让人想起那条咬住自己尾巴的蛇，开始和结束不过是个谬论。

接着，我往城市边缘行进，感觉内心开始变得空旷起来。繁密的城市群落消失于高速公路，我嗅到一种若有似无的危险——电影里的那种危险。再次闯入封浪的幻想世界，是我逃离目前平庸生活的唯一出口。不断倒退的路牌坐标告诉我，离那卷胶片越来越近了，我竟隐隐感到一阵兴奋。

那间档案馆位于重庆城郊，倚靠在一间历史纪念馆旁，这栋低矮的木楼如同对大自然卑躬屈膝的隐居者，里面保存的都是些古旧的文艺资料。我到达时已接近夜晚，一位老人刚巧走出来将门锁上。

"您好，请问下……"

"明天再来吧。"老人双手背在身后，脚步轻盈，像个隐士。

"那……您知道附近哪儿有住的地方吗？"

"都没有。"老人缓缓抬起头，瞳孔有些浑浊，单薄的身体被一件深灰外套包裹着，声音却浑厚有力，"我看你是来找资料的吧？倒是可以到我家先住一晚。"

我欣然接受他的邀请，很奇怪，两个陌生人能在一两句对白后快速达成信任，或许跟炎热的天气有关。

他叫老姚，负责看守纪念馆，平时很少有人来参观。他说，他一眼就看出我不是普通游客，是带着一件事情来的。不知为何，我对老姚也有同样的感觉，他像是因为一件事而留在这个僻静之地，安心当个看守人，在等待着谁或是保守着什么秘密。

不过现在，我心中的独家暂时只有一个。老姚家就在附近，房屋有些旧，但很干净。晚餐后，我向他打听那卷胶片。

"那是很久之前的东西了。"老姚眯起眼睛努力回忆，"纪念馆曾经要修复一些老的影像资料，你说的那卷胶片因为时间太久远，没法弄。不过，现在有了一个放映厅，明天你可以看看复刻的胶片版本。"

"好，那部电影，您看过吗？"

"没有，你说的那个演员我也没听过，我就是个看门的，这些东西不太懂。"老姚揉了揉眼睛，"你要是这么喜欢电影的话，不如……"

"不如什么？"

他没再说，起身回到自己房间，像是场景骤然暂停，接着跳至下一个，让刚刚的问题悬在半空。

陌生的床上有一股被阳光烤过的味道，我梦到了阿棠。我承认自己不够爱她，甚至记不住她最爱的颜色，或许只是因为她不够危险。我曾经拉着她站在重庆的最高点，俯瞰着城市被无数灯光勾勒出动人的轮廓，两条来自不同源头的江水在半岛外相接，怎么看都像是一个紧紧的拥抱。

我看着黑暗中她的侧脸说⋯⋯我好像说的是，我想变成奔马，落入未来，我想等到下雨，我们困倦得像一对纸象，可以继续烂在一起，我还想去做很多很多不可思议的事，最好变成不可思议本身。

等结束了，重新上路，你愿意陪我一起吗？

她没看我，嘴唇轻轻开合。我不记得她说了什么，只感觉那时她的声音同样悬在空中，像蜘蛛，结了网又飘散。我就站在最高点，看着那声音飘散。

我依然不善比喻，所以她离开了，头也不回。

> 过去和未来是接通就烧毁的电路板，火光蔓延不到的地方，住着鳏寡与孤独。我幻想着变成他们的形体，练习飞行跟迫降，恒星的轨道开始变得扁长，北纬30度的重庆进入漫长黑夜。

胶片包装袋上印着封浪的名字，躺在黑暗的储藏室里，像是在等我打开封印。老姚把它拿到暗室，无数个24格被一一铺展开来，然后卷进古董般的放映机。这卷复刻版的《坍缩前夜》还是只有20多分钟，不过，我希望这20多分钟足够漫长，就像黑夜。

我坐在最中间的位置，视线里除了大银幕，没有其他，黑白画面开始跳动。此时此刻，我比以往任何时候都更容易体会到一种仪式感，跟第一次抱着目的来看不一样，这次更加纯粹，像是准备入侵他的思想，在那段被复刻的时空彻底坍缩之前。

几十年前的电影摄制技术只停留在视觉语言，粗糙程度可想而知。正因如此，运动的图像承担起所有叙事功能，给观众类似纯文字一样的想象空间，屏幕上的世界存在于二维，而另一个维度在我们的脑子里。

《坍缩前夜》的精彩程度不输任何电影，没有声音和色彩的介入，反而让封浪发明了用眼神和表情造句的技巧。他只用了短短几个镜头拼接，就成功把自己塑造成一个搞怪而神秘的科学家，他的胡子、眼镜、爆炸发型和宽松白大褂，都是这个形象之下的附属品，而不是这些元素丰满了他的形象。

这20分钟的情节都围绕一个母题——"时间"，即使不知道结局，我也能猜到，时间是扭转局势的关键。

我作为观众，很快与其他角色产生同频共振。这种暧昧的距离感，让我学会用一种悲悯的眼光来看待他们。

天空被黑灰色的浓雾遮蔽，轰炸机咆哮着展开死神的披风，街道像一张被扭曲的黑白底片，有火光散落的地方就有尸体。空气在活下来的人耳边轰轰作响，他们弓着身子，不断涌入布满城区各处的防空洞。母亲把孩子抱在胸前，骗他说这声响只是摇篮曲；丈夫和妻子一同哭泣，为了刚刚失去的家和良田；瘦骨嶙峋的老父亲惦记着前线参军的儿子，更多的是陌生人与陌生人挤在一起，瑟瑟发抖，然后祈祷——

我们最好一起重复：*小心翼翼地／我们随时失去生命／草木躬身地／我们原地等待奇迹。*

导演会原谅我们以"我们"自居，他会在那个地下洞里安静地等待，扮演好一个拯救所有人的角色。

我能看出来封浪骨子里有一种英雄主义，在这个由他制造出来的困境里，紧接着又给出解决方法。及时的救赎，如同精准故事线里的

第三幕高潮，对每分钟都在上演死亡的战争时代来说，意味着神降。于是，封浪把那个时间透镜反应堆也变成了一个角色，一个奇迹的象征。在故事情节里，时间本身成为一种英雄式的反哺，作用于拯救者和被拯救者的身体与心灵。

电影比生活更伟大的地方，在于它允许任何幻想中的神来之笔，即使不符合当下的现实，但只要故事需要，就没问题。

我把自己想象成一个闯入者，通过对银幕的凝视而钻进封浪的角色里，跟他一起等待那个最危险的时刻到来。反应堆上方的光线收缩回去，那些难民消失得无影无踪，接着，我们被士兵抓走，最后，给观众留下悬在半空的一句话。

尽管我和封浪之间隔着时间与空间的鸿沟，但这个幻想故事能让我远离自身的原点，抵达另一个无限接近自身的边缘，这就是电影的魔力。

我觉得这20分钟已经足够，只是我还没参透"坍缩前夜"的意思。

当那句"重庆，已经不是原来的重庆了"再次出现在大银幕上，我感觉自己的人生迎来了第三幕。

滔滔不绝的胶片冲进放映机的最后一格，这部电影在我面前画下一个潦草的句号。一切宣告结束，周围变得异常安静，燥热的空气也停止对我的侵袭。

老姚坐在最后一排陪我看完，我感觉他才是一个纯粹站在第四堵墙外的观众，看着我参与其中，变成《坍缩前夜》的一部分，与这间母体似的暗室形成一种互文关系。

他缓缓起身，目光没有离开那行字幕。我努力从电影中抽离，经过他身边时，他轻咳了一声，胡子牵动嘴唇，继而牵引着喉结上下滑动："不如，你把剩下的电影拍完吧。"他依然没看我。

老姚的语气模糊不清，不像要求，更不像建议，可就是这句漫不经心的话，在我心中播下了一颗种子。这颗种子蠢蠢欲动，仿佛能孵化出《坍缩前夜》的完整命运。

"可……我要怎么拍？"

"有勇气就行。"

暗室外的光如同箭矢冲向全身，我闭上眼睛，数着开始变得灼热的呼吸，顺便掂量一下自己的勇气。比起现实生活，电影既超然物外又和光同尘，在观众生命里扮演着一种拯救与被拯救的暧昧角色。我一直觉得，电影是更高维度世界卷曲在我们这个世界的微观投影，那些创作者想要表达的，那些跋涉过自己和他人的自我意识的，都被转换成另一种语言，以幻想或谎言，曲曲折折地讲述出来，最后直抵真相。

我不知哪儿来的勇气，竟然想要帮助封浪，或者说帮助自己去完成《坍缩前夜》。

> 玫瑰的耳旁腾起一股喧嚣，花蕊早已干透，无法承受的美四处散落，只能借由别人的故事拯救自我。时间也已经干透，偶尔停滞，在这缝隙，我无处藏身，我是最肮脏的空气，是最干净的灰尘。

老姚帮我准备了很多东西，一台摄影机、一台电脑，还有灯光和其他机器。我问他："还需要什么？"

"你的意志。"他说，"让电影按照你和它的情理去畅言吧。"

我点点头。老姚不像是一个什么都不懂的人，相反，他什么都懂，可能只是在等待什么。

他把我带到一个地下防空洞，附近有高山做屏障，有坚固的洞体构造，又挨近乌江水源，整个洞体隐藏于金子山 200 多米深的地层。洞体外部坡陡林密，四季云遮雾绕，除了一根 150 米高的烟囱，从外表看不出任何人工痕迹。

洞口看上去很平常，可进入内部简直令人震惊。经过曲曲折折的石板路，最后到达有着二十多层楼高的人工洞体中心。

老姚停下脚步，回声也渐渐平息。我站在洞体中央，往上望去，最顶部有一处山体裂开的缝隙。周围的一切都被封藏太久，一股破旧、衰败的气味像一首发霉的歌钻入皮肤，但此刻，我有种踏入圣殿的错觉。

不知来处的一束光像是计算过方向，在这方空间内撒下一张光的网，这熟悉的一幕宛若胶片自动卷入我的大脑，我一眼就认出，这儿是《坍缩前夜》的取景地。

防空洞，日，内。科学家、逃兵、难民、敌人。

顺着封浪的故事，我想象着后面的无数种可能性。在夜晚来临前，我开始将脑中的画面变成文字流淌到纸上，这是一种奇妙的创作体验，跟从前完全不一样。我写过很多篇新闻纪实稿件，见过很多人，当我的笔锋无限逼近眼前的现实，幻想的翅膀就会被重力向下拉扯，虽然我知道两者并不矛盾。有的时候，我甚至觉得是键盘在牵引着我的手指，而不是我在操控它，这跟角色和创作者的关系一样，有时分不清到底是谁在拉着谁前进。

重庆日与夜的界线仿佛被悄悄抹去，我像一把犁，在桌上耕耘。故事很快写完，但手里的稿纸还只是半成品，唯有将它变成画面才有意义。

"有没有一种时间理论，能把两个不同空间连通？"我像是在自言自语，盯着手里的分镜图，眼神落在虚空。

老姚在我背后为晚餐忙碌，漫不经心地说："我记得美国曾经有一例时间透镜实验，能让时间产生间隙，那次吧，好像也是首例实现物体在空间和时间上同时隐形的实验。"

"你是怎么知道的？"

"看报纸。"

"这个实验能让《坍缩前夜》里的剧情实现吗？"

"你倒是可以这么写，反正不都是科学幻想吗？"

"嗯……"

接着，我查了所有关于"时间透镜"的理论。曾经有科学家采用相似的方法，在一个场域上产生了一个时间漏洞，尽管只是一瞬间的事，但时间停滞的效果持续了约一秒的 40 万亿分之一，就像密不透风的宇宙被撕开一个小口，从这个小口透进来的光让我重新生长出翅膀。

望着布满黄色污渍的天花板，我开始想象，如果真的有一种设备能够将光线转向，让时间变慢，然后再加速，这样就可以在光束中产生一个缺口。这种情况下，发生于那一瞬间的事件将不会散射光线，看起来就好像那件事从未发生。

"探测器照射出一束激光，然后激光束穿过一种名为'时间透镜'的设备。和传统的透镜能够在空间上将光线弯曲一样，时间透镜能够使光线出现非空间上的暂时分隔。"我盯着电脑屏幕，一字一句念出声，"在时间域中，这是一种能够真正控制光束属性的方法。"

封浪没有在电影里解释这种理论，但后面的剧情中我觉得这些很有必要。在我的理解中，戏里那个"时间透镜反应堆"的发明在某种程度上扩大了时间场域，让相对时间停滞的效果得到持续。或许，他能等到多年后战争结束，再把难民传送回来，而他们消失的真正时间其实只有几秒。可这也许会产生无数时间分支，而且每个时空都是极不稳定的。

"会不会出现悖论呢？"

"真正的未来是无法改变的，因为源头早就注定，多出来的部分，就像是主路上突然出现的岔路吧。"老姚回答。

"嗯,有道理。"

接着,老姚帮我找来几位邻居当演员,服装、道具都由他来制作,还负责在摄影机后掌控开关机,而我则要扮演或者说是继承封浪那个角色。所有环节我已经在脑海中预演过了,就等着画面像浪潮一样被卷入镜头。

我从前以为拍电影是人类发明的最消磨心智的一种工作,如今看来,的确如此,不只是电影,只要是跟自我表达与艺术创作有关的,都是如此。

按照他的思路,后续剧情我有颇多设计,"我"将会被日本兵带走拷问,然后与他们反复斡旋,上演逃离与追踪的戏码。而剩下的难民会安全抵达另一个时空,为了避免两个时空在能量交换后可能产生裂缝,其中一位难民会主动留下来,作为这一段时空的守护者。最后,他将继续维护那个反应堆正常运转,接着帮助"我"完成剩下的事,悄悄带更多的人逃走。

比起我的阐述,镜头和画面组合起来会更有紧张感。

开机前夕,老姚准备了几道精致小菜,邀请我喝一杯。几口酒下肚,我问他,他的家人呢。他拿筷子的手停了一下,然后随便夹起一块什么塞进嘴里,含糊不清地说,走了。我继续喝酒。

"不过,还会回来的。"他把东西咽下去,接着说,"她……会回来,我都快想不起来她的样子了,但她肯定不会老,不会像我这样,呵呵。"

"嗯,她会回来的。"

后面的几天,我们投入到拍摄工作中,我感觉得心应手,台词和表演都尽量保持着封浪的风格。而在后面的叙述中,我加入了一些属于自己的精神碎片,于是,故事里突然多了一位名字带有"棠"的女孩,她是整部黑白电影里唯一的亮色。浪漫爱情在乱世里总是可贵的,英雄气概也需要一些绕指柔来做调和。阿棠在戏里是一名单纯少女，一直默默帮助着"我"，她是"我"见过的最无所畏惧的女孩，"我"是她见过的最善良的科学家。她会在"我"的墓前献上一束鲜花，当然也会献上眼泪。

拍摄很顺利，最后我们把重头戏放在时间透镜反应堆的场景。老姚跟演员们提前把地方收拾好，一切准备就绪，我们一起等待最后那个魔幻时刻的到来。

在这个地下洞体中孜孜不倦地拍摄，反而容易让人活在一种身不在场的状态中。我们的声音回荡在空腔石壁，像是轮船触礁，坟墓与子宫的意象接连不断地拍打着我的脑门，这里什么都有可能发生，只要我想。

当"我"再次站在摄影机后，镜头开机，我仿佛看到一只来自宇宙深处的眼睛，正温柔地凝视着这一切。直到洞顶的一束阳光透过缝隙垂直照射下来，尘埃开始起舞，触礁的光晕似水纹荡漾开去。此刻，空腔内壁好似发出微微共振，我们一起抬头，目光虔诚。即使黑白影像不能完全呈现光和这方空间交缠的神奇，但我们依然把那光当作集体入戏的隐喻。在故事结束之后，只需用一些剪辑切换的技巧就能让科幻这件事变得令人信服。

电影里的时空之门即将开启，这一刻，戏剧和现实的边界被轻轻擦除，就像两个时空之间产生了细微裂缝。对我来说，这缝隙意味着全部。

棠站在反应堆中央，光仿佛一层薄纱降落在她肩上，接着完全包裹住她，像一只柔和的手在她身上来回漫游、摩挲。我从摄影机后移步到一旁，眼神追着那光，甚至能看到她皮肤上的细微绒毛在飘飘起舞。

在最接近结局的时刻，她被升华成一个象征、一个符号，用来歌颂自由，缅怀牺牲。

我只差一个对"坍缩前夜"的解释，一个大圆满结局。

> 越想要说什么，喉咙就越变成一口干涸的井。时间成了第二颗心脏，微弱跳动着，伴随着想要赌一把的勇气，每一秒和每一寸都变得难分难解，最后一段胶片被长久的沉默浇筑。生活，是电影的预备役。电影，是灵魂的暂住证。

杀青来得比想象中的更早，我留了一段空白胶片在结尾，在彻底填满它之前，我会先把上下两部重新剪辑在一起。

老姚忙着收拾剧组在地下洞体留下的痕迹，我特意找了一个机会，单独去跟扮演棠的女孩告别。她是一位单纯的大学生，短发齐肩，身上有股淡淡的柠檬香味，私下里跟面对镜头时是一种相近的状态，谈话间总爱把侧脸留给我。我没什么能送给她的，就用一段复刻的胶片做了一张书签。

送她离开前，我们正好看到山那边的夕阳变成一团沸腾的糖浆。"谢谢你。"她说。她的睫毛也沾上了一抹暖黄，像是从天边偷来的。

"我应该谢谢你。"这一刻有点像刻意重复，让我想起站在重庆最高点的那个夜晚。现在，我和她同样站得很高，同样看得很远，面对着同样的魔幻时刻，我们彼此道谢。

"谢谢你的电影。"她笑了笑。

我回以微笑，脑子想的却是那一套艰涩的时间理论，如果此刻我们都不在场，我们会像奔马一样落入另一个未来吗？

只有电影，让我相信有些幻想有成为真实的可能性，特别是在我幻想了一个跟她拥抱告别的场景之后。在未来的日子里，我一定分辨不出来那个拥抱到底存不存在。

太阳全部隐匿下去，带着一丝羞涩，若有似无的光线已经不再是先前撞击着她胸膛的那道光线了。我呆呆地看着她的背影，在黑夜降临之前，我成了一只手足无措的飞蛾，切切地追逐着最后一缕微光。

剪辑和后期的工作相当枯燥，老姚腾出两间房给我当工作室。杀青后，我的胡须越长越密，干脆就留了起来。某次，我对镜自照，发现嘴上这抹弯曲的造物，竟然跟封浪那会说话的胡子越来越像，不过比起他，我还差一个英雄目标。

谁都不知道，在那段历史中他到底扮演了一个怎样的角色，是绝不粉饰太平的慈悲导演，还是真正的斗士，而他的电影和生活又是如何互相影响、互为注脚的。我猜测，他也有过一段没有结果的感情，在那个时代，满溢的才华会让人变成一个靶子，连同周围的人一起。他始终没有足够的能力保护好所有人，除非时间真的能产生裂缝，所以，我在下半部分的戏中加入棠这个角色，当作是一种伟大而又自私的补偿，让他的这部剩下一半的电影，不再像是只谈了一半的恋爱。

关于结局，"我"决定在坍缩前夜牺牲自我，为了那个女孩，也为了战争赢得胜利，这对"我"来说的确是一种双重救赎。最后的最后，再留下一点悬念，关于"我"的死会有颇多解读空间，开放式结局又何尝不是一种大圆满？

在定剪之前，我准备去地下洞体拍摄最后一段素材。

今天比往常更加炎热，老姚告诉我他还有别的事，就不陪我了，如果我需要拍摄反应堆的戏份，就把摄影机架在对面的石壁中央，那个角度最好。太阳高照，我眯着眼睛，点了点头。

"其实，老姚你很有演戏天分，你演的难民，无论是动作、神情还是整个状态都太真实了。"

"也许我真的是呢，呵呵。"他笑着说，露出老无所依的牙齿，"今天就杀青了是吧？对啊，也到时间了，快结束了呢。"

我扛起机器再次闯入这个洞体，它就像一个巨大的母体，洞口诱人的清凉空气使我加快脚步。走过一段迷宫般相接的楼宇通道，需要几次弯腰侧身的回转才能进到洞体中心。我按照分镜的构图调整好摄影机，除了几个意象化的空镜，还剩下角色表演的部分镜头。

　　当我站在时间透镜反应堆中央时，阳光正好在头顶铺开。我已经设计好了一组寓意着自我牺牲的蒙太奇，按下开机键，显示屏上的红点亮起，一切都那么完美，连打破寂静的方式也令人感到惬意，就像用柔和之手轻轻唤醒石穴巨兽。但似乎有一个声音在提醒我，它可能从未沉睡。

　　接下来发生的一切，一如电影中悬而未决的高潮部分，似乎封浪此前的所有作品都在为这一刻暗中铺垫。我开始明白，他虽然不在场，却是整出戏毋庸置疑的导演，而我则像个傀儡。

　　机械启动的声音在这方空间显得尤为刺耳，如同触礁的涟漪。我不知道是什么触发了时间透镜反应堆的开关，光线位置、反应物质量、DNA（脱氧核糖核酸）远程识别、时间预置或是别的什么。在此之前，所有人都把这儿当作一个虚假的布景，实际却是一个极具耐心的塞壬女妖。

　　声音越来越大，连空气都轰轰作响，我像一个失去重心的水手，正被这个巨大的母体渐渐吞没。轰鸣声引起不小的共振，反应堆周围的石体开始显露出机械化的一面，石壁次第向内收缩，脚下的土地也分裂开来，一圈蓝色的等离子光束垂直伸向空中，将我团团围住，像是海面上聚拢来的发光水母。

　　在我做出反应之前，周围仿佛被抽成真空，我任凭双手和双脚在空中呈现出滑稽的姿态。接着，是坠落，永无止境的坠落。

　　这口通往世界尽头的干涸之井，是封浪身上藏着的那个不为人知的重庆。

老姚的朗读声犹如山谷回音，他提前对我宣读过时间的荒诞与不确定性：

"博物馆有时会利用激光束扫描来保护艺术珍品，探测器的激光束不断来回扫描，如果某种设备能够让一部分激光束加速，一部分激光束减速，这样就会出现瞬间无激光束的情况。此时，探测器就发现不了相同位置发生的任何事。"

或许是我特有的命运在召唤，每当我试着聆听时，它却改用我无法理解的语言说话。

"有人利用这种方法，通过改变激光束的频率与波长，从而使其以不同的速率传播，这样就能产生一种时间间隙。然后，时间漏洞的另一侧还有第二束脉冲激光，这束脉冲激光的作用便是从相反方向改变激光束的属性，从而让激光束恢复原有属性。在实验中，发生于时间漏洞之中的事件，都可以逃避探测器的探测。"

现实世界就像是一个探测器，我成了漏洞中的"我"。这一切跟《坍缩前夜》的剧情无缝黏合，我还不敢去猜，真正的导演可能正是戏中的那位科学家，他发明了这种装置，之后又拍摄电影，两种身份完美契合又能互换。封浪，以一种身不在场的方式，跨越几十年的时间，将真实与虚幻的边界轻轻擦除，最终完成了这部伟大的电影。

他让我觉得自己像一位英雄，像一种从逃离生活到重新坠入其中的折返跑，然后守着坍缩前夜的到来，与他完成某种意义上的交接仪式。

最后，写诗、拍电影或者别的，留下些什么当作路标，用骨与血，用记忆与虚妄。我抬起布道者的脚，奔入未来，一掌推开看不见的星群，给她留下无数影子作为抵押。

可此时此刻，我在哪儿？

我在混沌的虚空里，在时间的缝隙里，其中自有一个宇宙在膨胀与坍缩，我们似乎真真切切地将意识在无数帧里不断切换，从而创造了移动和改变的幻觉及"时间"的副产品。此时，我仿佛成为另一个觉照之人，透过无数摄影机的镜头看见我自己。

从前的影像和话语无数次浮现，将虚空填满，接着，我看到不同的时空图景像 24 格胶片一样在眼前滔滔不绝，如同在第三维度上增加了一个时间的变量。我看到不停有人坠入那个反应堆，我看到重庆的战争、看到无数生死在上演，我看到不规则的时空拼图随意排列组合，拼凑成全然不同的人生，有过去的过去，也有未来的未来。

时间不过是一种持续不断的幻觉，就像电影和爱情——前半句来自爱因斯坦。

他们都希望我死了，你也是吗？

我不确定在我刚刚消失的那个时空里，是否有人发觉此事。可能没人主观希望我死了，或者是死是活无关紧要，就像那只科学家饲养的猫。

如果我稍加注意，就会在老姚的话里找到答案。他是难民，如果是真的，联想起我现在的混沌处境，那么《坍缩前夜》的剧情肯定都是真实发生过的。封浪并没有虚构什么，他只是用电影复刻出那些真实的事物。

舌根传来一阵苦涩，我想起了开机前夕的酒，想起老姚的妻子。如果时间场域真的被改变，他的妻子作为难民顺利逃离，那个集体消失的时空只存在几秒，而选择留下的老姚只能在这里独自经历一生。

"她会回来的，但她不会老……"我喏喏嚅嚅，在这缝隙里。

而我是谁，我没告诉过任何人我的名字，我也许可以被叫作封浪。在无数个裂开的时空之中往返跑，只为了那些悲悯的拯救。是啊，关于时间的荒诞性,我也是身陷其中才知道。

1944年5月10日,时间透镜技术第一次实验前,重庆。我几乎是下意识地张嘴说话,在虚空中自言自语。语音似乎触发了一道指令,指令直接返送回不知在何处的时间透镜反应堆,也许是源自量子级别的超距作用,谁知道。

我还在下坠或扬升,时空裂缝渐渐出现混沌外的秩序,而秩序,来自我的意志。

我通过一扇门进入一个场景,那是封浪的实验室,坐落在校园外的某处空地,里面放满了精巧的仪器和装置,正在进行的小型实验似乎远远超过那个时代应有的科技水平。他穿着修身西装,一副圆形眼镜架在鼻梁上,似乎刚从国外回到十里洋场,然后又来到战时的重庆。

有人敲门,是一位年轻姑娘,她一头短发,面容姣好,看上去十七八岁的模样。

"你真的决定了吗?"她说。

"嗯,我必须这么做。"这个时空应该是一种复刻,此刻我钻进了封浪的身体,看着对面的她。

"你就不怕实验不成功?这次回来,安心做一名老师不好吗?我们可以……"

"这不是实验,夏棠,这是一次拯救行动,你看,重庆已经不是当年的重庆了,战争短时间内是不会停止的。"

她叫夏棠,名字里同时带有"夏"和"棠"。

"我还是不明白,你为什么又要……"

"拍电影?"

"你不觉得拍电影在这个时代无异于变戏法吗?没有人会懂你的意图的……"夏棠微微踮起脚尖,双手想要触碰什么,却又收回。

"在之后的时空,一定会有人懂的。必须有人,我是说……"封浪,或者说是我,侧过身躲避她的眼神,"我不知如何跟你解释,能量在不同时空里发生置换,需要维持相对性的平衡。根据质能方程式,时间可以进行物质和能量之间的相互转换,我们可以将三维的空间与时间进行一种等同转换的换算,这样的话,时空就会分出岔路口,因此,必须有人做出牺牲,在N时空需要一个守护者,保护那个反应堆装置,然后在N+1时空需要一个跳跃者,他就像一根线,穿起所有针的线,跳跃者会不断往前跃迁,直到……而电影只是一个比喻,为了找到那个跳跃者。"

夏棠拿起桌上的稿纸,上面密密麻麻的图形符号可以比交谈更快地走入封浪的世界,她的指节发白:"直到什么?"

"直到原始时空的我,找到让时间停止分裂的方法。"

"这太冒险了!对他们来说,只有几秒,可对你就是……你真的确定吗?"

封浪只是看着她的眼睛,不说话。

夏棠忽然意识到什么,捂住嘴:"所以,跳跃者是……你?"

封浪抱住她,把头埋进她瘦弱的肩膀:"无数个我。"

我闻到一股淡淡的、忧伤的柠檬香味,不由自主地闭上眼睛,我开口说话,和封浪的声音重叠在一起:"无论如何,这是值得的,所有难民都会被拯救,他们会安然无恙,在战争结束后再回来。"

她哭了,很轻。她知道,他想要变得危险,任谁都阻止不了。

我不知道在混沌中待了多久,不断被推着往前往后走下去,直到穷尽所有可能性。那个原始时空的时间透镜反应堆上,一定有什么和我身体里的某个部位紧紧相连。

路过一个岔路口,我选择回到一切开始时的原始时空。

彼时彼刻,轰炸正酣,封浪没了之前的儒雅,穿着粗麻布衣,跟所有人一样。地下洞收容了数不清的难民,他们湿润低垂的眼睛里夹杂着瑟瑟发抖的恐惧和希望。随后，他像个魔法师，变戏法一样将他们一批又一批送走，送到一个没有战争的时空，探测器扫描不到的地方，即使只有几秒，他们在那里却能安然无恙。

《坍缩前夜》是他在轰炸间隙拍摄的。悲与喜不断交织，没人理解他。

我决定回到第一次见到夏棠的场景。那是一所学堂，那时的封浪不过是个愣头青，却是她父亲最得意的学生。黄昏，天空低垂，光线争先恐后地撞击着她的胸膛，睫毛上那一抹暖黄仿佛是从天边偷来的。

"听你爸爸说，你很爱看电影？"

"对啊！"

"那我知道毕业后要去哪儿了。"

"嗯？"

"法国，我要去学拍电影。"

"可是，你的时间透镜研究项目很快就要批下来了，而且正好有个防空洞可以给你做模拟实验场，你以后是要当科学家报效国家的！"

"两件事对我来说都一样，都是魔法……阿棠，你放心，我很快就会回来。"

世界逐渐缩减成一片无垠的星空，山城的风像是没有明天似的叫嚣，他只听到胸腔里的狂热，和她的心跳。

就这样吧，我就最后停留一次吧，然后回归该去的地方。

最后一次见到夏棠，是在《坍缩前夜》放映后不久，封浪被隐匿在重庆的特务抓了起来，冠以各种罪名。除了他们，还有不少人想要他死，他的电影被当权者、叛国者、入侵者当作巫术，可那些饱受战争折磨的人却认为他是英雄，于是，他拼死护住了那个防空洞和那卷胶片。

夏棠不顾父亲的阻止，执意要去救他。她只能跟时间赛跑，循着那个危险的方向，尽管她相信封浪有足够的智慧和能力脱身，却还是奋不顾身。拯救行动要是没有封浪，就像宇宙没有造物主。

"我愿意跟他交换……"夏棠的胸腔起起伏伏，一团浓雾卡在喉咙。

敌人发出哂笑，眼神转而露出令人胆寒的光，他们齐齐盯着夏棠，像饿狼盯上了羔羊。

"你快走！"他大喊。

"他们不能……没有你……"

"我知道，我知道，夏棠，你走啊，我有办法的！我有办法……"他哭了，像个丢了玩具的小孩。

"不，你不知道……你什么都不知道……"夏棠视线低垂，看向脚尖，右手轻轻抚在腹部。

他还不懂那个下意识的手势意味着什么，只知道，在数学公式里，夏棠不是一个变量，而是一个常量。在他们眼里，对方即是一切的源头。

等结束了，重新上路，你愿意陪我一起吗？封浪曾经问她。

好啊。她看着远方糖浆般的夕阳说。

时间却是一个变量，封浪在实验室里早已参透，而无数个生命与无数重世界，不过是正弦波叠加出来的相，投影源永远都在那个原始时空，在那里，爱，是常量。

后来，没人知道封浪去了哪里，就像从世界上凭空消失了一样。如果跳跃也是必要的使命，我相信他不会停下来。

重庆这座城市的庞大与虚无正在逐渐影响我的时间观，分钟和小时在这里渺小得无法计算，我不得不用世纪的观点来思考，百年不过钟表上的一嘀嗒而已。

我从产生了无数次时空涟漪的原点启程，发现距离外在的原点越远，抵达自身的原点就越近，仿佛一个坚定的量子物理法则。接着，我在这些时空的记忆像一根灯芯抽离灯盏，像转身就漏光的水桶。有什么开始褪色，重叠的时空和重庆的布景，渐渐填满对方的隐喻，一层层，一重重。其实电影也不过是个比喻，一种提喻手法，我和电影仿若两面镜子互相对照，于是衍射出无限个镜像，每一个都带着一些不同于本体的微微变形。

我拍了所有电影，《坍缩前夜》《狂想曲》《幻化网》，还有很多。为了保护那些时空难民，我成了跟细胞一样必须不停分裂才能维护平衡的跳跃者，重新在另一个时空裂缝以一个全新的身份活下去，直到找到停止分裂的方法。也许，我在未来很快就会找到，然后像个盗取火种的英雄，把它送到原始时空，这样就不会……

夏棠在无数个重庆，一次次与我分离。

想起她的眼神和右手的那个动作，后悔像若有若无的影子笼罩在我头顶，转而又被无畏的阳光驱散。快结束了，时间裂缝快要清洗掉我所有的记忆，接着，牵引着我，一步步走进这个盛大的提喻法中渊薮般的重庆。

不愿稍停，直到我被强烈的亮光刺得睁不开眼睛，那条地平线上摇晃的白线，是我和过去时空的最后一丝联系。结束了，我纵身跃入梦寐以求的未来。

重庆很快就要进入雨季，我困倦得像一只纸象。

在坍缩前夜，我去看了一部电影，那是来自封浪导演的《你的电影，我的生活》，故事发生在过去的重庆，讲述了一位失业记者发现了一部只有一半的老电影，他开始追寻那位导演的足迹，接着遇到一位守护者老人，被引领到一个地下洞体。在那里，他鼓起勇气继续拍摄另一半电影。

如今，电影这种艺术有了更新的呈现方式，影像画面从二维屏幕跳脱出来，全方位地与观众互动，甚至能让角色与我们上演一些额外的桥段。

这依然是一个发生在山与城的故事，带着些新浪潮的色彩。夏棠的出现，创造了全片的魔幻时刻，在她与男主角分离的场景，我忍不住代替他拥抱了她一下。

愿我们之间孤立的情爱，住进世上最拥挤的住宅——这句话并非来自那封邮件，是我想对夏棠说的，在再次忘掉她之前。

我看完那部电影，往回走，在暗蓝夜色的陪伴下走到重庆的最高点。在这里，一片倒悬的星空坦坦荡荡地连接到地平线之外的地方，像是世界尽头。我伫立良久，身下的城市正人声鼎沸，制造着层层叠叠的重庆式喧嚣。我在不停地问，不停地找，那个方法……时间还没到，还不是这里，不过快了，我有种直觉，只用再跳跃几次就能结束这一切。

我一直走，从傍晚走到深夜，仿佛故意用脚去惩罚地面，直到看见月亮在黑暗中找到了自己的位置。我回到铺满虚拟晶屏的家中，AI管家不知何时学会了猫的谄媚，音乐自动打开，空气里加入了精心调制的柠檬香味。在躺下来之前，我感觉身体被一双巨手从背后拧上发条，似乎是一种被寄予厚望的交接仪式。于是，我又坐到电脑前，准备发出一封奇怪的邮件，开头便是——

重庆，已经不是原来的重庆了。

永恒辩

> 电影不是为了让时间静止,而是为了和时间共存。
> ——《阿涅斯论瓦尔达》

他们制造我,是为了一部电影。他们说,这部电影能拯救人类。

如果是在地球或梦里听到这个笑话,足以令人笑到世纪末了。不过,在醒来后不久,我竟完全接受了他们的思想。自人类诞生以来,为应对生存危机制定的所有自救方案中,这是我听过最荡气回肠的一个。

"天问号"空间站,几位年轻工作人员带我做完所有测试,我裸着身体呕吐完几轮后,撕下皮肤上的传感带,穿上深蓝制服,镜中的我跟他们一样年轻、好看,即便如此,也能明显看出,我来自另一个时代或星球。他们无一例外身形修长、体态纤瘦,比我要高两头,女性长得像出尘的神仙,男性则像高贵的精灵,很难从长相来区分种族和年纪。他们似乎从一出生就在空间站,没感受过地球重力,没被太阳照耀过。

执行官方汀身穿洁白制服,大气干练的女性之美经过世代更迭,依然动人心魄。自我介绍后,她浅浅一笑:"唐,你已通过测试,统觉认知达到地球纪元的普通人类标准,成为一位基准人,我们首长想见你。"

我茫然地环顾左右:"地球纪元?那现在……"

"现在是你出生后的一千一百多年的轨道纪元。"她语气平淡。

基准人对未知事物的接受程度显然还不够,又晕厥了几次后,我被高大的副手严伦、宦杰搀扶着往前走去。空间站内部像一座宽阔明亮的中型城市,智能系统掌管着一切运行,我们跟在方汀身后走过长长的舰桥,不时有身穿各色制服的人路过,他们从玄想中回过神,眼神转移到我身上。我躲开那些目光,望向舷窗外流动的星河，微亮的光穿过真空、穿过玻璃，抵达我新生儿般的眼睛。我些许出神，像一头小象撞向心口，我知道那是什么，不由得惊叹于星辰可以被如此精细地分类，智慧文明躲在宇宙里的秘密如此隐藏。

这是地球上看不到的景致。

我被带到首长吴宇年位于舰首的办公间，里面整齐洁白，全息数据和星图占据着视野，他面前的弧形桌面上弹出几个视讯窗口，手指拨弄琴键般飞快操作着。他长得也像精灵，不过一看就是领头的那种。看见我，他手一挥，关掉窗口，接过机械臂递来的麦芽汁，呷了两口，眼睛半眯着，吟诵着古诗："遂古之初，谁传道之？上下未形，何由考之？冥昭瞢暗，谁能极之？冯翼惟象，何以识之？"

"这是……暗号？"我想象着对不上暗号的后果，可能会被丢到太空或给他的宠物当晚餐。

"这是《天问》，也是空间站名字的由来。"他的目光像是跋涉了些许光年才回到我身上，"你喜欢艺术吗？"

"我……"

他的手再一挥，四周的洁白墙壁一瞬间显现出西斯廷教堂的壁画，繁丽且庄严，慈爱的上帝和信徒互相拥有，肉嘟嘟的天使围绕着牧羊女，基督将福音遍洒人世，如华彩纯洁的天堂敞开大门。接着，四壁变成凡·高的星空，蓝与黄缠绕的油彩旋转着流出画布，溢出宇宙，钻入我的眼睛，我感到一阵眩晕，重心不稳。不一会儿，又变成清明上河图，街市、桥梁、城楼，人群来往的嘈杂，从各个方位凝视着一个至中至正的庙堂核心，这盛世危图好似将整个帝国推置于我枕边。

这些我还记得，是地球的艺术。接着，房间内响起巴赫的协奏曲、莫扎特的交响曲、古典的宫商角徵羽、歌剧或梵唱……一切不可言状之物之情尽述其中，圣咏和嗟叹交织，大举顶撞这方虚设的空间。我愣在原地，只感觉僵硬的身体被电流般的音乐激荡、冲刷，融成河里的春水。眼泪，是这身外极致之美的造物。

"太棒了，你哭了！"吴宇年站起来将麦芽汁一饮而尽，他的声音厚重又略带沙哑，"音乐是时间的艺术，画是空间的艺术，还有文学、舞蹈，虽然美到极致，却只有一个维度。而地球有一种艺术，它用流动的影像和声响将人生凝止成时间、空间，并同时完整地统摄二者，让角色与观者互相交换寿命，一生与两小时共享一方狭窄黑暗里的圣光，它……"

"电影。"我下意识接过他的话。

"对了，孩子，电影！是电影，回答了天问！"他快要哭出来似的，"《永恒辩》是你的作品，我们希望能再次触摸到这部电影，只有你是它的创造者，而且是唯一看过它的人，只有你，能拯救我们！"

"我……"我有点蒙，努力回想他说的《永恒辩》，可能是近乡情怯，我的印象极其模糊，包括在当时的政治格局和社会背景下，艺术作品，比如电影，是如何成为人们的精神救赎，世界又是如何在一夜之间紧绷且溃散的，我的脑中仅剩瓷裂般的碎片。

"你还需要时间。"他走过来，微微颤抖的手搭在我肩上。

他认真的脸让我感觉犹在一个荒诞的梦中，几次睡眠之后，部分人格和记忆像潮汐般跌回我的脑海。

我叫唐汉霄，地球历3124年10月8日出生于"天问号"空间站，基因胚胎、自动哺育、仿生机体，加上最先进的克隆和记忆上载技术，我成了唐汉霄的合法副本，空间站的新成员。新的我更年轻、更强壮，原来的我是地球纪元最著名的电影导演之一，关于我最伟大的一部作品——《永恒辩》,只有我一人看过成片。2100年,这部电影制作完成后,为了保证不跑版,除了片名,我没让任何信息流出,谁知在美国举办首映前夕,第三次世界大战突然打响,正在进行电影文件即时传输的卫星被击落,而发出文件的终端——我工作室储存拷贝的设备也被同频磁流全部损毁,这部长达八小时的电影杰作没有逃过毁灭的命运,如一圈涟漪消失在灿烂的人类艺术长河中。

文明毁灭,定会以某种方式复兴,这是规律。战争还没结束,有秘密组织将地球上还存世的艺术作品收集、保存、复制,《永恒辩》不仅没被遗忘,反而在战时备受追捧,掀起了一阵迷影文化的高潮。正因它从未示人,也绝无机会再掀开神秘的面纱,一出生即死亡的悲怆命运让它轻易站上了美的巅峰。

我联想到曼陀罗坛城沙画,每逢大型法事活动,他们用无数彩色沙粒描绘出宏大奇异的佛国世界,持续数日乃至数月,但他们呕心沥血创造出的庄严宇宙从不向世人炫耀其华美,成形后,就会被毫不犹豫地拂掉,顷刻间化为乌有。

坊间对它的讨论和猜测层出不穷,尽管战争动乱,顷刻间便能摧毁一座城市,但为此着迷的人们时常秘密聚在一起,从剧本聊到影像风格,从类型题材辩论到意识形态。在街上、防空洞、地下室,信徒们暗暗传递眼神和暗号,关于《永恒辩》的一切都能成为他们的精神支柱。有学者、艺术家以此为灵感,创作论文、诗歌、舞蹈、画作,与《永恒辩》相关的衍生作品足以自成一门学派。

有信徒在被裁决前的最后一刻宣称,《永恒辩》精神不死,它的阵容太强大,内容绝对是史诗级别的,史诗可能都不够来形容它,它是电影中的神话。比特吕弗、候麦、安哲罗普洛斯更接近生命的至纯核心,比图斯库里卡、贝托鲁奇、库布里克更咬合灵魂的美妙，比法国新浪潮、德国表现主义更有革命意义，比未来主义、人类主义更具宇宙格局。《永恒辩》是电影新神话主义的开端，是人性和美的终极表达，是人类文明的艺术奇点！

第一个信徒倒下后，战火蔓延间流传着更多关于《永恒辩》的传言，甚至有人说，每个国家都拼死争取它的首映权，因此加速了第三次世界大战的到来。所有人都认为，人类一旦集体跨过艺术奇点，人类自身的创造力就会随着宇宙熵增而不断下滑，直至精神热寂。面对核威胁，精神热寂更令人感到害怕，因此有人悬赏抓住我，要我交出留存的资料，有人想暗杀我，毁掉我保存《永恒辩》的大脑，更有人拼了命地保护我。

这世界疯了，我想。但真正疯掉的，是我自己。我患上了创伤后压力心理障碍，其一是因为，我拍出了顶级杰作却无人欣赏，这种痛苦常人无法体会；其二是，这摇摇欲坠的世界，因为这部电影变得更加摇摇欲坠，我感觉自己就是压死骆驼的最后那根稻草。我不过是一捧沙，放过我吧，从艺术家和普通人类的层面。在世界彻底崩坏之前，我决定忘记那部电影，主动走向精神热寂。

在一位医生（他自称是永恒辩教徒）的帮助下，我们达成约定，我把《永恒辩》的全部记忆用仪器提取，他可以观看，但之后要全部删除。他在我的大脑里看完《永恒辩》，哭得像个小孩。

"你怎么做到的？"他突然握住我的手，眼神充满柔情。

"不知道，就像有一双上帝之手在指导我，你相信吗？"我说。没等他回答，我催促他删除记忆，连连告辞。

那是实话。我的电影作品，涉足类型众多，剧情、战争、悬疑、科幻，影迷叫我"温柔的暴君"，三战那年，我已满97岁，获得过奥斯卡终身成就奖。得益于21世纪下半叶的"基因返童计划"，我那时依然保持着40岁的思维和样貌。在拍出那部精神终极遗作之前，我有过很长一段的瓶颈期，觉得世上再无更多的美能被塑造、提炼，再无不同的人性和造景能在我的影像里立足。

"没有别的了吗？唐汉霄，你还有那么长的生命去感到无计可施。"李南生对我说。

那天晚上，我做了一个梦，没有画面，只有几个文字——永恒辩。

我们那一代的导演大师，大多也在暮年因此计划得以延寿，诺兰、卡梅隆、吕克·贝松、韦斯·安德森、封浪……当时，我邀请他们参与《永恒辩》的拍摄制作，没有故事雏形，没谈分工片酬，只有一个虚无缥缈的片名，但作为对天才后辈的支持，他们欣然应允。

我对这部电影的记忆止步于此。说是记忆，其实更像是贴在身上的一层外壳，如同观看别人的电影。

"你还能想起来吗？一个画面、一句台词，能不能再想想？"吴宇年和执行官围在我面前，眼神渴望如教徒。

"我以为未来，新人类不会被那些荒诞史冲昏头脑，一部电影真的有那么玄乎吗？"作为基准人，我还保持着应有的理智。

"一时很难跟你解释清楚。"吴宇年叹了口气，转而又满怀期待地看着我，"这可是你的精神遗作啊，你难道完全不在意吗？"

我摇摇头。

"不记得，还是不在意？"

"我不知道……"

吴宇年给严伦、宦杰递了一个眼神，他们立马把我架起来往外拖。

"你们做什么？"我无力反抗。

"丢到太空，再造一个唐汉霄，直到他能想起来。"他面无表情地说。

"等等！"我大喊，"《永恒辩》的开头，是一个梦！对，一个梦！"

"你没骗我？"

我闭上眼睛，努力搜刮着脑中的记忆残片："彩色的沙！极好看，方圆之内，层层嵌套，一幅曼陀罗坛城！然后，风一吹，都散了……"

"然后呢？"

我抱住头努力回想，那突然出现的显影如彩沙般被风吹散。看着我痛苦的表情，方汀说："首长，交给我吧。"

他点头。

她领着我去了廊道内的另一个洁白房间，将透明头盔套在我头上，开关启动，电流和声波同时刺激着每一束神经丛，强弱不一样的讯号强行灌入我那没有底线的心灵宽容度之中。我直抵基因里的记忆，像从干涸的沙漠打捞一滴未被蒸发的海水。在生物电脉冲有节律的拍打下，我钻进双螺旋编织起的筋脉，既幽微又抽离地探寻着关于永恒的那一缕圣光。

一次睡眠后，一些瓷裂的碎片渐渐合拢，不过我只是更清晰地想起了别的。纷繁美丽的地球，数次被我框进镜头的家乡，在太阳底下鲜活的人，还有让我感到无计可施的李南生。

我缓缓睁开眼，冷冰冰的金属太空把刚刚那些温热的记忆让渡到后面。

"怎么样？"方汀问。

我不敢说真话："嗯，有一点点影像了。"

"等下加强生物电刺激，再来一次。"

"等等！"我说。

"唐汉霄，这对我们来说真的很重要。"她认真俯视着我。

"地球，现在怎样了？"我问。

她沉默了。

"你们让我回到地球，说不定我就都能想起来了！"

"不可能。"她淡淡地说。

"那我能再看看电影吗？有助于我想起来，我能在电影里看到那些……"她的手悬停在全息数据前方，我知道她的语气等于没商量，于是紧张地嗫嚅着，"世界。"

几小时后，她让我换上太空服，进入一个站立式舱体，远距传送器开启，空气随即震荡起来，我的身体化成一圈圈缠绕的彩虹，就地消失，接着我像是被吸入一根吸管，又从另一端吐出来，彩虹逐渐萦绕成我的身体。

"别紧张，那是最好的观影位置。"她的声音从通信设备里传来。

我发现自己立在一片无止境的黑暗中，睁开眼，星光就这么轻轻巧巧地透进来，慢慢地，从前森然不移的群星涌现，我知道它们只是苍茫宇宙间奔走的余光，如今痛快地交汇，该聚拢的聚拢，该流动的流动，瀑布似的，绚烂极了。方汀说这里是群星冢，位于空间站所在轨道与附近恒星的引力平衡点，因轨道运行产生的力场作用，未逝的星光奔涌过来，膨胀、连接成光带，光带又无限缠绕汇聚成水流一般的光幕。首长给这里取名为群星冢，说这块银幕真好，用来看电影不错。

"太酷了！"我不禁喊出来。

"电影要开始了，准备好了吗？"

我仰躺在宇宙的漆黑真空之间，仅有一块光幕恒亮着，一束不一样的光从我身后的方向穿透而来，将流动的电影画面投影到群星光幕上，声音同步传来，仿佛来自星渊深空的回响。电影开始了，我痴痴地看着，里面是经过挑选和框定的情景，是一个绝对独立的世界，由精准的剪切连续不断地展示出来。那些鲜活的人在四方平面里扮演一个与自己完全无关的角色，扮演一个观者和表演者都尽然洞悉的比喻。

我在看一部电影，这是同时统摄了时间和空间的艺术，同一时空的星星都为我卷动着强韧的引力，整个宇宙都在向这神圣的一刻进贡，无私极了，有恒极了。这些故事交缠了许多无常、爱恨、聚合与生死，想必在千年前的地球上一一被世人演习过。电影还在，我还在，孤立于这世界的边缘，默默地翻涨。《永恒与一日》《阿拉伯的劳伦斯》《都灵之马》《地下》《樱桃的滋味》《柏林苍穹下》《雨果》《坍缩前夜》……我看完一部又一部，我想，我们都将活得比我们想象得久。

永恒辩。我像一只躲在桑叶间的蚕默默咀嚼着这个词语。

我是一个基准人，意味着我可以是任何人，甚至是大导演唐汉霄。我占据着他的身体，却无法真正拥有他的才华、经历和灵魂，他的痛苦和荣耀皆无法复制，关于他的一切只是像水流过沙一样流过我，而那些才是他伟大作品的源头活水。庆幸于这个悖论，我可以在脑中构建一部属于我自己的《永恒辩》，只是现在对我而言，电影的意义仅仅是电影。

回到空间站，我对吴宇年提出条件："如果想了解整部《永恒辩》，我还需要一个人——李南生，我的工作搭档、制片人、我的前妻。"

吴宇年随即向方汀钩钩手指，她心领神会，带着助手奔向基因库。

"之后,我要和她一起回地球。"我的语气中带着试探。

吴宇年没说话,灌下一杯麦芽汁,清冷的余光令我头皮发麻,他刚要接近我,突然,活动广场和舰桥发出警报,巨大的鸣响伴着红光,我下意识缩紧身子。他训练有素地快步离开,头也没回地说:"唐汉霄,你跟我过来。"

"这是怎么了?"我问。

"你很快就会知道,我们存在的宇宙是多么凶险。"他说。

我依然无法将《永恒辩》跟凶险的宇宙联系起来,只当他是个司汤达综合症①的重度患者,只想从电影中获得一丝慰藉。

披着半截黑袍的杨简军长在舰桥与他会合,他们嘀嘀咕咕地说着什么行星带、临界点、信息场之类的话。杨简瞥了我一眼,问吴宇年:"他就是那个人?"

他点头。

作战指挥舱位于空间站的瞭望台最前端,我们站的位置360度都是透明舷窗,能看清整个漆黑宇宙。我又是一阵眩晕,等稍微适应,认出了前面一片小行星与陨石形成的环带。吴宇年和杨简等军官在最前方指点着我看不懂的江山,十几位作战人员在操作台上处理雪崩般的信息,各种声音如渔网一样张开。随即,舷窗的视点不断放大,小行星带仿佛触手可及,那些灰暗陨石后面似乎有蚊蝇般的动静,它们拖曳着等离子光带疾速前进,视角继续放大,那竟然是一支舰队!

吴宇年一声令下,无数蓝色光束如拉满的弓齐齐射向那片星域,光束来自我方舰队,顷刻间,陨石破碎,蚊蝇化为齑粉。在

---
注解

①司汤达综合症:指因"过度"接受艺术之美,而引发心跳加速、头晕目眩甚至产生幻觉的症状。

行星带之外，天问号舰队正齐力航行成一面密不透风的墙，将遥远的危险隔绝在外。舷窗不停变换各种视角的作战图、敌方战舰瓦解的特写、光束穿过小行星掩体的升格画面和我方舰队阵列气势如虹的大全景，像电影镜头般快速剪辑，组成一幕幕血脉偾张的影像，我看得酣畅淋漓，如亲临那片波澜壮阔的太空战场。

防御战很快以胜利宣告结束，我同他们一起欢呼着庆祝："这是真正的星球大战？"

吴宇年轻蔑地笑了笑："哼，不过是蚊子和苍蝇打打架而已。"

我倒吸一口冷气："那你说的凶险……"

他双手背在身后，看向恢复正常的舷窗，说对方是"飞鸾号"空间站的舰队，自从人类文明进入轨道纪元后，各个部族分布在银河系边缘各大星系内的运行轨道上，一边寻找宜居行星，一边抵抗终将到来的命运。各个空间站相当于从前的各个国家，亦敌亦友，千百年来维持着微妙的平衡。不久前，"天问号"上有反物质武器的消息不胫而走，吸引了附近空间站的注意，所以才会产生像今天这样的冲突。

"什么命运？"我问。

他一挥手，画面继续变换。"这是无线电望远镜阵列遥测的画面。"他说。

我定睛看去，那仿佛是包着宇宙深空的地毯被掀起一角，视线内是一幅完全静止的抽象画，没有主体和留白，不符合透视规律，就像颜料随意泼洒而成，星体被碾碎压扁，随意置于画上。

"我们的宇宙正在被二维化。"他说。

那是五百光年之外的区域，不知从何时起，这个三维宇宙的一角开始跌入二维，三维的其中一个变量被上帝之手轻轻抽掉，就像抽掉了最关键的一个积木，整个帝国全盘崩塌。而跌落的速度难以预测,所有三维宇宙的文明都难逃被压扁的命运,除非有先进文明正确掌握了逃逸方法。

几乎所有轨道文明的人类都相信,这是高维度智慧生命对我们的裁决或是考验,他们正静静地欣赏着这一切,我们的世界对他来说不过是一捧沙、一场游戏而已。也有人认为,这是高维生命对这个熵增宇宙的救赎,我们必须抓紧这次大扬升的机会,毕竟时间不多了,不超过五百年,银河系就会全部陷落。

"那如何逃逸,如何扬升?反物质武器是不是可以制造一个重力场黑域,以此躲避被二维化?"我霎时指尖冰凉。

"反物质武器是个幌子,反熵增武器、反二元武器、反降维武器,随你怎么叫。"

"那到底有没有反物质武器?"

"有,就是《永恒辩》。"他淡淡地说。

等我再次从眩晕中清醒,用地球纪元对宇宙的理解大致厘清了吴宇年的思路。有一种古老哲学观,叫"化约论",认为复杂现象可以通过将其化解为各部分之组合的方法,加以理解和描述。而东方哲学的"整体观"则认为事物的复杂程度(如人体)越高,因分割而失真的程度就越高,如细致到粒子运行规律层面,某种意义上更接近宇宙本源,因为人体和恒星的组成部分都来自宇宙大爆炸产生的同一个原生原子。《老子》第一篇中对此有精彩论述:有欲观[1]对事物的认识由"形"而及于"神";无欲观[2]则由"神"而及于"形"。两欲观法互相配合,互为体用,反复验证,直至完美获取宇宙真实的神形全貌。

---

注解

[1] 即化约论。
[2] 即整体观。

这就是二维和三维，三维和四维，N-1 维和 N 维的关系——投影和投影源。每个投影源都能呈现无尽的投影，也就是与其对应的信息场，一维是二维的投影，二维是三维的投影，那么我们所在的三维则是四维的投影，三维是"形"，四维才是"神"。我们将被宇宙"化约"为无数个二维世界，唯一的逃逸方法，就是从三维回归到"整体"的四维。

电影是二维的，而三维观众在观看，即使用化约论来解释，我们在一部电影结束之前，并不知道后面的剧情，前因后果是分割开的，但是这部电影的导演知道所有剧情，在这部电影还未结束时，导演是四维的，他用二维电影戏弄了三维观众。通过整体观来看，如果这部电影时间足够长，N 维导演，用 N-2 维的电影糊弄 N-1 维的观众，在观众一直保持观看的状态下，N 维导演就始终比观众多一个维度，那么电影结束，导演就会回到和观众同一个的正常维度。简单点说，要从三维升到四维，需要制作一部三维电影给四维观众看，在电影结束之前，我们每个人都是高维导演，我们知道所有剧情，而电影结束之后，我们就会回到四维，从而完成升维。

他郑重地握住我的手，说："所以现在，电影的意义是宇宙级的。"

"太扯了，这比星球大战还黑客帝国！"我说。

接着，他搬出了量子物理这个大杀器。在静态层面，所有物质由质子、中子、电子的基本粒子组成，在动态层面，粒子呈现的是波的状态，在没有接受观察时，粒子以波的形式存在，在接受观察时，以粒子的形式存在。推广到宏观层面来看，具有波粒二象性的粒子在被观察的那一刻，会产生波函数坍塌的物理过程。当《永恒辩》首次公映即被毁掉时，它的波函数坍塌，所以从物理学角度来看,它的命运是由潜在的观众创造的,也就是观察者即创造者。

"如果观察者即创造者,那这部三维电影的四维观众就是在创造啊,并不由我们创造剧情,这是悖论,没有意义!"我舔了舔嘴唇,不确定此时寻找逻辑漏洞是否有所帮助。

"有趣的就是这一点!他们的观察导致波函数坍塌,其中一种结果就是剧情成真嘛,我们扮演的角色成真,演员的身份消失,所有的一切都是电影,不存在真实与虚幻的界限,电影永不结束,除非我们失败,跌入二维。你再往高一个维度看,只要他们一观看,参与观看的这个动作,不就成了我们电影的一部分?再简单点说,四维生命也在被观看,懂了吗?这正是我们抵抗命运的机会!"

吴宇年和所有人相信,《永恒辩》在首映前被毁的时间点,正是全球局势面临转折的时间点,此前,人类命运处于混沌状态,电影亦处于诞生和未诞生的临界状态,也就是量子态。那一刻,人类命运和这部电影的命运重叠,接着,三战来临,导致二者的波函数同步坍塌。正因它从未被世人看过,只完整留存于我一人的记忆中,即使只是一句台词、一个画面,那便意味着,我的复活就能让《永恒辩》重回量子态。

物理和哲学的这两套理论模型相互配合、互为体用,构成了这宇宙的形与神。总之,吴宇年要完成一部近乎永恒的《永恒辩》,一把三维通向四维的钥匙。这是他在群星冢面壁思考了七七四十九天得出的结论。他说,想明白的那一刻,如同打开一个开关,整个宇宙羞涩而又缄默地为此等候多时。

他把我留在原地,我凝视着作战舱外的星空造景,任由脑子被搅乱成一锅热寂后的浓汤。我从一个只想着摆弄心爱玩具的造戏之人,变成了一个救世主。关于电影拯救宇宙的说法,我信或不信，都是一种量子态，都不再重要，都是电影的一部分。

当李南生站在我面前时，我感觉她是我这一场人生的激励事件[①]。

"抱歉把你牵扯进来。"我对她说。

我们因电影相遇，也因电影分开。我们在大学的一堂影视赏析课上相识，我念中文系，她念管理系，她喜欢芬奇、雷德利、斯科塞斯，我钟爱戈达尔、伯格曼、黑泽明，毕业后，我们一同去国外深造电影制作专业。同许多爱情故事一样，我们成为彼此的灵魂伴侣，她陪我度过毕业后很长一段失意的日子，后来我终于等到了机会。从我的第一部电影开始，她便是我的制片人。婚后，我们共同打造了不少佳作，有引领技术革命的浸入式交互电影，也有坚守传统思潮的复古经典，她懂我的每一个画面，我仰赖她的远见和眼光。正因为电影超过了本身的意义，消磨了许多东西，我们决定不再以婚姻的形式在一起。

她的诞生也定是为了《永恒辩》，我想。

我们坐在活动广场的台阶上，看着来来往往的新人类。她一头微卷的短发，脸庞清秀又英气十足，睫毛在眼下投下一片阴影，我被她善意的余光包裹着，忘记了外面的冰冷浃宙。我们聊起从前的光鲜或是别的，短暂沉默后，她摸摸耳朵，提起我童年时遇到的那个奇迹。

"你还记得那次彗星降临吗？你让我相信有注定这件事，就

---

注解

[①] 激励事件：电影剧作理论术语，即在主人公的行动中发生的一件极其重要的外部事件，是导致主人公往结局上发展的最大助力，激励事件一般出现在故事的前四分之一段。

像现在。"

我那时十多岁,生活在孤儿院。一次,和伙伴在户外排练要在慈善晚会上演出的儿童剧,突然有孩子大喊着指向天空。我抬头,看见几束忽明忽暗的光,像银亮的雨滴落下来,不到半空就消失不见了。我继续扮演剧中童兵的角色,将所有异常都当作剧情中的有意为之,我默数着光束的节奏,明暗明暗暗暗明……我记录下来并找到了规律,光束的明暗竟然是摩斯密码,破译出来便组成了一个英文单词——Action。后来,新闻报道说那是掠过地球的彗星。

不过对当时的我来说,那仿佛一个即临的神谕,我相信那是上天对我黯淡童年的补偿或是启示,就像剧情里没有巧合。我默守着这个秘密,在楼顶躺下来,望着无数星星也填不满的夜空,轻轻笑了起来。

我只跟她一人分享过。

广场穹顶弹出的时间轴线滑过下一格,四周的晶面墙壁模拟出夕阳照耀下的城市。我邀请她去群星冢,看看那些曾经的美丽世界,看强盛的特洛伊城邦在一夜之间被一匹木马击溃①,看一个美丽女人无意撩拨起整个西西里岛的情欲②,看六个不同时空的人的前世今生交织成一幅壮丽云图③,看留着莫西干头的出租车司机穿行于纽约街头④,看武林高手在竹林间过招,踏风踏叶,踏过藏

---
注解
① 电影《特洛伊》。
② 电影《西西里岛的美丽传说》。
③ 电影《云图》。
④ 电影《出租车司机》。

龙卧虎的江湖[1],看一个红发女子只需要不停奔跑就能改变命运[2],看我们的年华在十分钟之内慢慢老去[3]……

当情节、桥段、场景平铺开来,那些天选之子在两小时内历经的所有起承转合,都被暗暗打上因果的标记。那个木马、那头红发、那片竹林,等等,某种意义上承载着相似的隐喻。我们在戏外观看,仰赖增加的这个维度,再度窥见了万事万物之间隐秘的联系,每一条线的汇聚与离散,冥冥之中都暗合着宇宙的旨意。

她此刻心醉神迷,我看尽群星的光凋敝于她面罩背后的眼睛,只能感激她一次次陪我周旋快逝的时光。

"啊,我们就是为此而生的,不是吗?"她说。我释然一笑,仿佛少年一夜长大。"是啊。"我说。

空间站联邦政府的秘密会议结束后,吴宇年见了我和李南生,看我们的眼神就像看亚当和夏娃:"两位终于相聚了"。直至她也完全厘清吴宇年的戏论,气氛才变得轻松一些。我很羡慕无私者那样的气定神闲,我猜想孤独到底对他使了什么魔法,助他成为出口即为典律的仙人。

当我再次提到升维计划需要地球时,他紧皱的眉头似乎是由我的目光捏塑出来的,随后他起身,将一幅画面推到我们面前。那颗蓝色星球已不再是记忆中的样子,时间带走了大气和海洋,消磨掉了森林与地壳,几百万年的伤逝与欢闹全被她独自承担,如今只留下一个坏朽的苹果核,静栖于太阳系的碎石之洋上。我和李南生相视无言,因为这难以言述的悲痛,拥抱着哭了好几场。

---

注解

[1] 电影《藏龙卧虎》。
[2] 电影《罗拉快跑》。
[3] 电影《十分钟年华老去》。

我们伤心了不知多久，直到吴宇年让我们服下一颗药丸才恍然回神，像沉迷在一场太逼真的悲剧中，接着被旁人唤醒。我知道，只要有一次沉迷得太深，我们被制造出来的整道历程便要被一笔勾销。于是，我们继续谈论《永恒辩》。

吴宇年宣布了一件事："如果你理解我的意思，那么接下来，你应该知道怎么做了，这里的一切资源任你调动，没人会质疑你，你不需要跟任何人解释你的做法，《永恒辩》只在你的脑子里，你可以跟我们描述它、再现它、重构它。不仅是天问号，还有银河系内所有轨道空间站都因这部电影而存在，在刚刚结束的会议上，我们确认人类文明即刻进入'永恒辩纪元'。"

我看向李南生，她同样惶惑，我开始意识到我们的一呼一吸正在被载入历史。

"嗯，我……你还不知道《永恒辩》的核心主旨，我还没……"

"现在不用告诉我，我们还有剩余几百年的时间去了解。"

"等等，我还有一个问题！怎样才知道那个裁决或是考验我们的高维文明，他们正在观看呢？《永恒辩》的观众，真的存在吗？"

对于高维观测者的测验结果，是在创造我不久前得到的。他们挑选了一个离空间站最近的矿物质星球，在接近地心的位置打造了五十多个隐蔽的实验腔室，用一部安德烈·塔可夫斯基的电影《乡愁》作为被观测的对象。除了特制的放映设备，这里没有任何生物能进行观测的科技设备，隔绝所有视角后，将在概率云中捕捉到的电子激发成量子叠加态，并将其设置成启动放映电影的开关。一旦有任何非人类、非科技造物（如空间站附近的探测卫星或侦察舰）作为观测者，它的观察动作将在宇宙间不受阻碍地打开开关，《乡愁》的波函数就会坍塌，要么自动进行放映，要么从储存设备里消失。

"实验结果如何？"我问。

"有19个实验室里的《乡愁》被观看完毕，有8个实验室里的电影消失，这说明我们正在被观察，所以关于拯救三维人类的设想很可能行得通，于是我们想起了《永恒辩》。"

"高维观察者到底是善是恶？他们为什么……"

"没有善恶啊，宇宙本没有目的，一切所见都合乎它自己的情理。"

李南生自言自语道："那如果他们也感受到了同样的乡愁……"

吴宇年的眼神落在虚空，仿佛有什么接管了他的心智："也许吧，乡愁，在他们的更高维。"

接下来的几天，我强迫自己处于一种冥想状态，生物电脉冲的刺激将许多潜藏在大脑海马回的记忆打捞起来，如远处的波涛乘风翻卷而至。我和李南生对此进行过多次讨论，她并未看过成片，但记得制作过程中的摄影、美术、灯光、场务等细节，拍摄现场的每个人都把那一切当作唯一的真实。

在花费数年搭建的那个没有边界的电影场景里，街道、房屋、建筑、交通、道具，样样形神兼备。在那个"永恒城"，包含着过去和未来的时代，没有被标记的时间，没有被命名的空间，没人喊Action和Cut，没有剧本和刻意铺排，所有疆界都在宏大的日常中渐渐消散，演员和观者模糊了自己的身份，第四堵墙被彻底打破。

你会在酒馆遇见宇航员和唐代诗人坐在一起推杯换盏，在巨石神像广场看见外星生物和耶稣并排虔诚膜拜，在日落海滩围观一场机器人乐队的海上朋克表演，在城邦高塔之上望见中国皇帝吟诵莎士比亚的绝望之诗，在亚特兰蒂斯聆听海底传来角斗士与锦衣卫的怒吼回声，在人间欣赏天使和魔鬼忘情地拥抱、亲吻……

每一条线的汇聚与离散，无一不在昭示着一种自我指涉式的凝视，每个人都在自行演绎着一个关于永恒的故事，而你也在演绎自己。她的嘴唇微微颤动，一种异样的情绪在她心中起伏，直到完全接纳这份伤感和惶惑。

"你第一次不同意以银幕动作为动机，对所有人说我们与时空的关系即将在这部电影里被重写，因为你开始用以往绝无可能的方式来探索人生中这个不可捉摸、无可挣脱的特质！"她短发的可爱模样令我想起我们的第一堂课。

我点点头，闭目凝想那一如蜃楼的造景，那些不顾命运裁决的时空，叠加、卷曲在一幅画面里，八个小时，这短暂的思想分明有我长久的愿力。我感到一阵喜悦和安乐，仿佛回到了地球、回到了家，一个人在暗室里看完它。我雀跃地向她陈述这一切，只有不加分别地沉浸于此，才能窥破这表面的无序与眩晕。正是这不可思议、不可言说的主旨，《永恒辩》才在我脑中渐渐显形，我突然意识到，只需要将这个主旨延续下去，就能痛快地打造一个宇宙级的隐喻。

我牵着李南生的手，痛快地告诉吴宇年，他的设想没有错，宇宙不过是一场实验、一场表演！从地球诞生起，剧本便开始落笔第一字，所有剧情和结局都已写好，激励事件何时出现，第一、二、三幕何时开启，主角何时遇到导师、看见神启，一切人物与事件都在舞动，直到抵达那个至中至正的主旨核心。就是如此，我们最好知道自己正在被自我观测，借假修真，最后在一切结束时，完成对永恒的指认！

他闭目，嘴角浮起一丝微笑，仿佛流浪者在竞逐一个不被理解的宇宙，而现在，他看到了终点。

"天问号"日与夜的交替遵循最近一颗恒星的运行规律，李南生的睡眠舱在我旁边，像一枚茧，我们像从前一样互道晚安。看着她与世界重归于初的背影，我想我是忘了咒语，不然可以催生一次夜晚的霜降。

在我发表《永恒辩宣言》那天，我和李南生乘坐太空穿梭机造访了这片星域的其他空间站。我第一次看到"天问号"的全貌，在天鹅绒般的黑色背景下，她就像折叠的白色长城，上下相接，烽火四溢，固执又羞涩地向宇宙发问。

吴宇年披上半截白袍，将我们接回作战舱。一切准备就绪，杨简军长向他郑重致意，方汀、严伦、宦杰等执行官在工作台紧张地操作着，飘浮的图像和数据在他们手中飞来飞去，几十个微型无人机扫描出我的全息影像，所有眼睛都在看着我。

我定在原地，恍若身不在场，李南生在背后轻轻摇晃我，像摇一罐沉积许多原料的果汁。我定了定神，吴宇年随即宣布银河系悬臂内所有轨道空间站开启中微子通信频道，接下来，我的每一句话将即时传至永恒辩纪元的所有人类面前，造就全新的历史节点。

"各位，我是来自'天问号'的唐汉霄，不久前，我仅仅是一个基准人，如果真有不可违抗的命运，我想我撞上了，因为电影。在从前的地球，电影只是一种表达载体，而现在，我看到了其中无限的含义。

"是的，从现在起，我们将一起完成一部伟大的电影，叫作《永恒辩》。这部电影没有特定的剧本和情节，没有主线与支线，场景设定在宇宙的任意角落，时代即我们身处的当下，不需要文字和语言来说明，《永恒辩》的主题内涵就在过程中，我们演绎它的过程中，任何关于电影的目的都不存在，最好让一切自由发生。

"只要继承了《永恒辩》的核心主旨，我们就能再现它、完成它，不用谈论、不要辨认，这个主题原本就是不可说。那么现在，电影已经开始，每个人都要记住自己的角色，你是一位执行官、领航员、舰长、医疗官、配餐员、修理工等，你还可以是艺术家、思想者、觉悟者、师长、朋友、爱人……职业和身份只是一层外衣，你和你的角色彼此清晰可辨或无二无别。都不重要，你在完成自己的工作，参与一项活动，帮他人做一件小事，你穿梭于睡眠舱、工作间、实验室、数据库，甚至太空战场，你是电影的一部分，在这里，没有绝对的主角，你的故事自成逻辑，你的每一句话、每一次呼吸、每一个念头和动作，每一次感到甜蜜或惶惑都自然而然，你做梦、洗澡、哭泣，无论在任何时候，都请记住我们在电影中，在《永恒辩》中。

"你可以把这当作一场疯狂的真人秀或思想实验，没关系，只要维持我们在宇宙间的生活，电影就还在继续，永不落幕。你在造戏，也在观看，不仅如此，宇宙中还有很多我们的观众，唯独我们自己掌握着全部剧情。我并不知道故事的下一秒会发生什么，而我正在通往下一秒的时间里，并与之共存，所以从头到尾，只由我们自己来指认一个开端和终局。

"我是《永恒辩》的导演，你也是，我是我找来的一个角色，负责扮演我自己。我会分享最重要的观点，接下来，没有人知道这是不是一部电影，自己是不是在扮演自己，任何话都是台词，一切动作都是故事动机，就算自己对自己说 Cut，就算故意与观众对视，就算对此充满怀疑，那也是电影的一部分。谢谢你们造就永恒，三维宇宙还在继续滑向渊薮，在得到拯救之前，一切都是《永恒辩》。

"那么，Action。"我说。

我的目光穿过舷窗直抵太空深处，仿佛看到宇宙轻轻抬起眼，向我致意，我们同时被一种温柔的思想击中，即"电影开始了"。

"天问号"热闹起来，方汀每天要处理各区域技术与思想的升级需求，他们在熟练操作物质转换器的同时，能熟读诸子百家和莎士比亚，能默记猎犬座星图中每一颗行星的坐标，更能辨别协奏曲中的任意一个音符……跟原始电影里的角色一样，他们在此时此地，扮演那些穿梭于过去、现在和未来的人，他们说这都是为了《永恒辩》，新使命让新人类找到了漂浮在太空的意义。

有不少外交使者前来造访，我们还收到了来自空间站和星球基地的邀请，要求为《永恒辩》制作留存于世的说明书和编年史，设计完整的主视觉、衍生品，将《永恒辩》具象成图像、标记，用在穿的衣服、吃的食物、行走的姿态、星际通用的语言风格等之中，还有正在进行的星际拓展计划请我们重新命名、制定战略，有些事李南生比我更在行，她擅长将流程规范化，为想象力提供无限的空间，所有可见的资源在她眼中就像排兵布阵，如同在宇宙中编织一件轻盈的织物。她的头发一天天变长，是我没见过的模样，一种淡漠和自在的气质将她如夜景般蒙在眼帘上，我常常侧目凝视，看见自己的喜悦在她的睫毛上摆荡，我知道我会像从前一样依赖她。

政府给予了我们最高通行权限，我们有权参与各大空间站的重大决议，讨论未来能源、武器的发展方向，确保故事线在《永恒辩》的指引下向着最好的终点而去。方汀激动地说有更多人喜欢去群星冢看电影，而她则爱上了《星际迷航》里长着尖耳朵的男二号，这种感觉就像是以身外身做梦中梦。严伦和宦杰在一起看完《断背山》之后，突然对彼此有了一种异样的感觉。吴宇年和杨简不再担心小行星带外有敌人进犯，因为对方也正忙着制造电影中打破平衡的激励事件。

渐渐地，他们跟从前的我和李南生一样，迷上了那些充满隐喻的画面，就像每个人正在经历的此刻。炮弹轰向人脸一样的月球[①]，小胡子工人被卷入大机器的齿轮间[②]，猿猴抛起骨头，下一秒切向太空飞船[③]……如此种种，令他们深谙如何将自己打造成一个隐喻，只身试探这三维宇宙包容力的深度。

新人类对二维化危机的恐惧在慢慢消解，他们坚信，只要活在一种近乎永恒的状态中，来自星际空间的任何打击就对此无计可施，这种信念不是电影中相信正义终将战胜邪恶或是爱能拯救一切的论调，而是一种不可摇撼的本能。只要《永恒辩》还在继续，我们终会得救。

一切都在变得有序，而有时，当我独自面对吴宇年，却难掩疑虑，这个计划包不包含别的成分，比如超出事实以外的。他的目光在群星间闪烁不定，接着摇头宽慰我："我也看过很多电影，疑惑、焦虑、摇摆，主人公在踏上冒险旅程之前总会有这样的心情，正因如此，他才鲜活起来。你已经不是基准人了，而是一个鲜活立体的人物，你有你的喜怒哀乐，会脆弱，会害怕，也会因为某个人变得强大起来，就像个孩子。你时常怀疑自己，甚至陷入精神困境，但你学着从热爱的事物中寻找勇气。这个地方给你一种逼仄感，你想活在恒星下，可是人类共同面临的恐惧让你不得不承担起责任，主动或被动地走上这条救赎之路。这才是你，在一个很重要的节点，接受了一个任务而已，电影里最让人感动的就是人物弧光，不是吗？"

我顺着他的目光探向恒星照不到的地方，任由自己在他口中

---
注解
① 电影《月球旅行记》。
② 电影《摩登时代》。
③ 电影《2001：太空漫游》。

被慢慢塑造成形，甚至想象着，我会不会是原初的唐汉霄安排好的一个角色，在他死后千年，由我来在遥远星际空间里导演一部太空歌剧的故事，只需要讲好故事就行，如此而已。

"天问号"校准着日与夜的分界线，我忽然有种夜观群星的清朗，感觉自己像滚雪球一样饱满起来，一路吸取所经历的事物，电影才得以任其意志，自由来去，按照自己的情理去畅言。

我选定了一天作为永恒节，这一天是地球传统文化的复兴日，我们穿着从前的衣服，唱着古老的歌，畅聊旧时电影，可以扮成"永恒城"里的任何形象，宇航员、唐代诗人、外星生物、造物主、机器人、皇帝、角斗士、天使或魔鬼，在创作者的笔下受难，在自己所造的舞台上不眠不休地在知觉里流窜。不止那一天，剩余的所有时间都是对《永恒辩》八小时的演绎和延伸，浸入生活的仪式感，如同雪溶于水般在一种庞然中散开。

我提出了群星命名计划，用地球纪元电影人的名字重新为群星命名，从太阳系到半人马座星系，从最近的轨道星域到浩瀚星图里的标记，都被换成我们曾无比仰慕的那些名字。李南生觉得饶有趣味，将三光年外的两颗比邻小行星冠以我们的名字。很快，电影人的名字不够用了，就改用电影的名字。我们时常在空间站瞭望台的观星舱躺下来，看到那一颗颗美丽而非凡的星球，孕育着令人敬畏的奇迹，四百击星、七武士星、霸王别姬星、第五元素星、阿凡达星……这壮丽的版图之上，一定也有很多眼睛正凝视着我们，看见我们对未来的渴仰在一片荒芜中激荡。

我给自己找了一份工作，在数据分析舱负责观测宇宙二维化的速率和态势，每天记录不同星域的二维图像，和测算员一起计算三维星云陷落的空间物理模型，以此推算永恒辩纪元剩余的寿命。活动广场穹顶的时间轴线换成了倒计时，我们每天在广场上来来往往，抬起头，把自己想象成一根手握箭头的秒针，不断抵抗着数字的逼近，然后我们会活得更加用力。

我常把休息时间花在观测上，因为无线电望远镜阵列的视距有限，我们根本看不到二维化起始的地方，就像在摄影机拍不到的法外之地，有人伸出手轻轻一弹，多米诺骨牌接连倾覆。我们不知道在那片想象力都难以抵达的辽远空间发生过什么，是将宇宙规律当作终极武器的星际战争，还是宇宙自然换季的新陈代谢。

我目睹过无数了无生气的二维死亡图像，它们更像是被切割成无数碎片的抽象画，有的是色彩恣肆的泼墨涂色，有的则像细胞切片，那也许只是一粒宇宙尘埃被无限压扁成数十万平方公里巨画的一个细微角落，这些维度与向量的反差，常常令我头晕目眩。我试图追溯作画者精神热寂的漫长过程，但这幅杰作就像是从瓶中打翻的液体，在摩擦力为零的平面四处流淌，毫无规律可言。

李南生加入了方汀的队伍，在剧情的推进中熟悉"天问号"的每一条经络，她还承担起部分外交任务，维护各空间站之间的资源平衡。我们在各自的工作中感到愉悦和平静，也体会到了时间流逝的微妙。

我在观星舱的一次冥想中，忽然想起小时候看过的翻页动画，抬起头望向星空。不经意间，我想象着将脑中排布的那些二维画按顺序翻动起来，一帧一格的图像连起来，就像是连续的动态影像，而流动起来的影像再用一根假想的时间线串联起来，排列成没有疆界和尽头的动态阵列，这就像是从四维看下去的无尽的三维世界！我仿佛看到了跌落的星系、压扁的原子被悉数还原，看到时间倒退，一杯泼洒出去的水重回杯子里。

我惊叹于这个发现，继续往思维的深处漫游，将我诞生于"天问号"后、人类文明进入永恒辩纪元后、《永恒辩宣言》发布后的所有流动画面重新排布,包括其他空间站的剧情,我见过或没见过的全部场面,尽数纳入这个无穷无尽的动态阵列中。

这些被时间串起的三维空间,不受取景框的限制,溢出眼睛的银幕,从定格的故事板活生生跃出,如同细碎的彩沙,被一粒一粒堆塑成庄严绚丽的坛城沙画。没有过去、现在和未来的分别,尽数嵌合、铺陈在大脑的无限疆域中,所谓电影的时效、律则、核心主旨,尽被颠覆与重写,一部叫作《永恒辩》的电影在文明陷落之前被我全然窥见。

霎时,我仿佛从高维领悟了这一切,宇宙在垂阖之间向我透露出她紧咬的奥义,让我们在跌落二维的过程中,抽丝剥茧出攀升至四维的广阔道路。似乎有群星冢的光流淌至眼前,周围的寂静把我推到角落,我好像听见他们说:"这便是我们观看电影的方式。"

《永恒辩》的波函数坍塌了,而我已了然于心。我默守着这个秘密,好几次在观星舱泪流满面。

我有了更多的计划,我告诉了李南生,她将这些看似不着边际的计划规范成可视化流程,她永远知道我在想什么,这是我们从地球带来的默契。我想通过3D打印制造出一个新地球,就叫乡愁星,她的卫星叫作卢米埃尔星。我还设想在两百年内研制出上百艘光速引擎飞船,开发可控核聚变技术模仿恒星动能,借助量子力学完成永动机的设计,并由此校准反引力场粒子的空间跃迁实验,和银河系悬臂内的所有空间站共同开启星际长城计划,将光速航道拓展至银河系外的宇宙空间……我还跟随吴宇年、杨简出征过几次大大小小的银河系内战役和系外征战,将最边缘地带的文明部落一并统一进永恒辩纪元,也遭遇过多次外星文明的造访，在多轮斡旋、对抗中，对方亦接受了《永恒辩宣言》。

这些剧情的冲突和转折反而加速实现了我提出的技术跃迁计划，因为有了我们关于"永恒"的共同信念，需要漫长世代才能开启的宝盒竟在短短一百多年内全数完成突破。而这一切对我来说，如同抬起脚精准地踏在宇宙逆熵的步履上，或者更像是电影预置好的 Scene 1、Scene 2、Scene 3……我只要照此拍摄，即在雕刻宇宙的时光和律则。

新人类的心像是换了一样，人类文明的命运在我们心中清晰可辨。《永恒辩》这壮烈不可闻的美本来无法被捕捉，可冥冥之中，有一条线串联起了逻辑和非逻辑，连接上了或然性和必然性。我们的年华在五百年中都不会老去，我们继续在《永恒辩》中穿梭，人类文明渐成一个共生体，切断了命运混沌的输送。于是，三维宇宙的每一场星云后退、星际长城点亮的每一处烽火、生命的每一寸呼吸、粒子层面的每一次运动迁流，我们在观看、计算、伤感、繁衍、梦呓、飞行、拥抱，倏忽如蜉蝣，这些都是《永恒辩》的一部分，甚至是正在看《永恒辩》这篇小说的你。

我完成过很多故事，只有这一个被保留了下来。

几百年间，我们在《永恒辩》中接近永恒，我们乘坐恒星际飞船横渡银河系的几条悬臂，在群星的鼓舞下，跨越数不清的光年，绕过黑洞的引力范围，欣赏过超新星爆发后的绚烂，还遇到了越来越多在星际间驰骋的生命，我们热情地邀请他们加入一片繁荣的新纪元。我们继续寻找新家园，一颗值得停留的行星，我和李南生还在那两颗以我们名字命名的星球上行走过，像是穿梭于灰色和白色的布景。

穹顶的倒计时归零后，我们渐渐共存于时间，在漫长的电影中，互相依靠人性的余温取暖。太阳底下有过的新事都被我们演尽了，但我总能发现更新的演绎方式，人性的、诗性的、神性的，我们继续在无限延伸的故事场景里，领着各自的剧情线越走越远，甚至是进入量子和比特交互的奇点世界，或是冲向振动频率场中不可视的能量空间，一切尽在伟大的《永恒辩》之中。

尽管如此，这部电影的核心主旨却从未改变，它比恒星的光焰更闪耀，比黑洞的力场更持久。宇宙图景不再像从前显示的那样，它已随着我们的创造而变了模样，就像这部三维的《永恒辩》带领我们往更高维度攀升，第四维、第五维、第六维，生死爱恨的故事投影无穷无尽，为我们铺垫条件，得以探出身体去供奉高高在上的弦的心跳。而每增加一个维度，我们的生命就重新汰换成一种全新的形态，接近光、接近一念、接近本初的那个投影源，所以，电影也有了新的形式，我们不再需要用眼睛观看、用耳朵聆听，领略她的方式不可思议、不可言说，只要宇宙还在，永恒的电影就会一直继续，百万年、千万年，永不止息。

我还陪在李南生身边，她在陌生星系中不知疲倦地漫游，群星似栩栩如生的游乐场，我们会在攀升路上遇见新的激励事件，她总是对我发出愉快的邀请："冒险又要开始了！"

有时她累了，停下来，像蝴蝶一样栖息在一颗新星球，我总会在此刻想起那颗蓝色的乡愁星。我在她编织的《永恒辩编年史》中搜寻古老的记忆，想起一部叫作《公民凯恩》的黑白电影，主人公在死亡前还嗫嚅着童年心爱的"玫瑰花蕾"。

"玫瑰花蕾，乡愁星就是我的玫瑰花蕾。"我对她说。

我终于因为《永恒辩》而看到无尽时间长流中的乡愁星，清晰地辨认出剧情是如何演绎到现在，于是不可避免地看到启程的时刻。她从初生时的鲜嫩萌芽，到文明走向巅峰，再到最后余下一颗苹果核。我看到混沌之中有生命从久梦的大地深处抬起头，看到恐龙和猛犸象接连踏过平原与冰川，看到原始人类在迁徙和乱斗中学会使用工具、使用火，看到帝国被奴隶的血肉筑起又溃如蚁穴，看到无数神祇被人们建造、膜拜又遗忘，看到无数智能机器将城市密密包裹，看到核武器爆发后的能量将一切吞没，看到人类文明在银河系艰难重生……

我看到电影中的每一幕。

我愉快地选中了此维度之下无数颗乡愁星中的一颗，她看上去就像一个青涩的苹果，她的文明尚在襁褓之中。我在思维场里感受到无限自由，是因为她的未来也有着无限可能性。

"我想要对我的玫瑰花蕾说话。"我说。

好啊。

她的思维弦轻轻振动。

于是，我将要说的话一丝一缕地编织成彗星的轨迹发送至那里，那是一串旧式摩斯密码。如果有人类看到并认出，我相信这个小小举动会启蒙乡愁星的生命找到自己的剧情线，一步步走向更深远的宇宙，就像那句"要有光"。

Action，我说。

# 深夜加油站遇见苏格拉底

有一道光刺入，那光亮强到如天地混沌初开，箭矢般冲向他的眼睛。他想要醒来，却不能。他感觉身体正在下坠，在意识的沼泽地里越陷越深，仿佛有黏稠的液体从头顶浸入，渐渐填满体内器官之间的所有空隙。碎片般的思维试图聚集、靠拢，却被一股无形的斥力反复冲散。他知道苏格就躺在旁边，距离自己不到一米，但此刻，她遥远得像波江座的一粒尘埃。

声音一直很嘈杂，空气中有消毒水的刺鼻气味。梦境跟现实似乎永远是此消彼长的关系，当他意识到自己在跟宇宙中最强大的力量对抗时，才有一丝机会跟梦告别，却也不是梦。

23 点 48 分。

丁皓开车行驶在夜幕的公路上，百米外的加油站是附近唯一有光的地方，他准备停在那儿打个盹。

整个加油站没有一个员工，超市灯牌是一个海边日出的图案，海面上露出一半的太阳，旁边有两棵椰子树。自从有了自助加油机、无人超市、无人餐厅，这座城市变得越发空旷。

加完油，他打量着车窗里的自己，头发凌乱，唇边的胡楂是刚冒出来的，疲惫的眼睛陷入眼眶，他才 25 岁，看上去却像个刚经历一场失败婚姻的中年男人。他躺进车里，紧了紧外套，准备做个美梦来缓解这一刻的疲乏和沮丧。

"你能帮我看看吗？这台机器好像坏掉了。"一个年轻女人的声音隔着玻璃将他的耳朵唤醒。

丁皓睁开眼看见她，庆幸自己没有假装睡着。他揉揉惺忪的眼睛，打开车窗，一股带着茉莉香气的风探入鼻息。

"不好意思，把你叫醒了。"她带着歉意冲他笑了笑。

"嗯，怎么了？"他清了清嗓，走下车。

"男生应该比较懂这些机器吧,它像是失灵了。"一眼看去,她酷劲十足,穿着黑色皮衣,长发微卷,散在肩上,轮廓分明的脸上带着些孩童般的稚气。

"这么晚一个女孩子在外面,你就不怕我是坏人吗?"丁皓不敢多看她,在加油机面前检查起来。

"我带了防狼喷雾,瞧!"她掀起衣服的一角,内兜有一瓶灌装液体。

丁皓笑了笑,鼓起勇气跟她对视一眼:"今晚你应该用不着它。"他接着去检查其他几台机器,无一例外显示故障,"奇怪了,刚才还好好的……"

"啊,那怎么办?"

"要不你在这儿睡一晚,天亮后再找人来修。"

"那我可能要赶不上了。"

"赶不上什么?"话音刚落,丁皓意识到自己不该问她的私事。

"赶不上……"她顿了几秒,"去一个地方。"

"哦。"

"你呢,你去哪儿?"她的眼睛看上去是深蓝色的,跟夜幕一样,闪烁着一丝轻盈且敏感的聪慧。

丁皓舔了舔嘴唇,右手插在裤兜,想到自己毕业后一事无成,挫败感又涌上心头,特别是在这样酷的女孩面前。他拿着摄影机到处拍,想要记录或探究什么,城市的变迁、人的善变或是凌晨4点48分为什么是人最痛苦的时候。他最想拍的是不同的人仰望星空的表情,如果素材足够多,他也许会将这些寄给NASA,让他们向太空发射探测器时,别忘了向外星文明展示人类最虔诚的一瞬。

可他爸爸说这些东西连房租都挣不回来,不如琢磨怎样才不会被机器抢走饭碗，而不是赖在家里混吃混喝。"要不，你搬出去吧。"妈妈说。

丁皓决定拍完最后一段星空素材，就去努力学习跟机器竞争，这趟旅程算是一场费心安排的告别，与曾经那个想要打破某种常规的自己。

她是一个很好的聆听者，会在他的每一个停顿、转折里，不动声色地投射进自己的感情，带着一种谦卑和热切，近乎感同身受，而且是对一个全然陌生的人。

"抱歉，我是不是说太多了？"他转而挪向车尾，想挡住这台旧车上被蹭掉的漆，它就像一块滴在胸前的油渍。

她笑着摇摇头。

一阵短暂的沉默后，她仰起头，望向夜空，双手做祈祷状："是这样吗？你可以拍我了。"

在这一刻，丁皓应该是爱上她了。时间仿佛被压成一张厚度趋近于 0 的油画，那种无法言说的感觉持续了几秒，又像在他心里蔓延了几个世纪。他呆呆地望着她的侧脸，希望黎明暂时不要来惊扰这个深夜的加油站。

如果有一台机器可以计算人生，那这段记忆会在他往后人生中被想起 547 次，就像程序被读档。

那时的他不会知道，她会和他在一起。几年后，在城市里某个相似的加油站，他会向她求婚，之后他们将一起度过生命中的十年。这个加油站改变了他的一生，他在旅程结束后不会放下摄影机，她仰望星空的神情对他来说是一种救赎。他们会像世界上的大多数人那样，彼此相爱，接着被琐碎打败，他把她卷入生活的漩涡，直到一个新生命到来，然后他们再一同失去还未长大的他。他们会分开，再也不相见，如同参宿和商宿，除非命运偏要两条渐远的轨迹重新相交。

他不知道，他还以为是个梦。

加油站那晚后的第三年，丁皓拍出了那部纪录片——《仰望星空的人》。在拍片子时，他从未那样栩栩如生地活着，他把自己的爱和才能都倾注到纪录片上，像是播撒下一颗能生长出万物的种子。

庆功宴当晚，不少人专程为了他的纪录片而来，可她并没有及时出现。

宴会厅里都是穿着礼服互相攀谈的人，丁皓不时紧一紧领结，努力适应这里的喧闹。陆续有人过来问好，表达对他的作品的赞许，他报以微笑，晃着酒杯一边说着无关紧要的话题，一边望向门口。他本打算在今晚求婚，如果没有她，这部纪录片存在的意义仅限于与人愉悦地分享，而不是一个踏踏实实的终点。可有时，她就像一阵风，让人捉摸不透。

直到浮华散去，她才匆匆赶来。

丁皓轻轻叹气："本来想给你一个惊喜的……"

她指了指怀中的书，脸上堆满笑："对不起啦，学校的事太多，实在走不开。"

"今天对我很重要，你应该看看他们欣赏纪录片时的表情，我就是想在那个时候向你……"

她的眼神越过他，望向远处："我还记得纪录片的最后一个镜头！是无数人的脸消失于群星的画面，真美，像是有一种力量把我们跟宇宙连接在一起。"

"那都是你给我的灵感，所以我想跟所有人说，是你。"

"这些都不重要。"

"什么才是重要的？"

她没回答。

暮色四合，城市犹如一幅用色过度的油画，霓虹装点在排列整齐的大楼之间，车流速度、全息广告投放频率、轨道调控方向，一切都经过程序的精心设计。

他开车载她回家，他喜欢谈未来，她喜欢聊过去，纪录片再梦幻都要退居生活背后，但他们总能在之间找到一个平衡点。

车子经过附近的加油站，她指了指前方，说："在这里停一下吧。"

"嗯？"

"你不是要给我惊喜吗？"她冲他眨了眨眼。

丁皓瞬间明白了她的意思，他的心在一种热情的惶恐中猛烈跳动。她总是能默默地洞察一切，这让他觉得自己在她面前是透明的。即使最快乐的时刻还没到来，他已经被这快乐淹没，他感觉自己与此刻的世界保持生动和谐的运作，一种"他正活着"的信息如风暴般穿过身体。

他们第一次相遇就是在这样的加油站，他下车为她打开车门，然后从衬衣口袋掏出一枚戒指。他没有发问，只是看着她，看着那双眼睛里的璀璨星河，自顾自在里面游起了泳。

"此时此地。"她说。

"此时，此地？"

"对，你问我什么是最重要的，就是此时此地。"

问题，答案，拥抱，亲吻，夜晚，加油站。除了此时此地，什么都不重要。

1 点 32 分。

夜越来越深，月亮有种凉薄的美感，加油机依然显示故障，似乎故意为这对初见的年轻人制造更多时间。

丁皓拍下她刚刚仰望星空的神情，那一瞬间，似乎有流星在他胸口坠落。他想说什么，又好像说不出口。

"对了，我叫苏格，你呢？"她看向他。

"我叫丁皓。苏格……名字好特别，跟苏格拉底有关吗？"

"是啊，我爸妈在大学图书馆认识的，他们在架子上拿了同一本《理想国》，就这样。正好我爸姓苏，妈妈就给我取了这个名字。"

"挺浪漫的。"

"没想到后来我还真考上了哲学系。"苏格低头笑了笑。

"那在你们哲学家眼中，这世界是什么样子的？"丁皓的语气带着一丝不自信的试探。

"这个世界，是它偷来的样子。哈哈，其实我也不知道。在我眼里，没那么多条条框框，它是什么样，取决于你当下这一刻的想法。"

"现在……我挺快乐的。"

"所以你看，那些星星也很快乐。"苏格指了指夜空，最亮的那颗星正在她指尖闪烁。

丁皓暂时忘记了夜的深，他想将一生都定格在这一刻，想把这世界变成二维底片，在幽幽的暗室里，一次又一次和她重逢。他不知道自己是怎么了，毕竟和她只是第一次遇见，跟无数次同陌生人擦肩而过没什么两样。

但这一次的确非同寻常。

"不如你先睡一会儿，之后我开车送你去目的地。等办完事你再回来取车，怎么样？"

"可是这样不会耽误你吗？"

丁皓摇头，用脚碾了碾地上的石子，然后把它踢远。

苏格的车是红色的，像火和太阳，透着一股生命力。她睡着了，头靠在玻璃上。丁皓回到自己车上，一边望向她，一边默数自己的心跳，像个忠诚的守卫。他不敢睡去，生怕会错过什么。

时间不知过了多久，苏格醒来，眼角挂着泪水。她对他说，她做了一个无比漫长的梦，梦见苦乐参半的未来。在那个未来，自己生下了一个美丽的男孩，然后又看着他离去。

"感觉好真实……"

她突如其来的眼泪让丁皓手足无措，他想把手放在她肩上，又缩了回来，只得微微倾斜着僵直的肩膀，暗示她这儿可以依靠。

"别害怕，梦里再难过都会醒来，好的不好的，都会过去……"

苏格点点头，瀑布般的头发上下抖动，她用指腹擦去眼泪，慢慢恢复平静。她抬起头注视着他扭成奇异角度的肩膀，随即将手放在他的肩上轻轻摩挲两下，表示感谢："我没事了。"

"那就好。"

在离家之前，爸爸也在丁皓肩上同样的位置拍了拍，手势不同，力度不同，肌肉的记忆也不同，然而两种感觉在此刻相互叠加，他的肩膀似乎成了一张复写纸，每一次书写都让从前的印记更加清晰。

"不如，我们出发吧。"她说。

苏格坐上丁皓的车，向着目的地出发。他在无人超市买来一些牛奶和饼干，她看着食品包装上的图案，都是那个海边日出的标志，跟超市灯牌一模一样。她若有所思，目光又落向别处。

车子驶离加油站，进入高速公路。深蓝色的夜幕笼罩大地，仿佛流畅画面中的一格静帧。

"我突然觉得这里发生的一切都好熟悉，包括那个梦……"

苏格似在喃喃自语。

"嗯，是吗？也许是……"行车速度保持在 70 迈，他不想太快到达。

可是在她做了那个梦之后，有些东西似乎正悄悄发生变化，包括这静谧的深夜，但具体是什么，他觉察不到。或许不那么重要，他这样想着，试图转移注意力："对了，你喜欢听什么音乐？"

"你可以给我听听你喜欢的，然后我再告诉你我的感觉。"苏格侧过头看了看他。

音乐搅动起车内的冰冷空气，她渐渐放松下来。他们对这些音乐发表各自的看法，哪首跟周末晚上最衬，哪首会让人梦到银河。他认真听她不经意间提起的往事，默默在脑海中拼凑着她的过去。

她来自知识分子家庭，良好的教养让她有不少追求者，她最常读的一本书是尼采的《快乐的知识》，她永远精力充沛，总能带给周围人能量。

在他们相识的几个小时内，音乐承担了催化剂的角色——20 世纪 20 年代的美国乡村民谣，喜欢。值得开一整瓶红酒来与之相配的爵士乐。喜欢。一部文艺爱情电影的原声带，喜欢。

丁皓窃喜，他还想分享更多，或许有一天他也能为她写首歌，可就在上一首音乐拖着尾音、下一首即将登场的缝隙，诡异的一幕出现了——路的前方依然是一个加油站，和深夜 11 点 48 分遇到的那个一模一样。

他们被卡在了 *There's Only One Way Out* 和 *U-Turn* 之间。

婚姻无疑是一所最好的学校，加油站遇见后的第五年，他们慢慢领悟了什么是真实的生活。爱情跟纪录片一样，同样要退居生活背后。

他们共同拥有一所漂亮房子,他在客厅做了一个大书柜,摆满她钟爱的书,即使有不少他都看不懂。

"都是快乐的知识。"丁皓搂着她,一脸骄傲。

苏格头靠在他肩上,肌肉记忆又一次经过复写,留下了"他正活着"的印记。

丁皓和苏格在这房子里度过了很多时光,像所有夫妻那样,他们会各自忙碌,在不同房间进行自己的工作,他常常闷头做剪辑直到深夜,她则要准备读博期间的深奥论文。他们会在中途休息时,在沙发上一起喝杯咖啡,互相鼓励和拥抱,转而又进入各自的房间,像两趟方向不同的旅程,偶尔在中转站相交。他们也常常争吵,为了一些无关紧要的小事。

白天的事弄得有些不愉快,丁皓的父母来看望他们,苏格提前做好清洁,准备好午餐。两位老人一边吃饭一边就周围的陈设发表对他们生活方式的看法。老人看到了吸引注意的东西,说话就会停顿一下,仿佛屋子里的一切都变成了标点符号。丁皓一直注意着苏格的脸色,她保持着优雅的沉默,直到一个关于女性在家庭中的身份问题被老人提出,沉默才被打破。

送走父母后,丁皓到家已是晚上。苏格在沙发上翻看一堆论文,背对着他。

他感觉自己像一个天秤,被不同方向的力量往下拽:"你吃饭了没?"

"吃了。"苏格没有回头,她的背影单薄瘦削,让人想紧紧抱住。

尽管心里充满歉意,但他觉得此刻的她有些陌生,只是一瞬间。每每面对分歧,她都异常理智,他甚至在想她是否爱过自己,还是找不到更好的选择才会爱上他。他又摇摇头,仿佛竭力否定这个不合时宜的念头。她是爱他的,这毫无疑问。

记忆中无数个她的影子跃入脑海，大笑或睡着、被日出感动或因自省而沮丧，那么鲜活，那些她存在过的时空并没有坍缩，而是在他心里加速膨胀。

很抱歉，今天没有让你感到快乐。他想。

他热好一杯牛奶放在茶几上，望着她的侧脸，又止不住想起他们曾经共同拥有的很多时刻，窝在沙发里为对方朗读、躺在高原上仰望星空、在末班车里扮作陌生人相遇……这些激情和智慧都无用的时刻让他的所有思虑都被二者同时安抚，最终凝固成一个不被线性宇宙摆布的完整时刻。哲学之钟停摆，所有求索都悬在半空，无法被自他观察，就像量子态，一旦启动那个阀门，便有星河狂泻、陨石落下。

他想让那种感觉延续到生命的最后一刻，他想懂得每一个她。

学生们的哲学论文总是用尽每一个定义去阐释观点，而忽略了本质，苏格想看到的是最简要的真理。只有丁皓知道如何让她放松下来，哲学是元理，艺术是原理，两种尺度的弥合需要一点恰当的氛围，只有音乐最为妥帖。

他打开播放器，是一首自己为她写的歌，《仰望星空的人》的主题曲：

我在深夜加油站

遇见苏格拉底

日暮微薄

迎合笨拙的遣词造句

街灯指错了方向

连影子都剩我不顾

我却拼命奔向你 跌向你

在云上 或在别的地方

勿失勿忘你说吧
你说的都在胸口坠成星星
没有别的大道理 除了
我爱你 我永不收回去

"你想要一个孩子吗?"苏格抬起头问他。

2点13分。

前方的路和出发之前完全相同,他们再次停靠在加油站,带着某种暗示意味的音乐成了陪衬,在车内兀自回旋。自助加油机还是全部显示故障,无人超市的灯牌依旧是海边日出的图案,让人无法辩驳的是,苏格的那辆红色轿车就停在那儿。

"我们……被困住了?"她望向窗外。

丁皓去检查了超市、洗手间的内部,各处陈列和细节都一一对应,他再次确认这个加油站就是之前那一处。

"好像是……"

周围安静得如同真空,浓稠的夜色似被稀释了一些。他们似乎进入了一个空间盒子,高速公路的两头可能被某种神秘力量连通,在特定时间内来到这里的人,会在这段路上不断重复,但是时间依然保持线性流逝。

造化——丁皓脑中闪过这两个字,不知为何,他并没有过多恐惧。

"没信号了。"苏格举起手机试探着,在如此诡异的现象面前尽力保持理智。

"这像是科幻电影里才有的情节。"丁皓看向她,"你不害怕吗?"

"爱出者爱返……"苏格低语,"进入加油站的时候,你看过时间吗?"

"深夜 11 点 48 分。"

"我记得你之前说过,人在凌晨几点最容易痛苦?"

"4 点 48 分。"

"为什么?"

"你应该听说有一部话剧叫《4 点 48 分精神崩溃》,好像有数据统计,凌晨 4 点 48 分,人们在这一刻最容易产生抑郁情绪,也是最容易自杀的时间点。"

苏格轻轻叹气:"如果那个时候我们还在一起的话……"

"我会紧紧抱住你!"丁皓脱口而出,涨红着脸看向那个日出标志。

"怎么感觉像是世界末日?"

"万一是呢?希望这个世界末日不会很无趣。"

苏格顺着他的目光看去:"你会不会觉得很奇怪?好像一切从一开始就注定了,我们可能会一直被困在这里,直到……"

"直到什么?"

她没有回答,转而走进超市,几排货架围成一个 U 型空间,里面商品的包装都是同样一个日出标志。丁皓跟在她身后,一步步踩在她脚步停留过的地方。

宇宙只不过跟他们开了一个小小的玩笑,在深夜 11 点 48 分,或许有一颗彗星刚好经过地球,但只要一直待在这里,就会安全,只要跟她在一起,就够了。不管是世界末日,还是别的什么,都无法改变这一刻。他会和她一起等着某个结局,如果有的话,他想。

苏格的视线重新落回虚空,身体微微颤抖,低声说:"所有货品上都有一样的标志……"

"嗯？你别害怕啊，会有办法出去的，可能时间一到，就自动恢复正常了呢？电影都是这么演的，最后都会……"

"不是……"

苏格的眼神中藏着一丝忧郁，而丁皓应付不来她脆弱的一面。她的思绪如同流星，飘忽不定，如同凡人揣测哲学家，他无法真正理解她正在感受的，除非有一台机器能把他的意识转移到她的身体里。就像多年以后，他依然应付不了很难再快乐起来的苏格，一个失去心爱之子的普通女人，哲学再次失效，第一次因为爱，第二次因为死。

"我怎么觉得天越来越黑了？"苏格把脸埋进双掌。

他轻轻抱住她。

"不如我们再重演一遍之前发生的？不知道是哪个地方出了错，如果经过调校，一切都咬在正确的齿轮上，说不定会有转机呢？"丁皓自顾自拉着她往外走，嘴里念念有词，像是排练舞台剧的第一幕情节。他小心翼翼地说台词、走位，重演一段记忆中的人生，尽力让每一步都踩在正确的节点上。

他载着她离开这里，同样的音乐、同样的话题，可第二次、第三次，路的前方还是这个加油站。

"到底什么才是正确的人生？"苏格慢慢松开他的手。

丁皓慌乱地停下来，才明白自己还没弄懂这出剧目就匆忙开演。

"你看看周围。"她拨了拨他凌乱的头发。

那个出生在夏天的美丽男孩，同样打乱了他们的人生节奏，像平铺直叙的剧情中突然插入的情节线，而这却是整篇剧目中最为华彩的一章。

"给他取个名字吧。"一个粉红色皮肤的婴儿蜷在苏格身旁,在丁皓眼里,他们就是银河系的中心。

"丁小曦。"

"会不会太简单了?"

"不会啊,多可爱的名字。"男孩跟他长得很像,他的食指被那只小手紧紧握着。

"可他又不是在傍晚出生的,为什么是夕阳?"

"是晨曦的曦啦。"丁皓冲她眨眨眼。

晨曦和夕阳,出生和逝去,仿若一个提前设定好的隐喻。

他们为他忙碌着。不管是丁小曦三岁时,还是多少年以后,他注定会离开,随着尘埃消散,像曾经活过的每一个人,没有什么能逃过这个熵增宇宙中最标准的方程式,甚至是恒星和银河系。

在拥有他的短短几年里,丁皓和苏格围绕这颗恒星转动。她曾说,我们完整了彼此的生命,即使很多时候,他就像一个嘴里衔着玫瑰,到处窃取别人力气的小魔头,但她愿意献出一切。丁皓总会在这个时候吻上她的额头。

他离开这个世界,也是在夏天。他的房间成了一个破碎的蛹,又像是灌满水的游泳池,只要一进去,就会把人淹死。

丁皓都忘了,他和苏格到底有没有抱在一起狠狠地哭过,也许身体机能会自动将痛苦记忆稀释。他只记得,她要么把自己埋进书里,她的背像倒扣的书脊;要么一个人在房间里乱走,或者进入小曦的房间,坐在地上把他的玩具摆在四周;要么拿出小曦的衣服,把脸埋进去闻上面的奶香,累了就倒在沙发上睡着,一遍又一遍。

在丁皓的摄影机里,丁小曦吃过二十五顿饭,哭过三十六次,洗过八次澡,摔倒过十五次……他只能做这些无用的数学题,算出一些无意义的总和,然后陪着她,勉强熬过那个冰冷的夏天,接着度过接下来的两年。

3点52分。

一排亮光忽然照射到地面,自助加油机全部恢复正常。

"你看!有变化了,说不定这次能离开。"丁皓看到转机,忽而又有些失落,"可是……"

要和她告别了吗?那颗彗星快离开地球轨道了吧?

他帮她的车子加上油,动作尽可能缓慢。苏格一直望着夜空,群星在越来越淡的蓝色夜幕中渐渐收起光芒,它们准备收回在她眼里残留的倒影,也收回让黑夜白天暧昧不明的分界线,像是底片见了光。

"丁皓,你看看周围。"

所有屏幕开始播放一段视频,是那个海边日出的标志,经过动态特效处理后,像是20世纪90年代的旅游广告——深蓝海面和深蓝天空的边界线似乎被抹了去,半轮太阳躲在海的背后,发出橙红的光辉。有风从海面吹来,透过屏幕送来一阵微甜的气息。

"这是……"丁皓抬起头,被这一幕怔住,顿觉思维变得滞重。

"我们,该走了。"苏格张开双臂,索要一个告别的拥抱。他转过身,愣了几秒,走上前轻轻拥抱。

忽然,地面一阵晃动,平静的夜空发出一阵短促的凄厉声音,像是玻璃巨幕上了裂开一条缝隙。恐惧绕过思维,抵达丁皓的神经通路,几乎是下意识的反应,他打了个冷战,两人都不知刚刚的颤抖到底来自谁的身体。

眼泪重新惹上她的眼眶,她的哭泣让空气都轰轰作响,不舍、疼痛、绝望,还有一些难以言状的情感,仿佛已经在某个平行世界经历过一生。

"现在，让我们上路吧。"她对他耳语，"我已经想起来了，那个孩子，还有你，在未来……我们……"

"什么？"

加油站的一切开始如蛇蜕皮一样剥落，像是换季般自然而然。

星河狂泻，陨石落下。

距离丁小曦的忌日不到几天，丁皓和苏格离婚已多年。他忘了当初分开时的细节，只记得她说只要不离开就会随时想起孩子，像是有一根荆棘缠绕在心脏上，每跳一下，就是钻心的疼痛。

快乐的知识好像失去了意义，他摸了摸同样疼痛的胸口，点了点头。

丁皓放手让她回到风中，也把自己送回孤独的囚笼。他试着计算跟她在一起的生活，吃饭、旅行、争吵、看电影的次数，各自为对方做出的改变、互赠礼物的数量、谁迁就谁多一点……可越算越乱，他才发现这是宇宙中一道最艰涩的数学题，怎么都算不出答案。

在一次喝得酩酊大醉后，思念像一条在草地上爬行的蛇，让他忍不住拨通了她的电话。他想在那天做点什么，什么都好。在苏格应答之前，他已经很久很久没听到她的声音了。

她的嗓音略带疲惫，似有风沙卷入喉咙："好。"

他们决定去儿童福利机构做义工，然后去慈善基金捐一笔善款，忏悔或赎罪，为他们早夭的小曦。丁皓给孩子们买了很多礼物，也给她准备了一份。

再次见到苏格时，丁皓感觉体内的冰山正在渐渐融化。她依旧很酷，眼神中的机灵加入了一些柔和作为调和。有那么一瞬间，丁皓以为她真的放下了。

　　那天，他们相处得很愉快，只要不提起过去、不谈及未来就好。苏格还是哲学系老师，丁皓还在拍他的纪录片，至于各自有没有爱上别的人，至少丁皓不会。这样就挺好。

　　《永恒与一天》——看着阳光下她的侧脸，被金黄光线勾勒出一首诗篇，他想起了这部电影。不过丁皓不再像第一次见到她那样，那么热切地渴求时间停在当下，因为那是一种徒劳。

　　直到很晚，谁都不愿意先说告别。车子的自动驾驶功能带着他们在城市里兜了几个圈子，像是一种故意，直到夜越来越暗，群星涌现，在头顶铺开细密的巨网。两个本来永不相见的星宿越过宇宙设下的藩篱，再次交汇，可代价，是造化。

　　自动驾驶系统计算失误，车子和疾驶的卡车迎面相撞，群星在天窗上不断倒转，继而越来越远。伴随着巨响，眼前的一切渐次收缩成一个白点，仿佛宇宙大爆炸之前的那个。

　　某一瞬间，丁皓感觉自己像是回到了妈妈的肚子里，又像是回到了那个加油站，或者是某棵树下，自己垂垂老矣，一阵风吹过，他累得想要闭上眼睛。

　　一片混沌中，强烈的血腥味蔓延至他的大脑皮层，他拼命睁开眼，想让苏格的影子重返瞳孔，她的胸口殷红一片，头低低垂下。他想喊，想哭，想说不如我们重新来过吧，但喉咙被什么东西堵住，又腥又咸。

　　世界越来越模糊，像是用色过度的油画被泼上了松节液，来自意识之海的海水开始灌入，渐渐没过头顶，填满他和她之间的所有缝隙。只剩下一些声音，仿佛来自另一个星系的遥远回音。

　　4点25分。

医院比加油站更像一趟旅途的中转站,一切的真实都发生在这里。

天花板的灯管发出刺眼的白光,抢救室中央并排放着两张床,周围的仪器嗡嗡运转着,连空气也轰轰作响。丁皓和苏格身上被插满各种导管和电线,血液和药剂正缓缓流入身体,呼吸机拼命制造氧气送入他们的肺部和心脏,墙面的晶屏分别显示着各项身体数据,某一格闪烁着橙色的警示。

赵博士和林医生在两人旁边盯着那些仪器,眼神虔诚,如同向它们发出祈祷。

丁皓和苏格已经昏迷了 20 小时以上,头上各自戴着一个脑神经传感式头盔,密密麻麻的触点紧贴在头皮上。每个触点前端发出幽幽的蓝光,通过复杂的线路全部连接到一个终端,主程序正在对他们的大脑活动进行复杂测绘。

这套设备程序名叫"多电极阵列 (MEG)- 皮层脑电图 (EcoG) 磁阵造影脑成像系统",是赵枫楠博士和脑神经科研团队工作七年的技术成果,他习惯把它叫作"阿赖耶"[1]系统。它主要通过测绘脑内神经细胞脉冲电流产生的生物磁场,来推算大脑内部的神经电活动。它能在"潜意识读取"模式下,最快时间完成对大脑神经元矩阵的检阅,即使是潜藏在海马回中最微弱的脑电波信号,也能被解译成高精度潜意识编码,然后形成视觉画面,投射到观测者的视域镜中。

---
注解
[1] 阿赖耶:佛教术语。

潜意识更像是一种对现实的变形,是一片混沌海洋,或是一座漂浮在海面的巨型冰山。露出海面的部分是人能察觉到的意识,而海面下 99% 的冰山山体,则是观测失效的潜意识。它安忍如山、蠢蠢欲动,无时无刻不在影响着人的一切思考和行为。

"阿赖耶"被认为是宇宙之本,含藏万有,就像人体内一台只存不失、永不停止运行的机器。

探索人脑潜意识运转机制的难度,不亚于探索宇宙深空,至少在神经元和星辰的数量上,人的大脑足以跟宇宙媲美。这套系统在未来还能运用于意识上传、脑机接口等技术,甚至是探索人类永生之谜。这七年里,赵博士难免对自己的工作投射出一种难以言传的宗教情感。

赵博士跟林医生说过,如果是真实存在过的记忆被转入潜意识区域,这段画面的精度会更高。在人的濒死体验中,潜意识和记忆交叠、勾缠,编织成网,在那个平行世界,一切可能发生的概率在各个关键节点分叉或相交,形成全新的故事和人生。

缘起不灭。

那是他们在生死之间徘徊时,不经观察对那个世界做出的各种无意识调制,对现实的补偿、恐惧的放大或者毫无意义的碎片堆积,潜意识被投入万花筒,折射出无数个如梦之梦,而单单一个梦的时间就可以漫长到无以复加。

林医生见过一位伤者在车祸后昏迷 6 个月才去世,他无法想象,那 6 个月里,那人在意识之海里经历了怎样的狂风巨浪,在抵达死亡终点前,他的每一次思索都把他拉向更深处的墓碑。

此刻,恐惧和不安随着无形的电流波段,在这个抢救室里蔓延。

林医生认为自己的选择是正确的,丁皓和苏格的伤势太重,全力抢救后,失去意识的时间一旦超过阈值,生存概率就会变得越来越小。而现在,至少有机会让昏睡的两人提前从混沌大海返回,这是目前能救他们的唯一方法。"阿赖耶"系统就像一座灯塔,它在深度测绘脑活动的基础上,读取他们意识深海里振动频率最高的波段,并对其进行微妙干预,然后模拟出那个意识片段,再重新返送、投射到他们的大脑中,如同柏拉图的洞穴寓言。

"阿赖耶"系统显示,那个深夜加油站在丁皓的记忆中被回溯过547次,而苏格有132次。那段记忆无疑是他们共同拥有过的最美好的部分,像珍贵的种子一样被珍藏在阿赖耶机器里。不过,濒死状态会持续触发一系列不稳定的生理机制,播放投影的洞穴墙壁随时会崩塌。

赵博士只花了不到15分47秒的时间,在视域镜里阅读了丁皓和苏格的大部分人生。苦乐参半,跌宕蜿蜒,快乐和痛苦时时更新,不能回溯、不能跳过,这是线性宇宙最让人无可奈何的一点。他们一起度过了那十年,然后在一条路上分出岔路口,经过各自的风景,最终共同抵达了现在。

视域镜里的彩色流萤般争先恐后地在视网膜上跳跃,赵博士来不及唏嘘,尽量保持绝对理智。三个小时前,他决定将两人的濒死体验结合在一起,计算出一个单独程式,为他们创造出一个只存在一夜的平行世界,再投放到他们接收视知觉电信号的脑区中。昏迷的丁皓和苏格会在一个由程序打造的世界里醒来,在这个世界里,他们是这部融入了回忆的电影的主角。接着,再设计好一个关键隐喻,如同梦里的陀螺。这样一个独立、重复的空间,在其中上演的所有情节就像朴素的哲学真理一般简洁。

那个深夜加油站无疑是最好的选择,就像一趟旅途的中转站,他们在那里初次见面,也在那里最后一次告别。丁皓和苏格只需要认出"阿赖耶"给出的隐喻——日出和日落,就能直达生与死,如硬币的两面。

一夜、十年、三小时,就这样因为"阿赖耶"而奇妙地平行着。

距离 4 点 48 分还有不到 10 分钟,人的生理意识最脆弱的时刻到来。他们没时间了。墙面上的数据警示变成红色,发出沉痛的光。

4 点 38 分。

加油站的一切在褪色、垮塌,那个拥抱漫长得像过了一个世纪,霎时,整个建筑燃烧起来,伴随着剧烈的爆炸声响,炽热的火光窜入天空,柏拉图的洞穴正如一幅拼图被一块块拆解。

苏格并不害怕,丁皓也是。他牵着她的手,站在火光前,想起两人一起看《搏击俱乐部》的情景。他说,这个结局真好,世界末日的时候,就这样一起看着它到来吧。她说,好。

在未来也是一样,她很少拒绝,这样反而让他伤心。他想起了什么,又不敢确定,只觉得加油站消失得越多,心里越放不下。

两人还是各自上车,他通过车内通信系统对她说:"我在前面带路,你跟在我后面吧,咱们是同一个方向,别跟丢了。"

"嗯……"

这里接近高原,日出来得很早,不到 5 点,已经有第一缕橙黄色的光撕开夜幕,破晓降临。

丁皓忍不住回忆那个拥抱,而此时,强烈的光线驱走黑暗,初升的太阳正一点点从远处的地平线爬上来,大地和天空被它的颜色浸染,橙光所及之处预示着新生。他回过神,如果将这光出现的每一帧都定格,还真让人分不清这是日出还是日落。

似乎有一排潜藏在他前额叶层的密集炸弹依次炸开,又如觉醒的洪钟在他耳边敲响。苏格的眼泪、拥抱、温度、笑容,她的一切,渐渐融化成柔和的虹辉，和那微甜的暖色阳光一起包裹住他的全身。现在他很确定，那是日出。加油站超市的标志，还有那些无处不在的提示，都是日出！

没错，是日出，是晨曦！

"天要亮了，苏格！你看到了吗？跟我走，我们能一起回去，一起醒过来……"望着前方的路，他一阵狂喜，但更多的是愧疚，他想弥补，用自己剩下的一生，在醒来的世界里。

我也想起来了，我们的身体现在所在的地方应该很冰冷，这儿不过是一个中点而已。丁皓，对不起，那太阳在我眼里，却像日落呢。真不想就这样说再见，这完全不是我想象中的告别，可又有什么办法呢？对不起了。

原谅我。原谅。原谅。原谅。苏格没有说出口。

红色的车子慢慢减速，然后停在路中间。她看着丁皓渐渐远去，知道他会被一束光叫醒，而自己再也撑不下去，会坠落、会升起、会消散，会变得触不可及，去云上或是一个未知的地方，永远地离开他身边，像丁小曦一样。

时间到了，我们各走各的路。苏格拉底如是说。

"苏格，你看到了吗？如果……如果还能重来，我还是会在这个加油站等你，一次又一次，等你把我叫醒。这应该是种侥幸吧？生命中只有唯一一次侥幸的机会。我知道，我们后来会在一起，结婚生子，看着他死去，然后再分开。我还设想了别的未来，没有你的未来，不要问我那个未来是什么样子，再完美我都不愿意去。"

前方是一条隧道。

"放下我，但别忘了……"苏格说。

丁皓回头看去，发现那个红色小点停在远处。他猛然刹车，来不及推下倒挡,便被隧道里的白光吸了进去,像是虫洞制造的引力扭曲,将徘徊在周围的一切都收进深不见底的黑暗中。

苏格仰望星空的脸在他的瞳孔上重叠,还有每一个她,从过去、未来的所有时空中朝他涌来,他最终还是没能弄懂最后这一个没认出日出的她。他伸出双手拼命挽留,却空空如也。他想哭,却找不到眼睛,想狂奔回她身边,却没有双腿。

一个没有她的未来,才是故事的真正结局。他想随她而去,但已来不及。

不知过了多久,她的耳语响起,像是一个拥有强大魔力的咒语,将他倾泻到银河里的眼泪全洒向宇宙更深处,凝结成星尘。

他停止哭泣,停止懊悔,收起心脏的战栗,试着告别。

声音很嘈杂,有很多交错的电磁信号在空气中穿梭,有人在祈祷,那力量让他减轻了些痛楚。丁皓感觉耳膜中淌过一丝清凉,整个世界离他又远又近,那些无限深远的声音仿佛来自许多光年以外,在他的大脑中心形成微妙的共振。他试着一块块拼凑起自己的身体,从混沌之海打捞散落在各处的意识,那股斥力在渐渐减弱。

他放松下来,感到身心无比舒服,他正和自身神圣的阿赖耶融为一体,似要回归到天地初开前的虚无与宁静。他不再挣扎,沼泽地便无法束缚他。那首歌在虫洞中被放到最大声,音波跟所有扭曲的光线一样,被缠结、阻滞,在他耳边留下最后一束难以消弭的尾迹。

  我在……深夜加油站

  遇见苏格拉底

  ……

  我爱爱爱爱爱爱你

  我永不不不收回回回回回回回去

  光，有一道光，有一个重量为 21 克的东西重新回到丁皓体内，千斤重的眼皮似乎被一根羽毛轻轻掀开。

  "他要醒了！"赵博士说。

  "可她……"林医生望向她的脸，她的表情依然柔和，嘴角带着凝结的笑容。

  "放下我，但别忘了……"

  "此时，此地。"丁皓脑中响起一个回音，仿佛来自云上。

宇宙是片思念海

夜色再次降临的时候，我和小伊一起登上思念海的灯塔。对，这片海就叫作"思念"，海水在夜晚是蓝色的，白天会染成明晃晃的金色。今天同往常一样，夜空中一颗星星都没有，黑黑的，什么也看不到。我叹了口气，海面上随即掀起一阵潮涌。

我拉着她冰凉的手说："小伊，我们回去吧，还是没有。"

"再等等吧，万一今晚有奇迹出现呢？"她回过头冲我笑了笑，双手握成拳放在胸口，继续祈祷。

灯塔上的风穿过脖颈，我怕她着凉，把衣服脱下披在她身上："就算有流星，那也很短暂啦，要不，我给你画一颗好不好？"

"不要，我就要等它出现，我想亲眼看看……如果幸运一点，还能遇见大片的流星雨，那就更美啦！"

"那好吧，等到海水变成深蓝色，我们就回去，好不好？"

她笑着点点头，眼睛弯成一轮月亮。

为了看流星，我们已经在这个星球上等了好长好长时间，长得像一生。

这是一颗特别的星球，它的太阳不在外太空，而在另一个平面，就像是镜子的背面。我们没有办法围绕着太阳转动，只能孤零零地悬挂在寂静的太空。尽管如此，我们这里却有正常的白天与黑夜，有四季变化，有飞鸟和鱼，有海洋和月亮，唯独夜里没有星星，一颗都没有。

我们听这颗星球上的大人说，有不少人住在太空里，在距离星球几万公里的地方，他们建造了一座漂浮的金属房子。那些人很久都没回家了，虽然很想念，但他们为了让星球上有阳光、温度和四季，只能一直待在那里，为星球上的人们工作。他们每天都要检查和维护一面镜子，据说那是一面大到可以覆盖整片海洋的镜子。不，比思念海还要大十倍。他们要将轨道上的这面巨型镜子调整到正确的角度，才能将那个平面里的太阳光反射过来，照在星球上，同时要配合地轴自转的角度，星球上才会有规律的日出和日落，才有白天和黑夜。

"树葳，等我们长大了，也会成为这颗星球的守护者吧！"在一堂观星课结束后，小伊对我说。

她热爱冒险，喜欢新鲜的事物，对宇宙的一切充满好奇，我跟她不一样。我吞吞吐吐地说："其实我哪里也不想去呀，只想跟你待在一起！如果要去那么远的地方，我会、我会……"

"害怕吗？"

我没回答。

我们都不记得是哪一天来到这里的，时间太长太久，连地球也快被遗忘，那些记忆远得像一个影子。另外，我们到现在也没长大，依旧是 12 岁的模样，不只外表，还有我们的心。

这颗星球叫作思念星，思念太阳，思念那些去太空的人。星球上的原住民大多都是跟我们一般大的孩子，只有那些去了外太空的人才会长大、变老。我们这群小孩最常去的地方就是思念海，那片海在夜晚时像极了地球的海洋，据说那是生命最初诞生的地方。

此刻，太阳光应该在思念海的下面，海水的颜色变得越来越深，到最深的时候，阳光会一点点爬上来，把海水染成金色。在此之前，我们翻过一座山和一片森林，回到村落。那晚，我做了一个长长的梦，梦里我们都长大了，去到离思念星很遥远的地方，远得像脑海中无法打捞的记忆。

我和小伊从未分开过，从上课、劳作到闲暇时间，每个小孩都有一个形影不离的伙伴，但我有种预感，她迟早会离开我。

第二天的美术课,老师让我们画一幅最美的风景,我举手上前,在黑板上画了一颗流星。老师望着黑板出神,然后说,在很久很久以前,地球上的人们会对着流星许愿,如果被神明听到,神明就会满足他的愿望。

下课后,我悄悄问小伊:"如果看到流星,你要许什么愿望?"

"不告诉你,等有了流星再说!"见我沉默,她又问我,"那你呢?"

"希望我们不要分开。"说完,我瞥向她。

她笑了一下,侧过脸看向别处。

每当夜色降临,我们依旧会去思念海,望着夜空等待奇迹出现,然后默默祈祷。但小伊不满足只是祈祷,她想要飞到天上去。

不久后,太空上的金属房子向思念星发出召唤,要征集10名孩子,他们将接替上一代"追光者"去拨弄那面镜子,将背面的太阳光照射过来,维持思念星自然规律的运转。小伊终于等来了机会,兴奋地报名参加,而我犹豫了好久。

报名的孩子有30来个,小伊最终落选了,她没有通过基因健康检测那一项,不符合太空站工作的基本要求,而我却意外被选上了。得知结果的那天,她笑着擦掉眼泪,送了我一颗手折的星星,乞求我代替她去太空看看那面镜子,看看广阔的宇宙,也许有一天我还能找回那些消失的星星。

她的眼神充满令人无法拒绝的渴望,而我却感到甜蜜而忧伤。

思念海每天都会从蓝色变成金色,过了盛夏时节,我们就要出发去太空了。热气球一样的小飞船带着我们飞离地面,我看到地面上的人越来越小,像蚂蚁,最后变成尘埃。关于离别那一刻的情景,在我的记忆中已变得模糊,除了小伊止不住的眼泪像一颗颗坠落的星星。我一直不明白她为何那样喜欢流星,那些从前只能在地球上看到的流星。

抵达金属房子后很长一段时间，我们每天都拼命学习知识，上一代"追光者"告诉我们如何在太空中行走，如何吃饭睡觉，怎样观测镜子的角度，怎样标记思念星地轴的位置。不久后，我发现自己的身体有了些变化，我的手指、手臂、腿在变长，肩膀在变宽，我必须换上新的太空服，练习在镜面上行走。

起初，我每天都会通过金属房子与地面的通信设备跟小伊联系，但我逐渐发现，我们之间存在不小的时间差。我告诉她我的变化，她却重复描述着从蓝色变成金色的思念海，她无法理解的是，我为何能在同样的时间内渐渐长大。

上一代"追光者"回到思念星之前，我从他们口中得知，思念星是没有时间流逝的，它的公转没有恒星参与，自转也只不过是原地打转而已，在那里可以永远做个小孩，不用长大、变老。而去往太空的我们，要直面时间，扛起自己的使命。

小伊传来的信息里，最后一句永远是——去远方吧，追光者。

她的愿望支撑着我在金属房子里度过一天又一天，可是没人搞懂消失的星星到底在哪里。直到某一天，我第一次独立在镜面行走，撬动镜面中央支点的时候，发现在很远处的镜面边缘有一根模糊的线条，我猜想，那该不会是这个宇宙的边缘？

我心怀好奇，没跟同伴汇报便乘坐穿梭机向边缘处驶去。太空给我的感觉像是一片寂静幽暗的海洋，幸好还有穿梭机前端的光线划破黑暗，否则我会被自己的恐惧吞噬。看不到前路有多远，我感到惶惶无所依，也许太空，才是真正的思念海。

不知过去了多久，我到达边缘。这里什么都没有，茫茫然一片空寂，没有时间和空间，像是某个原点，又像是宇宙尽头。不久，太阳光线从边缘的缝隙中钻出来，我的目光追随着那道刺眼的光，它向前飞去，很快会抵达镜面，然后被反射到思念星的海平线，星球上的日出就要来了！

我心里一阵狂喜，太阳就躲在我眼前的缝隙之外，这光线应该是从母宇宙溢出来的吧？不如趁现在开始这场疯狂的冒险，我想，如果是小伊，她一定会这么做。我将穿梭机的航行速度开到最大，驶向边缘，渐渐靠近那毛茸茸的边界，很快，我感到一阵眩晕，也许是光线太耀眼的缘故，我竟然晕了过去。

等醒来时，我发现自己身处另一个奇妙的地方，不是太空站，不是宇宙边缘，而是另一个宇宙的中心，一个形似广场的中央星站。我缓缓睁开眼睛，迎接我的是闪耀的群星，那些光芒疯狂地向我涌来，我感觉自己和星光正互相捕获，它们就像一支支离弦之箭，正中我的靶心。从漫天星辰的梦幻中抽离，我望向周围，此刻我站立的地方似乎是一颗主星，可以清晰地看到所有星星点缀在黑丝绒般的宇宙背景上，那些光芒是如此耀眼、壮丽而神圣。

我找到它们了，是星星，是小伊日思夜想的星星！它们一直都在，从来没有消失！

中央星站的夜晚热闹极了，我就像个孩子闯入一个万花筒般的世界。此时，一个大哥哥向我走来，躬身致意道："树葳，你好，我是机器人 DS-339，我的同伴在太空 104 号基地救回了你，还有一辆损坏的穿梭机，我们已经将它修好并升级。但我看你好像不属于这里？"

"这是哪儿？"我望向四周，对眼前的一切充满好奇。

他脸庞清秀，蓝色的眼睛迅速将我扫描一番："这里是银河系的序列主星 A11 星球，而树葳是来自遥远宇宙的……"

"思念星！"

"哦？思念星？我没听说过。这里是位面127号宇宙，严格意义上来说，树葳不应该出现在这里，就像你梦里的人不可能来到现实世界。你的世界和我的世界，就像镜子的两面，永远也无法跨越。"

"什么意思？"

他手舞足蹈地继续说了很多，大多数我都没听懂。待他说完，我央求他领我参观中央星站的城邦，他似乎没有赶我走的意思。这是一个与思念星完全不同的星球，这里都是大人，没有小孩，他们身材修长，穿着金属制的衣服，有的飞行在半空，有的身上发着光，有的则住在机器里。

我不停追问这些星星在哪儿，它们的光都是从哪里来的，他微笑的神情令我想起思念星上的大人。

"你看，天空中有的星星会闪烁，有的不会，会闪烁的是恒星，因为恒星自己会发光。而那些不会闪烁的，都是行星、卫星、小行星或尘埃物质，它们依靠反射恒星的光线发光。它们哪，都在距离这里很远的光年以外，所以我们现在看到的星光来自几百万年前，甚至好几亿年前呢！对了，还有流星，诗人说，星星因思念而坠落，才成了流星……"

他的声音沉稳清亮，令人心安，我细细琢磨着刚听到的一切。

他的眼睛又向星空扫描，然后指向其中一颗，说："看，那颗，应该就是你的思念星。"

"啊？那思念星距离这里多远？"

"远到无法计算呢，它在另一个宇宙。"

我拉住他的手急切地问："所以，只有光才能穿越两个不同的宇宙？那我如何能让思念星的人看到这里的星光呢？"

"在你们的世界中，A11星是夜空中的星星，在我们的世界中，思念星也是挂在天上的星星。那里的人看不到星星，可能是光线在奔来的途中被虫洞吞没，光被偷走了，又或者是因为思念星只存在于暗宇宙，所以你们一直看不到。"

我被他的话打乱思绪，问："我不明白，你就说我要怎么做！"见他迟迟未回答，我有些赌气，自顾自往前跑了。

"你去哪儿？"

我大声喊："去把虫洞毁掉！"

DS-339追上我，说："如果你想知道，我可以带你去找盖亚。"

我停下脚步，收敛情绪，转身看向他："盖亚是谁？"

"他是这个星球的统治者，或者说，他就是这颗星球本身。"他缓缓答道。

见到盖亚的时候，我们在位于A11星地下的一个巨大腔室里，准确地说，他是一台具有生物形态的超级计算机。他整体看起来像一棵大树，树皮里层有细细的发光体在游走，树枝、树叶盘踞在树干周围，繁茂极了。DS-339说，盖亚身体里储存着宇宙中所有的知识，那些发光的是数字晶体，也是来洄游走的生物电流，就像人的大脑通过神经元导电传递，以此来进行计算和思考，只不过他的思考是宇宙级的。

我可以向盖亚提出一个问题，但要用相应的能量作为交换。

此刻，在神明面前，我攥紧双手，完全不知所措："盖亚，我想问……我要怎么做才能让思念星的夜空看到星星，甚至是流星？"

盖亚的树干在发光，接着，他发出低沉的人声："去虫洞那头，把思念星拽回来，把它带回母宇宙。去远方吧，追光者，坐上你的飞船，去那个虫洞。"

我继续聆听，但他没有再开口的意思。

"我还是不懂，能否请您……"

接着，盖亚的树枝里缓缓生出一枚新的发光树叶，树枝迅速伸到我的面前，等待我摘下。

DS-339 轻碰我的肩膀，说："带着它，登上你的飞船。"

我点点头，抬头仰望他的瞬间，被他的眼神击中，就像一个久违的伙伴凝视着我。

我回头看了看盖亚，转而问 DS-339："那我用什么来交换呢？"

他没回答。在告别时，他对我说，他曾经问盖亚怎样才能成为一个真正的人。盖亚回答，学会爱。

"爱就是为她去找回星星，我明白了，树葳。真羡慕你啊，去吧，去远方吧。"他向我挥手告别。

群星在中央星站上空闪烁，抬头看，有虹霓流转不停，光色莫定，绚烂极了。我真想送给 DS-339 一个名字。如果小伊在的话，她一定会给每颗星星都取一个名字。

再见了，我的朋友。

我登上升级后的穿梭机，它现在像一条大鱼，又像巨大的热气球。我把树叶芯片插进飞船主系统里，航程便自动设置好了，我很快飞离 A11 星，向未知的宇宙前进，此刻在星辰间遨游，探手即是光芒。人工智能 Sim 提醒我需要一场冬眠，他的声音跟 DS-339 一模一样，他说，前方路漫漫，会有很多星星为我们送别。

不知过去了多久，我从冬眠中醒来，睁开眼看什么都是带着光晕的。飞船停泊在银河系边缘的荒芜之地，这里星光稀少，我恍然发觉，自己已离开思念星太久太久。

Sim 提醒我，在虫洞这边是母宇宙，另外一边则是暗宇宙。

接近虫洞边缘，所有光都无法逃逸，所有物质都会被挤压成零质量。如果要把思念星拉过来，需要很大的能量作为抵押。

从 Sim 口中我逐渐理解暗宇宙是什么意思。原来，思念星只是地球在暗宇宙投下的影子，一个镜像，一个真实的存在。如同揽镜自照，镜中人永远也无法来到真实世界。

"难道盖亚给的芯片能做到？"我问 Sim。

"能。"Sim 说，"只要告诉我你的选择。一，在虫洞这边，把母宇宙的星光送过去，思念星不会发生任何变化，当然，星光也不过是影子而已；二，把思念星移过来，来到真实世界，有了时间和空间，能看到星星、流星，但上面的人会长大、变老，还会死去。"

"什么叫作死去？"

"就是离开、不在了，跟这个世界永别。"

"可我觉得，那是重新归来的意思。"

Sim 沉默片刻后，说："所以，你想好了吗？要怎么选？"

当四周重归寂静，我在想，以后要怎么跟小伊描述这一切——母宇宙的规则完全不同，我可以在银河里打捞星星，可以追逐太阳的光，我度过的每一天都有始有终，我正在长大，终有一天会老去、死亡，我会因为思念一个人、一个地方而充满勇气。母宇宙还有好多神奇的物与景，她有无限的时间和空间，却因为我们拥有了生命而变得有限。

我的选择不会错吧，小伊，你想要的是真实的星星。

芯片启动最后的程序，飞船像一块磁铁在吸收周围的星际物质，它变得越来越大，大得像一只海中巨鲸。接着，它开始靠近虫洞边缘。很快，虫洞对飞船的引力到达临界点。飞船启动引擎，向虫洞的反方向加速，希望能利用这样的反引力作用将思念星拉过来。

　　Sim 提示，虫洞两边的能量值不均衡，正如一场拔河，力气大的一方胜出。我突然想起盖亚的话，我必须偿还能量。没有别的办法，我即刻离开飞船，向虫洞游去，仿佛在海中逆行而上，所有光线掠过视网膜，我就像一位驰骋于宇宙的勇士，忙得星辰满身。

　　接近虫洞边缘，我感觉自身的存在像轮廓线一样被轻轻擦除。而眼前的虫洞，明明是一个万花筒、望远镜，从里面能清晰地看到思念星的模样，它是那么纯净、可爱，惹人心疼。

　　很快，我变成了光的存在，一束奔向虫洞又折返的光，一束指引船只靠岸的灯塔上的光。光线收起的一瞬间，暗宇宙翻转过来，思念星从影子变成了一颗真实存在的星球。

　　"欢迎思念星来到母宇宙。"Sim 痛快地发出宇宙广播。

　　小伊看到星星的那天，我已经去了不能返回的远方。

　　我还记得 DS-339 说，星星因思念而坠落，才成为流星。现在，她的星星就闪耀在夜空中，而我从虫洞边缘溢出来，往下坠落、坠落，落到思念星的上方，变成一颗只属于她的流星。

　　她会将双手握在胸口许愿，那个愿望像一个咒语。

　　从前，宇宙是一片思念的海洋，我们在那里出生、长大，还会老去、死亡，再重新归来。人们看见流星时许的愿望，会被神明听见。

　　每当思念海变得深蓝，她会清晰地看见一颗流星划过，而我，将一遍又一遍聆听她的愿望。我想，我会用尽一切办法，帮她实现。

猫在犯罪现场

# 1

我根本就不是罪犯,我的猫知道。

但是,谁会相信呢?爱酱又不能开口说话,我只能一遍又一遍地解释,但他们根本不听。

那好吧,我再跟你说一次。我叫李维俊,我的猫叫爱酱,事发当天,是这样的——

那天,天气很好,爱民街人不多,午后的阳光洒进玻璃窗里,舒服得让人犯困。我办完事准备从银行离开,银行门口有条向下的坡道,右转通往宽敞的马路。我提上猫包,爱酱在里面趴着,一直保持一个姿势都懒得动一动。我戳了戳它的小窗口,它把脸别过去。这家伙,还在闹脾气。

我背上它,低头看了下手机,下午 14 点 15 分。我一只脚刚踏出大厅,就看见门口正好停下一辆白色面包车,门一开,三个戴黑色面罩的人飞速下车,往银行里疾冲。在我意识到"他们不会来抢银行吧"时,我已经被冲在最前面那哥们儿一把推了进去。

我踉跄地差点摔倒,背后的重心往下稍稍一坠,爱酱轻轻叫了一声,估计它在包里打了个滚。

这是标准的抢银行桥段,真在现实里遇到,我还是觉得不可置信,过了两分钟我才反应过来,与那劫匪老大对视一眼,只觉得浑身打冷战。老大掏出装上消音器的手枪,吆喝着要所有人趴下,谁动就开枪杀谁,他身材不高,手稍微有些抖,声音很干,像嗓子里灌了沙。后面的两个跟班胁迫保安把铁栅门放下来,开枪破坏了所有监控,然后像赶鸭子一般,把柜台外的所有人圈到一起。

我半爬着躲向一旁,和五六个人一起蹲在最里面的空地上,双手抱头,任由他们搜走身上的手机、钱包。猫包被我用腿夹在怀里,爱酱被哄乱的声音弄烦了，有点躁动，用爪子抓挠着小窗口。身边穿花裙子的大姐被吓哭了，保安大叔直勾勾地盯着他们手里的枪，其他几人都是邻里街坊，工友、大爷、阿姨都一脸恐惧，低着头大气也不敢出。

我在心里暗暗骂自己，早那么几秒踏出门口，就不会……

劫匪老大一个人冲进里面，用枪指着柜员的脑袋，要他们把钱都往袋子里装。柜员被吓傻了，只得惊慌照做。劫匪老大很着急，不停催促，恨不得自己动手，像是在赶时间。

他们拿够了钱，就会以最快的速度离开，否则有人找机会报警，他们来不及逃走，肯定会躲在银行里，把我们当成人质，跟外面的警察一直耗着，如果他们的要求不被满足，就会一个一个地杀掉人质。

你知道的，电影里都这么演。但是他们看上去并不像惯犯，抢银行应该是彻底走投无路的选择。凭什么这么说？一种感觉呗，有些人的苦衷写在了眼睛里。

可接下来事情的发展，出乎我的预料。

咦？等等，这是在哪儿？我头有点疼，刚刚我们不是还在银行门口吗？怎么现在……这个场景，门口、天空怎么在剥落，这一切都是假的吗？

## 2

"李维俊，请保持镇定，深呼吸，接下来发生了什么？你能不能解释一下为什么你是最后一个幸存者？爆炸发生时，劫匪跟你说了什么？为什么所有钱都在你手上？你是共犯吗？"我有些着急，但为了破案，必须尽快厘清线索。

"爆炸？钱？等我想想，啊！头好疼啊……"李维俊的信号弱了下去。

我关上"阿赖耶系统",从脑域连接中退出。

"暂停李维俊的信号连接。"我对方博士说,"那段记忆对他来说,刺激太大了,脑波信号非常不稳定,怎么办呢?"

"嗯,毕竟是接近死亡的一瞬间,潜意识里的恐惧会将这段记忆埋藏起来,更何况他现在……"方博士面对显示屏前一堆跃动的数据,轻轻摇了摇头。

我取下头罩,从白色的半躺式脑域连接舱里缓缓起身,眩晕感还未完全退去:"明天这个时候,再连接一次。"

"我想了想,隋警官,你下次询问他时,可以假装跟他是朋友,他也许会对你放下戒备,说不定能更快找到线索呢?"

我点点头。方博士说得没错,或许我应该更柔软一点。可是要我相信他吗?一场犯罪事件中最后的幸存者,怎么看都有重大嫌疑。

"他们能顺利拿钱离开的话,为什么又要引爆炸弹呢?"太多疑点在我的脑中盘旋。

这是"6·21银行抢劫爆炸事件"案发后的第五天,和李维俊的第4次脑域连接回溯。李维俊现在躺在隔离病床上,昏迷不醒。爆炸发生后,银行里的所有人包括劫匪都当场身亡,他是现场唯一一个活下来的人。他被发现时,距离银行门口5米远,身旁有一个跟劫匪一样的袋子,里面装满了钱,应该是准备拿钱离开。银行里的爆炸对他来说不是致命伤,是爆炸的一瞬间产生的冲击力将他推撞在对面的砖墙上,导致脑部重伤、多处骨折和脏器受损。

在他入院的第二天,我们的调查遇到瓶颈,银行内部和门口的监控被破坏,现场发生了什么我们一无所知。按照流程,我们要开始调查所有涉案人员的背景、行动轨迹。

李维俊,24岁,广告设计师,单身,在公司附近租房,无不良嗜好,无犯罪记录，社会背景单纯，与劫匪三人没有任何交集。

他一直没醒，我们无法与他对话，关键是医生已经宣判他是颅脑损伤后呈植物状态的伤者，就算醒过来也很难恢复意识和知觉，更何况开口说话。

我去看他时，他几乎奄奄一息，我很同情他正遭受的痛苦，但我们不能放掉这唯一的线索。幸运的是院长告诉我，医院正在与一家叫作拓维科技的脑神经医学公司合作，他们开发了一套"阿赖耶"系统程序，可用于脑电波意识的修复与再造，能帮助脑损伤、神经官能、老年痴呆等病症的恢复治疗。项目组的方元齐博士建议我们可以利用"阿赖耶"提取李维俊的记忆，或是引导他进入自己的潜意识世界，还原事件现场的真相，找到罪犯的作案动机。

申请程序走得很快，我们得到允许在医院对李维俊进行记忆回溯。登录"阿赖耶"系统如同登录游戏一样，只需戴上一个头盔，系统就会对他的脑电波数据进行分析和提取。对他而言，沉睡的意识会在一个虚拟世界中苏醒，这个世界便是由系统根据他的记忆而重塑的虚拟实景，并且会根据他意识的转变即时调整每一处细节。

简单说，他想起什么，这个世界就会出现什么，他脑中的记忆画面会在"阿赖耶"世界中得到完全复刻。如果在脑域连接过程中，有外部信号参与进来，正向地引导他，那么他大脑调动记忆会变得更快、更准确。

而我在经过简单训练后，会扮演这个"引导人"的角色，只不过之前几次我依然是隋警官，下一次，我打算扮成他的师姐。

# 3

你叫隋慕驰，是我的师姐？嗯，长得还挺好看的，但我怎么记不起来以前在学校见过你呢?既然你这么了解我,那肯定没错!

对,前几天我遇到点……可怕的事,不过我现在好像没事啦,就是警察不相信我说的。什么,你相信我?嗯,谢谢师姐。至于那天发生了什么,感觉就像一场梦,让我想想……

气氛很紧张,我们这些人质被捆在一起,瑟瑟发抖。负责看管我们的两个人,就叫老二和老三吧,老二个子矮,秃顶,老三瘦高,戴眼镜,年轻点。他俩看上去也有些紧张,时不时商量着什么,听不清。很快,他俩好像有什么分歧,在吵架。保安大叔坐不住了,小声安抚我们不要出声,自己准备偷偷去按紧急报警按钮。

此时,老二、老三吵架的声音大了起来,什么"医院""心脏""分钱"……劫匪老大从柜台里出来,一只手提着一袋钱,低声冲他们喊"吵什么",他俩才各自低头收声。

我往柜台看了看,剩下的工作人员还在装钱。另一侧,保安大叔趁他们不注意,正慢慢往后挪动。老二注意到保安的举动,突然大喊:"你干什么?别动!"

劫匪老大见状,也用枪指着保安:"别想报警,否则大家一起死。"

老二此时解开衣服,露出绑在身上的几排炸弹:"有本事就试试!"

我们当时全吓傻了,不敢乱动,旁边有人开始小声哭泣,捂住嘴往里缩。我以为这种状况下没有人能出去,可那时,劫匪老大看了看墙上的时间,有些慌。

他的眼神在人群中搜寻着什么,我已经惊慌到窒息,甚至以为自己在做梦,直到冰凉的枪口抵在我的脑门上。劫匪老大随即走到我这一侧,一把把我拎起来,我差点喊出声,只能顺势背上猫包,双手抱头,姿势滑稽。他不会第一个要杀我吧?怎么办?怎么办?警察还没来,他要做什么?

他用枪挟持我走到门口,几步路的距离,我悄悄把猫包的拉链拉开了一半,想着如果能把猫放走,它就能自己躲远,成为流浪猫,至少不用陪我死。接着,他用力将铁栅门往上打开一米的高度,随后低声对我说:"小伙子,求你帮我办件事,把这钱送到爱民医院 3 楼 502 病房李乐雨。"他的眼神有种令人无法拒绝的无奈,"求你了,时间来不及了,我儿子等着换心脏,我放你走,你先把钱送到医院行吗?我不会伤害他们……"

他竟然在求我?局面在此刻反转,能放我走,我肯定得答应!

"好,我答应你,我立马把钱送去医院。"我不敢多看他一眼,害怕他又改变主意。我接过他递来的袋子,颤抖着准备从门缝下俯身出去,我顺势往里看了一眼,所有人都在看我,我能明白他们眼神中的无助和暗示。

谁知他扯下我的猫包,说:"把猫先留下,半小时后,我把它放在门口。"

这是条件!他看我这么护着猫,肯定觉得我是个有爱心的好人,他把爱酱押在这里,就是逼我必须去送钱,至于之后我会不会报警,他已经不在乎了。

"我的猫……"没等我说完,里面突然躁动起来。

老三和柜台人员不在,可能是去银库里装钱了,老二敞开衣服骂骂咧咧地冲人群发火,声音嘈杂起来。一瞬间,我似乎听到了滴滴声,那声音就像凭空在耳边产生,或许只是一种幻觉,但直觉告诉我,别的地方还有炸弹!我脑子里只有一个想法——逃出去!

趁他往回走的时候,我用力拉开猫包的拉链,一把抓起爱酱的颈子,一手使劲撑开铁栅门,然后俯身,一只脚踏出去,一系列动作在分秒内完成。可也就是在分秒内,炸弹爆炸了,炽热的气流往外翻滚,我感到皮肤一阵刺痛,之后的事就完全没有记忆了。

问我害怕吗?当然害怕了,里面的人应该都……师姐,我头有点疼……对了，我的猫呢？爱酱不见了，我想去找它。

## 4

每次连接时间不能太长，方博士将我们的脑电波信号暂停下线。

连日来的脑域连接让我有些疲累，好在这一次有了重大突破。李维俊对扮成师姐的我没有戒备心，他几乎是领着我一起进入了"犯罪现场"，我就跟在他身后，听他一点点描述着现场的所有细节。

这是重案组警察第一次用这种方式查案。我们见过太多诡异、残暴的案件，对受害者的同情，对犯罪者的谴责，久而久之，内心变得麻木。从前，感同身受是不存在的，我们只是掌握真相的旁观者，而现在，我们能身临其境地进入受害者的世界，回顾他在那个时空经历的一切。他在那一刻的恐惧、无助、痛苦，无限真实地复刻在由脑域创造的虚拟世界中，当他的感官信号叠加在我的脑波上时，我才体会到这一切有多么真实可怖。

李维俊现在正在生与死之间的边缘挣扎，对他来说，似乎是停留在一个混沌的意识空间，一个灰色的、看不到出口的裂缝之中。

在他病床前停留一阵，我将这些信息上报，之后便回家睡了一觉。如果把劫匪的作案动机、炸弹的来源、劫匪三人的关系、当时发生的细节等所有线索拼凑在一起，也许很快就会破案。

第二天清晨，我从家里温暖的被窝醒来，伸了一个懒腰，享受这几分钟的私人时间。还没起床，脑子又不自觉地回顾起案情，有什么东西一闪而过，我突然想到一个很重要的点——李维俊的猫呢？现场只有猫包，但没发现猫，爱酱应该是在爆炸发生的一瞬间落下地，然后躲开了。

我立马清醒过来，抓起手机拨给同事："小丁，李维俊当时带着猫一起去银行的,现场附近有找到这只猫吗?"

"那只猫现在已经被送到宠物医院了。是这样的,案发后两天,有人拨打李维俊的手机,说在路边捡到了他的猫,当时李维俊还在病床上,电话是我接听的,应该是好心人通过它脖子上的猫牌找到了主人的电话。我当时拜托鉴定科的同事去处理,她就先把猫送到最近的宠物医院寄养了。"

"这么重要的线索,你怎么不及时汇报呢?"

"抱歉隋警官,我太忙,忘记这件事了。嗯……难道猫也是线索吗?"

我没多做解释,对,猫身上没什么有用的线索,但我在几次连接中,看到李维俊对它的保护,难免也动了恻隐之心,也许猫能帮助李维俊早点醒来呢?我没多想,起床后赶到那家宠物医院,找到了爱酱。它是一只一岁多的英短,银渐层的皮毛,体型不大,脚掌蜷起来,尾巴环绕着身体,正待在笼子里眯着眼休息。医生说它被送来时,身上有烧伤的痕迹,但不严重,治疗了几天已经快好了,不久前它还做过绝育,有点闹脾气,对它温柔点就好。

我连连道谢,结清所有费用,把爱酱接回了家。它不怎么怕生,进屋四处巡视了一番,确认这里是自己的新领地后,跳上沙发,往窗户的方向看了看。阳光洒进来,它就挪到有太阳的地方晒着,不时张开爪子抓挠沙发边缘和靠枕,发出沙沙的响声。我坐下来摸摸它,想要示好,可它对我摆出一副臭脸,不知道是不是因为太久没人来接它而生气。

先在这里养好伤吧,爱酱。

我下单了猫粮、猫砂盆、猫窝、玩具和药品,等情况好一点,我想把它带去医院见李维俊。

接下来调查取证的工作不算太难,因为劫匪的作案动机已经很明确了。我闲下来翻了翻李维俊的社交网络，大多是爱酱的照片和一些日常琐碎。他的生活忙碌且单调，爱酱的出现让他成了一个乐得其所的铲屎官，不管是方案被否、彻夜加班，还是失恋、空虚，家里总有个朋友在默默陪伴他。我翻完最后一张照片，还挺羡慕有猫的生活。

我尽量不待在客厅，怕打扰爱酱，家里忽然来了一位新成员，我们互相都在适应中。

第二天醒来，睁眼便看见爱酱蹲在床边，它轻轻叫了一声。我伸出手逗它，示意它可以上来。得到允许后，爱酱一跃跳上床，毛乎乎的爪子在我的枕头上按压了几下，我轻轻抠了抠它的下巴，它眯着眼，喉咙里发出咕噜噜的声音。

"你想你的主人了吗？"

"喵……"

出门前，我检查了它的伤口，已经没什么大碍了。

还需要再连接吗？李维俊基本已经洗脱嫌疑，案子的疑点也都快找到答案，可是十分钟后，我接到同事的信息——经再次勘察，在案发现场找到了疑似第二处爆炸点，位于金库旁边。

我立马赶回警局，重新翻看所有调查资料。鉴定科同事在对比之后，提出现场发生过两次爆炸的可能，也就是说，劫匪身上的自制炸弹是真正的爆炸源爆炸后才被引爆的，那么第一次爆炸是怎么发生的？如果还有凶手，那又是谁？

领导调来劫匪进入银行前的监控资料，要我们仔细查看，依以往的经验，两起案子因为巧合并作一案，两个凶手在同一时空撞上，不得不同时作案或是隐藏，这样的例子也曾发生过。果真如此的话，那么隐藏在银行劫案背后的案子又是什么呢？

我买了一杯咖啡，和同事蹲守在监控前，之前调查只集中在劫匪进入银行后的时间段，忽略了案件发生前一两天银行的状况。此时的监控画面是案发前 26 小时左右，银行大厅里有人在等待办理业务，李维俊和爱酱竟然又在这儿，在案发前一天，他们来过！

另外，办公区都是普通职员，而在离金库最近的一个办公室里，也就是第一次爆炸发生的地方，有位经理出入过两次，不能说可疑，只是在案发前看上去多少有些不合时宜。

正在此时，画面角落里有只猫探出头来。

"等等，放大！"

是爱酱！竟然是爱酱！它从猫包里出来过，李维俊甚至没提起他在前一天来过这儿。

它竖起尾巴，贴着墙往里走，经理没注意到它钻进那个房间，又很快溜了出来。大厅那边，工作人员抱着爱酱还给正在到处找猫的李维俊。

我不知道他和他的猫为何在这场案件中有这么多特别的举动，是麻烦还是幸运？我想起家里的爱酱，显然更倾向后者。我暂停监控，立马拨通方博士的电话："方博士，我们可能还需要再次和李维俊连接。"

# 5

师姐，你说爱酱在你家，它还好吧？谢谢你的照顾，等我好了就去接它。你说我们在前一天去过银行，它还跑出来过？嗯，对，我在银行办信用卡业务，但因为信息不全没办成，第二天才又去了一次。两天我都带着爱酱一起去的，它第一天在银行从包里出来过，没错，是一段小插曲啦。

你想了解一下？爱酱是很调皮啦，有的时候跟你玩躲猫猫，你都找不到它的。

我记得当时是上午 11 点多，我拿了号，在座位上等着。旁边有位大姐看见猫包里的爱酱，很是喜欢，在逗它玩。我干脆把它抱出来放在腿上，爱酱抖了抖身子，又仰起脸歪头看着对方，很享受别人的宠爱。可转眼间，它就跳了下去，一下子就蹿没了影。我们赶忙去找它，沿着墙边角落，一直没找到。没想到两三分钟后，一位工作人员抱着它从里面走出来。

那位工作人员有没有异常？没有，看上去挺和善的，抱着爱酱笑眯眯地还给我。她没说爱酱钻到哪儿去了，估计是在他们办公室转了一圈吧。

其实，跟爱酱生活这么久，我发现它跟别的猫有点不一样。说不上来，猫咪的傲娇、高冷、独立它同样都有，喜欢你的时候会主动来粘你，不想理人的时候会躲到你找不到的地方，但它对声音和气味特别敏感，特别有灵性，有一次我在家做饭，忘关火就睡着了，是它闻到气味后在我头上使劲蹭才把我叫醒的。还有一次，我发高烧，它也不吃不喝，在床上蜷着陪我。爱酱不仅仅是宠物，还是我的朋友和家人。

师姐，我是不是说太多了？对了，你刚刚问的这些，有什么要紧的吗？

# 6

脑域连接的工作就在李维俊隔壁病房展开，方博士布置过，安放了两个舱室和几台仪器，简洁却有效，很难想象有一个看不见的世界正在这里运转。我从连接中断开，休息片刻后，爱酱的身影如同画面残留，在我的脑海中徘徊不去。

我先回了一趟家，给爱酱喂食、清扫猫砂，它埋头吃饭，耳朵竖着，尾巴打起卷来，填饱肚子后舔舔爪子，然后踱步到我脚边蹭了蹭，发出懒懒的叫声。

我一把抱起它，一边给它喂猫条，一边与方博士通电话："博士，我有个问题，'阿赖耶'系统能转译动物的脑电波信号吗？"

电话那头有短暂的停顿，然后回道："没有实验过，但理论上是可行的，原理一样，只不过动物意识里的世界，和人类认知的世界会有明显差别。"

"您的意思是……"

"同样一个客观世界，动物和人类对外部事物的反应是完全不一样的，得'过滤'掉主观意识，才能还原它们感官中的真相。这一点，人意识中的脑域世界还原度会更高，因为我们有'记忆'的习惯。如果想通过动物的视角再现某部分真相，就需要一些技术干预。隋警官，你是有什么新发现吗？"

爱酱舔猫条的动作慢了下来，抬头看了看我。我轻抚它的头，继续道："李维俊的猫进入过爆炸发生的隔壁房间，有位经理很可疑，我在想有没有可能……"

"与猫连接？"

"是不是有点太异想天开了？"

没想到方博士竟然笑了，似乎是在赞许："隋警官的想法虽然很大胆，但许多科技的发明与进步都源于异想天开。这样，我先测试和写入程序，至于你提出的方案，可以研究看看。"

挂掉电话后，我心中还有一丝疑虑，就算"阿赖耶"系统能还原爱酱的记忆，那有多大概率能挖出有用的线索？作为警察，不管机会多渺茫，都会追查下去，但对爱酱来说，它的大脑能承受吗？

时间不允许我多想，三天后，方博士告诉我实验测试结果显示与猫连接有一定的成功率，前提是得做几次脑波连接信号的数据录入。

这期间我去看过李维俊，他还在沉睡，头发变油了，贴着额头，嘴唇干干的，脸色有些苍白，偶尔有反射性的眼皮跳动。他的身体机能逐渐好转，但脑电图依然呈杂散波形，医生说植物状态的患者能恢复智能、思维等高级神经活动的概率太低了。

怀着忐忑不安的心情，我带爱酱来到拓维科技的专业实验室，方博士已等候多时。这里通体白色，四方墙面发出暖色的光，让人放下紧张感，中间是几张排列在一起的晶屏，操作台上有造型不一的计算机，四周则是一排胶囊型的脑域连接舱。我把爱酱抱出来，准备开始数据录入和测试。

方博士提到他跟动物神经医学专家联系过，技术理论方面有数据支持，测试不难通过。随后我们把爱酱放在操作平台上，它没有表现出抗拒，很听话地坐下来，望着我们。

"难得它今天这么乖。"我说。

"放心吧，隋警官，也许它真能帮上忙呢？"方博士挠了挠爱酱，露出宠溺的笑容。

首先是一系列的基本机能评估，随后方博士给爱酱的头上贴了几个刺激贴片，用作大脑电波信号测试，另外在它眼前撑起一个类似支架的仪器，仪器前端发出对焦光点，触在它的眼睛上，这是视觉信号连接。最开始它有些不适，等视觉光点与它的视网膜对接成功后，它便端坐着，像入迷般安定下来。

"不用担心，它就像我们说的'入定'，系统正在分析它的视觉、脑区的信号频谱。"

我放心下来，守在爱酱一旁，不时看看晶屏上跃动的字节。

两天内，我们进行了几次测试。深夜，我接到方博士的信息："这次，可以让李维俊、你和爱酱一起连接，三方的即时通感记忆回溯，会有更多不可测的地方，但也能让你们的视角更为统一，让现场尽可能准确地还原。时间不多，仅有十分钟，记住，这是系统和你们大脑能承受的极限。如果还要再次连接，会对你们三位都造成负载，不建议重来。所以，隋警官，你一定要把握好，他们在脑域世界里如何存在，就看你怎么引导了。"

我把爱酱抱到床上，它有些疲乏，在枕头下蜷成一团。回复完方博士之后，我侧过身，看着爱酱轻缓起伏的呼吸，感到安心。我也试着如此呼吸，将即将到来的紧张都稀释在睡梦中。

第二天，我们在隔壁病房准备就绪。

开始前，我带爱酱去看望了李维俊，它在床头嗅了嗅，肉爪贴在李维俊头上轻轻抚摸，嘴里发出呼呼的声音，见他没动静，爱酱伸出头去触碰他的脸，温柔地蹭了几下。

这一幕令我内心长久以来某种坚固的东西开始松动，就像一片雪花轻轻落地，又静静融化。

爱酱，你准备好了吗？

# 7

咦，师姐，爱酱好像刚刚跟我说话啦？你看，它说包里太闷了，想出来呢。师姐，你想抱抱它？没问题，爱酱不怕生人的，你看它多乖啊。

"我想到处转转，喵。"爱酱说完，一跃跳了下去。"哎，爱酱，你跑去哪儿？"

我来不及抓住它，它就蹿没了影。

我有些着急，起身去找它。万一它跑进里面的办公室，怕是要给人家添麻烦的。

师姐，你看到它了吗？这家伙也溜得太快了。你说它往里面去了？走，我们一起去找找。"

我刚看到爱酱趁工作人员开门时，钻了进去。

"爱酱，快回来。"我轻声唤它。

我们沿着柜台一旁的走廊进去。奇怪，工作人员今天是怎么了？见我们往里走都不阻拦。银行内部跟我想象得差不多，走廊两边有好几间办公室，尽头是一扇厚厚的门。

爱酱从最远处的办公室门口探出头，对我们说："里面好像有些奇怪哦，我闻到一点味道，你们要不要进来看看？"

对爱酱能开口说话这件事，我已经不感到惊奇了，自从走进这个银行，我忽然觉得世上所有事情都变得容易接受，仿佛一直如此，那些意外连同奇迹，一直存在于那扇门的背后，关键在于我们什么时候打开它。

"好，爱酱，你不要害怕，我们来了。"

路过的几个职员依然没有阻止我们，像是NPC（非玩家角色）一样。

来到爱酱所在的办公室后，我们发现这里是一间资料室，有许多档案柜，门口处有两张桌子，拼成一个简易的前台办公桌，我特别注意了一下，里面没安摄像头。爱酱在档案柜之间游走，回头说："这里好像有东西。"

我跟着爱酱侧身往里移动，它在一块翘起边的地砖旁蹲下来，爪子伸进缝里刨了刨："就在下面。"

这一刻，我没有别的想法，只听从一个不知从哪儿传来的声音——对，就在下面，撬开地砖看看。我照做了，地砖下面是一个深度不足一米的小坑，里面堆了三个深灰色方布包，中间的一个包上还留下了两道爱酱爪子的抓痕。

"这是什么？"我问道，不知这问题是问谁的。

什么？师姐，你说这有可能是炸药？

此时，有人经过，脚步声近在耳边。爱酱有所警觉，说了声"快躲起来"，然后立马钻进柜子的隔间。

来的人应该是职务更高的经理，穿着与柜台职员不同的黑西装，身材高大，戴一副眼镜，国字脸，薄嘴唇，眼角下垂，一道深深的法令纹刻在面颊，令他看上去极为严肃。

他在门口停下脚步，打开门张望，我紧张到屏住呼吸，但他并没有发现里面有人。随后，他进门接听了一个电话，压低嗓音说："你大哥什么时候行动？明天下午两点是吧？这边我已经检查过，都准备好了。我明天休息，金库里有个地道，我从地道里过来，把钱搬走后，我会掐着时间引爆炸弹，你记得找机会提前下地道，爆炸前咱们都可以脱身……这是凑巧，你大哥遇到这事也没办法，是老天助我们，罪让他们担，反正死人又不会开口说话，他儿子需要的钱，你匿名送去医院，没人会查出来的……"

说完，经理轻轻推开门准备离开，而爱酱此时像箭一般蹿出去，在门关之前离开了这个房间。经理在外面发现了它，但没看清它是从哪里钻出来的："谁的猫？小张，过来一下，快把它抱出去，肯定是哪位客人的。"

不到三秒的工夫，我忽然从档案室转移到了银行大厅，真够神奇的，跟切换场景视角一样。

我把爱酱放回包里。到我的号了，一会儿柜员会告诉我今天办不了，得明天再来，我很快就会离开，等24小时之后，我们会再回到这里。所有事情就是这样。

师姐，案件真相你都知道了吧？你会相信我和爱酱说的话吗？

# 8

"博士，快到时间了，退出连接。"我发出退出信号，可眼前的世界没有丝毫变化，我们还在银行大厅。

"怎么回事？"我嗫嚅着。

"脑域世界还在运行，连接的三个脑波信号有一个还未停止活动且信号越来越强，从外部不能强制截停，你必须尽快处理。"方博士的声音传至我的大脑。

还有谁？我望向身旁的李维俊，他明显有些疲倦。此时，这个世界突然发生了一些变化，除了我们，四周像平面一样脱落、消散，包括旁人在内的所有事物如数据重组一般，折叠变换成一个全新的空间。

是爱酱的脑波信号！它正在重新改造这个脑域世界！

我把它从包里抱出来递给李维俊，他似乎越来越虚弱，像独自跋涉了千里的旅人。他抱起爱酱，对它用力挤出一个笑容。

"阿俊，你看上去很累？"爱酱仰起脸对他说话。

"爱酱，我困了，想继续睡下去。"

"爱酱，快告诉他，不能睡！"我对它说。

在这个世界里，我似乎是个旁观者，有一种醒着做梦的感觉，我试着与他们沟通，但李维俊像是一根快要燃尽的蜡烛。还有最后两分钟，爱酱的脑波竟在继续增强。我们的四周突然出现了许多画面，如同播放电影，一些生活片段占据了中心，而且所有画面都是爱酱的主观视角。爱酱在他工作时凝视他的背影，跳上枕头叫醒赖床的他，翻弄玩耍带着他气味的背包，抗拒洗澡，把水洒得到处都是，蜷在他的怀里一起窝在沙发上看电影……

场面奇妙而温馨，我们像是通过猫的眼睛在观察外面的世界。

李维俊嘴角微微上扬，眼中却泛起泪珠："爱酱……"

　　爱酱望着四周，说："快点醒来，你是我最喜欢的仆人，喵。"

　　"你这猫咪，只把我当仆人吗？"说完，李维俊忽然闭上眼睛，一只手按着太阳穴。此刻，我感到大脑一阵刺痛，在这里，我们的脑电波信号完全相连，正彼此分享所有感官，如同坠入一个三人能同时感知的梦里。爱酱从他怀里跳了下去，他也慢慢坐下来，双手抱住膝盖。

　　大多数哺乳动物的脑神经和人类脑神经一样，总共十二对。植物人的大脑皮质严重损伤，而负责储存记忆的海马体位于大脑皮质下方，一个人的意识、行为、情感、思维的活动，多数由大脑皮质也就是神经细胞的细胞体集中承担，大脑表面往下凹的沟与沟之间隆起的回路，这些婉转曲折的回路主导了机体内的一切活动过程，其中，记忆是最重要的一部分。

　　我突然意识到爱酱在做什么，它正用自己的方式唤醒他。如何让脑中那片褪色的区域重新恢复颜色，让一束束电信号穿过荒芜的大脑神经网丛，让断掉的神经突触重新连接？这些医生都没找到答案的事，猫咪要怎么解决呢？猫咪只能在自己的梦里，召唤出那些平常又深刻的记忆，以此编织成网，让他回忆起来，将他重新打捞上岸。

　　时间不多了，会有奇迹出现吗？

　　"爱酱，我睡了很久吗？只感觉做了好多梦，梦里一遍遍重复那些场景。"

　　"你都忘了来接我，我记仇了，喵。"

　　"醒过来，就会……真的醒过来吗？"李维俊看向我，"师姐，会吗？"

　　我点头："阿俊，我们只剩不到一分钟了。"

爱酱跳上他的肩膀，继续说："这女的是好人，她照顾了我几天，但我还是喜欢我自己的猫窝。"说完，它把头贴在李维俊耳朵旁。

"我醒来，那你呢？"

爱酱说："我累了，喵……我把你的世界都改变了，厉害吧，当你的主人够格吧？"

"嗯，爱酱，你是最了不起的猫咪。"

"喵呜……"爱酱的声音小了下去，它缓缓闭上眼睛，身体失去平衡往下滑，李维俊两手托住它。

又是一阵剧烈的刺痛，脑域世界被按下暂停键。

在这个将逝未逝的世界中，在这个属于猫的量子态宇宙里，爱酱的脑波信号成为主宰。猫的生物神经元同样是以神经系统的神经细胞为基础的生物模型，因此，用猫的神经网络可以表达物理世界的现象。在这短短一瞬间，爱酱大脑皮层的海马体沟回释放出全部能量，它发出的脑电波信号以最快的速度点亮大脑皮质层的神经网丛，将神经元信号一个接一个地往下传递，如同点亮城墙上的烽火。而"阿赖耶"系统正好成了它脑波信号的桥梁，将此荧荧之火一点点燃至李维俊的神经网丛之间，唤醒他大脑中沉默而黑暗的群星。

我闭上眼睛，感觉眼前的世界突然爆发出最强的光亮，又瞬间收成一道白线，最终消散于一颗好似星星的光点。爱酱就像一颗燃尽的恒星，在点亮另一个宇宙的群星之后，以超过负荷而陨落的代价完成了自己的使命。

霎时，脑域连接停止，如烟花般绽放的世界又重新归零。

我离开"阿赖耶"世界后，爱酱没有再睁开眼睛，它依然蜷着身子，耳朵耷拉下来，像陷入一场甜蜜的酣睡。我止住不停涌上来的眼泪，毫无仪式感地跟它告别，拜托博士处理好剩下的事，我便火速把最新线索带去警局。

工人范民义为了要做心脏手术的儿子，走投无路，伙同两位工友抢劫银行。工友之一的赵志，曾与银行的郝立经理因大厅翻修工作而认识，在答应与范民义合作后，他又私自和早有监守自盗想法的郝立勾结，两人设计制造案中案，提前转移了金库中的钱财，妄图利用爆炸掩盖金库地道的秘密，并毁尸灭迹，将所有罪名嫁祸到范民义身上。

　　这是我对案件的推理，除了脑域世界中的数据佐证，另外我还想起了画面中的一个足以给郝立定罪的细节。很幸运，我们在爱酱的爪缝里提取到了炸药的成分，而在郝立家中也找到了同样成分的物质，他利用从化工厂收来的废料自制炸弹，利用职务之便设下此局，在银行劫案发生前离开现场。

　　不到10小时，我们对他实施逮捕，李维俊作为此案最后一名幸存者，终于洗清嫌疑。

　　等我处理完手上的紧急事务，赶回医院，方博士已将"阿赖耶"系统关闭，他长舒一口气，对我说，快去隔壁看看他。

　　我来到床边，他听见动静，缓缓张开眼："师姐？"

　　"你好，阿俊。"

# 9

　　我应该叫你师姐吗？只觉得你好面熟啊，像不久前才见过。

　　我醒过来，医生说这是奇迹。你问我怎么醒来的？你相信吗？爱酱好像在梦里跟我说话了，它说，我如果能醒来，以后就不用给它当仆人了。神奇吧？猫咪竟然还会托梦。

　　对了，爱酱呢？它现在在哪儿？

去有玫瑰的目的地

没有战争，将来也不会有，这是我们与新人类达成的共识。

新人类来自数十光年以外，有多遥远，妈妈也说不出来，只说远得比我们十代人的寿命还长。不过，她补充道，光年是距离，这样比喻的意思，是我们十代人加起来都走不出那么远哩。

空间虫洞在地球外开启时，世界一如往常。有人看到了，说宇宙像缓缓张开一只眼睛。而那一天，我在云南斗南县中学上课，妈妈在地里干活，没人注意到天上的阳光突然暗淡下来，正在进行光合作用的玫瑰肯定也不会察觉。

很多事，我是长大后才知道的。我以前问妈妈，人什么时候长大。她说人要是离开了家乡，很快就会长大。

时间对我们来说，是一日三餐，是两个花期和四个农时。可时间在宇宙中，是一个可以同时无限宏大和无限渺小的概念。新人类的星舰是从虫洞穿梭而来的，兴许要历经上万年的时间，兴许只需短短一瞬便能跨越无数星系。

新人类登陆地球之前，给中国、美国、俄罗斯、英国、法国等发去信息，内容大概是和平造访之类的，就像某一位宇宙远亲突然登门拜访，没有恐慌，没有冲突，没有战事。

新人类跟各国政要进行友好谈判后，得到进入人类社会的许可，学校、医院、博物馆、社区……他们高大俊美，智慧和善，是比我们更优秀的公民、教师、科学家、政客。

在他们身上，人类看到了未来。

电视新闻说，他们也来到中国，去了北京、上海、深圳、重庆。不过，我们大山里的生活平静如昨，没什么变化。

不到一年，新人类提供了不少技术与道德上的示范，久了，人类真把他们当哥哥一样看待。可中秋节刚过不久，他们提出一个要求，很简单，希望人类尽快离开北纬25—30度所在的城市和地区。至于原因，报道里只说是为人类"解锁"。北纬30度线是一条神秘的纬线，贯穿四大文明古国，还有诸多神秘区域和奇景，珠穆朗玛、百慕大、死海、三星堆……这件事，不过是在未解之谜上再加一道谜题吧。

不到三个月，迁徙令传到了村里。村民们沿着路边一个唤一个，把大家召集到村口的空地上。书记匆匆赶来，举起喇叭对大家说，大家马上要搬走，搬去北边或东边的大城市，房子、上学、工作的事都能解决。时间不多了，劝大家赶紧收拾，可能以后都不会回来了，第二天就要做登记，带好房本、身份证、户口本……至于别的，没细说。

"那咱家的玫瑰呢？"我妈追着问。村民也追着问，牛羊、茶叶、药材呢……书记说，能带多少是多少，带不走的，就留在家乡，让它们自己生长。

云南呈贡县斗南乡位于北纬26度的高原山区，是全球鲜切花生产气候条件最优越的地区，也是国内最大的玫瑰种植地。20世纪90年代，我们家承包了一块玫瑰田，三代人都种植玫瑰。妈妈说她很幸福，是在花儿堆里长大的孩子。小时候在花田里打滚，一进家门就会闻到花香，夜里被枕头上的香味拥着入睡，鲜花饼、玫瑰茶、玫瑰酱、干花药材，丰盛的物产滋养着我们的生活。玫瑰，是我们家族的标记，是生命的纹饰。

夜里，妈妈拿出证件和钱袋子，把家里不同种类的玫瑰种子在铁盒里装好，还有些首饰，值钱的家当也就这些了。我拿出中国地图铺在桌上，用尺子比画着经纬度，看看有哪些地方的人要搬走。她自顾自地说，过两天再去地里摘鲜花，能摘多少摘多少。

妈妈还很年轻，日子栖在她身上，没有动静。不管在哪儿，她头上总要别一朵玫瑰。趁她忙碌，我问："为什么这么快要我们搬走,你却啥也不说?"她继续在家里转来转去,头也不抬地说:"咱家就咱娘俩,去哪儿不是生活?再说,你过两年高考,不是可以在更好的中学读书,将来考上好大学吗?"我点点头,只是可惜了家里的花。

十多天后,斗南中学已经不上课了,只剩下几位老师善后,我回去了一趟,想最后看一眼学校。

走到教学楼下,遇见匆匆而行的周老师。他抬头看见我,说:"小江,你怎么回来了?"我问他:"老师,您要带什么走?"他想了想,说他想偷偷留下来,看看到底会发生什么。我非常惊讶,沉默寡言的周老师竟有这样令人惊叹的计划。

"啊?您不怕……"

"怕什么?"他说,"我没什么好怕的,关于这件事,我想了几种可能,第一,外星人占领地球;第二,这个地带藏着大秘密,他们要搞研究开发;第三,唔……第三嘛,我想不出,他们说帮人类解锁,什么意思呢?难道北纬地带被上了锁,他们能解开?解开后,人类能活得更久更好吗?"我答不上话。他又问我遇到解不出的题怎么办。我回答,去问老师。他说,对嘛,他就留在这里等老师解答。

他转身准备走,没走几步又折回来,推推鼻梁上的眼镜,郑重递给我一本诗集,说:"小江,如果有机会,能不能帮我把这封信交给青红老师?"我问他为什么不自己交给她,青红老师可能还没走。他摆手,说:"不了不了,有些事你长大了才懂。"

我接过诗集,封面泛黄,一定是值得珍藏的老书,里面夹着些东西,我不敢打开。他道谢后匆匆离开,很快,他的背影消失在走廊。

看玫瑰看久了,我想象不出太过遥远的事物,妈妈也是。外面的关系错综复杂，不如山里悠闲，可有什么办法，我们就像蒲公英，风往哪里吹我们就要去向哪里，等风暂时停下来，就种点玫瑰，靠它生活，等风再起时，就继续上路，我们的人生大半是这样吧。

收拾了一周，妈妈挑挑拣拣，舍不得这个，放不下那个。走的那天早晨，我看到玫瑰铺满了家门口的路，还有不少装点在门窗屋檐，好看得不知是从天上抖落下来的什么仙物。"是妈妈弄的，不是什么传统风俗。"她说，"家里都是花嘛，多看两眼，以后不管走到哪里，想起家来心里就是甜的，走啰！"

就这样，我和妈妈各自背着一个箩筐，手提两个大包，踏上了迁徙之路。距离北纬30度最近的城市在350公里以外，目的地不算远，比起宇宙级的跋涉，这只能算是原地踟蹰。

我们同村的好几家人一起出发，隔着片片农田看见晨雾中赶路的身影，他们也都大包小包地背在身后，一步步走向斗南乡外陌生的日夜。先是坐小货车赶到镇上，镇上的车站外围满了跟我们一样的村民，嘈杂拥挤，汗味、泥土味、牲畜味混合飘散，我把头埋在妈妈背后的框里猛嗅玫瑰。

有人举起大喇叭维护秩序，要我们按号码排队上车。往来的车一趟接一趟，不多久我们坐上一辆长途大巴，继续赶路。

经过两天一晚，我们到达四川内江，接下来还要坐火车。几番奔忙，筐里的玫瑰花也显出疲态。车厢里大多是迁徙的人，坐在对面的是一位年轻学者，爽朗健谈的样子不像本地人，乡亲们围在他身边问个不停。妈妈让我送一朵玫瑰给他，他笑得灿烂，把花插进胸前的口袋。

从他那里，我听到一些有趣的猜想，新人类要在北纬30度附近修建大型托卡马克受控核聚变装置，到时地球的卫星轨道上会有一圈用作粒子对撞的管道,在地面上用肉眼就能看到,异常壮观;也可能会在地下建造小型金字塔矩阵装置,屏蔽电磁场,将有一种新的质子能源场维持地球运转;还有接近科学幻想的无心之谈,说这个地带之所以神秘,因为在地核中心有另一个环形空间虫洞,是地球提升维度的关键,新人类绝非恶意,他们就是多维宇宙中某一个已经提前迈向成熟的人类文明;还有人说,一直以来地球其实位于宇宙的暗面,就像是在一张钩花地毯的背面,新人类要将我们带向最初的真实宇宙。

他兴奋地聊起这些时,周围的人所剩不多。我盯着他和他的玫瑰贪婪地聆听,陷入了花瓣排列状的漩涡里,卷进溢不出来的清芬中。

接近黄昏,车厢里鼾声此起彼伏,我在半梦半醒间睁开眼,看向窗外,远远地,似乎有一幅巨大的半透明帷幕从地平线那头升起来,像一处边界,周老师如果没走,他应该身处其中。不知是蜃影还是梦境,当我醒来后,年轻学者已经提前下车了。

火车到达苍溪县已日上三竿,准备下车时,我突然瞥见包里的诗集。

糟了,我忘了把信交给青红老师!我翻开诗集,里面不仅有一封信,还有一朵完整的被压薄的小玫瑰花苞,这是它离开家乡第一次被看到。我不完全懂得这份烫手的热望,只是被这朵玫瑰打动了。车门打开,周围拥挤混乱,我焦急地大声询问谁知道青红老师在哪里。没人听见。我再大声喊了喊,有人摇头,车门处的陈阿伯回头说,斗南张家的姑娘青红啊,她已经……

"已经怎么样了?"我喊道,声音淹没在嘈杂中。妈妈拉着我向外走,站台上人流涌动,摩肩接踵,陈阿伯不见了身影,我胸口的玫瑰散落了一地花瓣。

临时落脚地在苍溪县外新搭起来的棚区，云南人被安排在一处，像个小社区。我和妈妈分到一个 7 平方米的棚屋，棚区外有一片小草地，这儿的土不适合种花。妈妈简单布置了一下，把几乎都开败的玫瑰一排排摆放在角落，这里立马有了家的感觉。

在很久以后，如果这段不起眼的迁徙会被记录下来，那也是不值得被记录的细枝末节。

夜里入睡前，蝉鸣四起，我翻开枕头下的诗集，看见了不可思议的一幕，那朵玫瑰花苞竟然开放了！一朵新生的玫瑰，如朝露未被蒸发前的灵动、纯真。可我知道，没有根、土壤和水，花苞会很快枯萎。而此刻，它竟如此鲜翠欲滴、如此庄严，躺在一行行诗句上，成为诗的最末一句。

暗香浮动，我轻轻嗅了嗅它，想起被神秘纬线穿过的家乡，此时兴许正有某种远程量子作用跟这朵刚复活的玫瑰缠绕。我闭上眼睛，静静睡去，想着它会一直绽放，永不凋谢，想着遥远宇宙的宏阔，也想着一朵玫瑰的细微。

尚可思想的宇宙在此留白

## 在思度星祈祷

思度星上的生命会定时祈祷，祈祷时间为 42 秒。

祈祷仪式是与宇宙连接的修辞，祈祷，源于这颗星球时间的静止，就像连续的时空之间产生了一个缝隙，缝隙正好是 42 秒，之后两颗恒星完成任务交接，世界再度重启。起初无人发觉，直到他们通过计算阴影的位移找出了规律，虽然世界突然静止，但恒星的光芒永不消歇。

他们之后才知道，在宇宙的绝大多数星系里，不会再有第二颗如思度星一样的存在，它就像同时活在两个世界的孩子，一次次在自我错认中怯怯地凝视诞生之地。那个神秘的时间暂停现象每隔 36 天出现一次，因为极度神秘，促使他们学会了祈祷。这样的祈祷仪式如同固定的节日，从文明初期一直流传下来，他们好奇自身的命运，感叹为何受到两颗恒星的恩泽，祈求宇宙的齿轮拨回原位，为他们显化一条正确的攀升之路。

在人文主义时代，科学家普济通过观测和计算大胆推测：思度星位于一条分项轨道之上，这条轨道横跨两个宇宙的恒星系，每 36 天经过轨道的交点，就像一扇门，穿过这道门会有短暂的时间驻留，星球随后从 A 宇宙进入 B 宇宙，在 A 宇宙的时间是 36 天，而 B 宇宙不同的参考体系则会把几百几千年压缩至这同等的时间，因此文明在不停加速。昨天还是一片荒芜的丛林，没几天就变成飞行器肆意穿梭的赛博城市，宇宙之轮运转不歇，思度星的生命只是这齿轮里的润滑剂。他收回探进深空的目光，这个结论搭乘群星散射的光抵达他的大脑，霎时，他从苦闷中释怀，喃喃着这不过是又一次为混乱而不可知的宇宙提供佐证。

在智能信息时代，考古学家在地底发现了大量奇怪的图形文字，解读后确认为上一次文明遗留的信息，而这证实了普济的猜想——

如果这颗星球的文明还在延续，如果你们找到了这段信息，那么你们应该已经发现了42秒的秘密。我想告诉你们的是，我们的文明是永劫复归的文明，你和我及未来的他们，我们在无止境的轮回中一直重复着文明生灭的流转，看似无始无终。这颗星球位于分项轨道之上，也就是说，它的公转轨道横跨两个位面的宇宙，一个是普通位面的宇宙，另一个则是背面的不可知宇宙。从生命诞生到文明出现一丝微光，从青铜时代到帝国时代，从智能信息时代到新能源时代，相对宇宙而言，只需要36天的时间。思度星文明每36天进行一次技术与时代的更迭，就像是把遥不可及的未来一把拉至现在，我们曾经庆幸文明的飞速爆炸，但最终明白，一旦触及巅峰，衰落和毁灭也近在眼前。成住坏空，依然是宇宙的铁律。

根据上一次文明留给我们的信息，他们终结了星际拓荒时代。在每一次快速的生灭递归中，这颗星球的生命共同参透了这个秘密。

我们进行过无数次思考和推演，不管是离开母星，远征至宇宙深处，还是脱离分项轨道，回归本位面宇宙，都无法摆脱轮回的命运，一切繁盛都毫无意义。曾有诗人如此形容我们的宇宙："我们精心缝制着一条地毯，但地毯下是完全不一样的花纹。我们在镜子前端视自我，而镜子里的我一秒钟年华老去。我们虔心称颂头顶的造物主，造物主却在我们身后模仿我们的样子。"哲学家将两个宇宙分为显宇宙和密宇宙，指出宇宙的真相是性（本质）相（显象）不二。数学家不断调校计算出的宇宙模型，天文学家对两个恒星系的行星系统和运行轨道对比分析，各自得出的结论和诗人、哲学家的猜想有几分接近。可是，我们每每以为快要触及真相，宿命却似乎不可摇撼，直到这一次文明的尽头。

宇宙为何将我们悬于未测之间？这颗星球是被祝福的还是被诅咒的？如果不明过去、未来，是否依然有一条终极之路，可以让我们逃离这无止境的游戏？无论如何，母星的继承者们，恭喜你们跋涉至此刻，这颗星球上的生命形态经过无数次演变，为宇宙带来了万花筒般的文明，我们创造的生命、社会、艺术，无可取代，宇宙曾由我们自由定义，可是生与灭终究对立。过去的历史被尽数书写在宇宙中，未来将由彻底找到真相的生命改写。

如今，我们将傲慢带到了群星之间，前方未知星云的电磁暴正漫过头顶，我听见体内的挠场磁线感应装置发出混乱的电流声音，因为思维母体集中制的优势，我们的痛苦、无助和对母星无限的留恋，会即时传送至星球的每一个生命。我随即启动末日模式，一艘告别舰即将返回母星，为你们留下这些信息。我的文明即将终结于此，但令我感到无比骄傲的是，我们从未放弃寻找出路。孩子，将这渺小的希望传递下去，定会有出路。

祝福你、母星和宇宙。

第一批得知信息的人无可避免地陷入一种惊惶的愁绪中，即便如此，即将发生的下一波技术爆炸会让他们无暇顾及。此后，科学家普济的学术成果由他的后代继承，他的孙子依然叫作普济。普济家族的荣耀让他成为最具权威的文明观察者，他的工作地点在思度星近地轨道的空间站，他继承了祖先对宇宙的敏感度，在星群的黑丝绒背景下遥测和猜想，思考两个宇宙之间的关系，思考自己脖子上的星形胎记到底来自哪颗星球的祝福，他一直以此为荣。

他沉溺于星体之间的秩序美，在非凡洞察力的指引下，所有信息在他脑中有序排列重组，接着，自然发展出一套宇宙文明观。在空间站的晚餐时刻，普济不经意间与众人谈起：宇宙文明分为T0—T8阶段，T0是在大爆炸之前，宇宙和星系还未产生的混沌阶段；T1文明还未认识到物质的分子层面，尚有原始崇拜；T2文明已有基本的社会形态，能认识到部分微观层面及星际间的粗糙逻辑；T3文明发现可控核能，可实现太阳系内旅行；T4文明已实现超光速旅行，能做到星际的空间跳跃和穿越；T5文明接近纯善，能以全景视角看到宇宙边际，明白现有文明体系里的所有逻辑和规律；T6文明能跨越维度，至纯至善，不再需要能源、科技，接近生命的本质；T7文明已回归本真，认识到宇宙真相，不再有二元对立，时间和空间的概念全部失效；而T8则能任意折返于T8以下的文明世界中，能恒顺所有阶段的文明，T8文明的终极目的是令宇宙中所有文明都攀升至T8。

他几乎在一瞬间明白，所谓出路，就是达到T7以上的文明，但母星的文明大多数毁灭在科技极度发达的T3、T4阶段，用物质科技丈量宇宙，因此难以突破文明的界限。要找到一条通往T7以上文明的路，不如绕过中间阶段，至少要从T3起直通T7。

普济在惊惶中继续猜想，转换轨道时的42秒留白，或许藏着宇宙对他们三缄其口的秘密。此时，离下一次轨道转换不到10天时间。

思度星的困惑在于对时间迭代的感知，不管在哪个宇宙，时间和空间都不是绝对的，36天是一种感知，在42秒的暂停之后，这种感知会再次被混淆。而每个身处其中的人，即使活过漫长的一生，感知里也只是活了几天而已，他们的生活、感情、历史，一切无所驻留，就像心甘情愿为虚无的车轮献上身体、铺就道路，文明亦如朝生暮死的蝉。在第二个七天，思度星的文明又会重新经历开天辟地、生命初醒的历程。如果有一个集中的思维能感知一切，他会对此感到惶惑和伤感吧，普济想。

时间不多了，他回到地面，将此理论编入世界通信网，看着脑互联时代的磁网巨塔在夕阳下状如墓碑，一座一座将城市包围起来，而几天之后又会化为残垣，下一个时代新的思想和建筑将接管这里。祈祷吧，祈祷我们能照破这混沌无序。他继续编织信息。人们在每一天的祈祷中快速老去，在悬停的知觉和低吟的称颂中，感受宇宙的灵性被消磨又重组。

普济盘腿坐在窗边，AI 管家会在黄昏时刻自动播放音乐，这些作品来自不同时代，甚至不同宇宙。徐徐升起的旋律在虚空中自由流淌，如同一股暖流灌入他的身体，是一支协奏曲，最初清亮、磅礴，细密的音符如自动排列的星体，在深空中勾勒出一幅若隐若现的轮廓，他完全融入音乐的世界，忘却自己的形体。协奏曲起承的部分继而变得婉转、肆意，他的神经丛有节律地跳动着，似乎触摸到乐声慢慢编织而成的线条和画面。然而，音乐在准备进入最华彩的部分时突然戛然而止，如刚成形的沙画被猛风吹散。尚未生起疑惑，他微微张开眼，注意力集中于听觉，音乐不可能就此结束，他坚信。一秒一秒，他默数着。

静止，停顿，留白，仿佛真空压迫耳膜，一瞬间，这支协奏曲在停顿处蓄满力量后再度爆发，如万花筒般的画面喷涌而出，借着一股势不可挡的劲直冲云霄，终抵达星汉之上。音乐就此结束，而衔接处的空隙一共 42 秒。

普济兴奋起来，他回溯整首乐曲的每一篇章，四重奏从听觉窜入其他所有感官，在他眼前投射出没有边界的流动的画面。他恍然惊觉，正是这 42 秒的缺失，才让这支四重奏焕发新的神韵，一如水墨山水画在适当处留白，反而令其更具美感。他着了迷似的，疯狂寻找这首音乐的来历，在世界通信网的声频库中一一比对，终于找到这支协奏曲叫作《永恒辩四重奏》，是一部电影的配乐。

普济反复聆听，把自己置身于音乐的缝隙中，在某一刹那如顿悟般，看到直通 T7 文明的道路，就像在行星轨道转换的那个时刻，思度星生命的觉知体系被置换成一种难以言喻的空无状态，而空无中又能生出万有，只是他们一次次错过它。42 秒是神的旨意，祈祷是有用的。他喃喃道。

他将《永恒辩四重奏》编写入《思度星文明志》，在与更多人聚会的晚餐时刻分享，声称自己悟出了文明危机的解决之道，那个缝隙是宇宙大爆炸时的停顿，是机会，亦是救赎。而思度星要逃离这无序的循环，不是去往遥远的外太空，而是回归，回到文明的起点，所有的起点和终点。回归，就在那 42 秒之中，找到那个不来不去的根本性，就能在瞬间和 T7 的境界同频共振，甚至是抵达，就这么简单。众人看着他如酒醉后的酣然，各有所思。

几天后，垂垂老矣的普济躺在床上，只剩下最后一口气。众人围绕在床边，他了无别话，在生命终结的 42 秒缝隙，与宇宙同时停顿，感觉自己的身体和心灵已然回归到一种婴儿状态，畅游在一片光明寂照中。

一个新时代即将在黎明过后降临，他明白，那会不一样。

## 永恒辩四重奏

音乐，曾令她的心脏重新跳动，如一只满载着意义的手的拨弄。

为了采访神秘的音乐家梁其琛，郑闻夕做了不少准备。网络上关于他的消息并不多，在个人生活全无边界的 2045 年，他没有社交账号，不接入增强视域设备，便携式智能终端使用率也极低，尽管获奖无数、名气颇响，但很少在公共场合露面，在现代新人类中，算是另类。他能答应郑闻夕的采访邀请，多半是因为她在邮件中表达了自己对古典乐的粗浅理解及自己跟音乐的一段往事。

她暂且放下往事，其实真正吸引她的是梁其琛作品中的一个特殊符号，至今无人能解读。他中年成名，度过一段瓶颈期之后仿佛脱胎换骨，作品明显呈现分水岭的状态，比起从前的恢宏大气，似有来自宇宙的史诗感注入音律之间，颇具大师之相。最令人着迷的，是他此后的每首音乐在不同地方都有 42 秒的停顿，不仅没有破坏音乐的完整性，反而令其成为绝美的杰作。

无人参透这 42 秒的奥义，在演奏会现场、剧院、录音棚、他的会客室，所有人都问过，但他微笑着缄口不言。或许是因为太过神秘，梁其琛渐渐被推上神坛，从作曲家、演奏家，逐渐过渡到指挥家的身份。

见面地点约在上海歌剧院的后台，梁其琛作为这部歌剧的音乐总监，最近一个多月都泡在这里。郑闻夕来到声音制作间，站在门口怯怯张望，一眼认出忙碌人群中的梁其琛，他看上去很清瘦，身穿一件宽松的休闲西装，搭配白 T 恤和牛仔裤，头发中长、略微泛白，脸上冒出不少胡楂，却丝毫不见倦态。他不时跟几位乐手挥手比画，同录音的人交代两句，又不时凑近耳机闭眼聆听，脚同时有节奏地摆动。

所有乐声都被他驯服，接着袭向作为听者的她，将她像树一样摇撼，像海面一样吹荡。当他发现郑闻夕时，她已经融入他们的音乐世界。梁其琛正在创作一首长达十分钟的舞曲，曲子将出现在歌剧的高潮部分,是绝对的点睛之笔。他放下耳机,似在自言自语:"最好的歌剧音乐,不仅要与故事血肉般嵌合,还要为演员的舞台行动提供催化……可能我野心太大啦,不过,你来得很是时候,我正在想最关键的部分。"

"应该要在哪里留白吗?"郑闻夕努力调整略微紧张的声音。

梁其琛的视线从乐谱上抬起,扫过她,停顿几秒,说:"你说对了。"

郑闻夕报以微笑,不打算追问,只安心当个聆听者,慢慢走进他营造的氛围中。梁其琛并没有想象中那么神秘,更像是一个极度专注的匠人,音乐在他的眼中如同精密的零件,齿轮和齿轮之间彼此咬合,与其说创造,不如说是欣赏那些声音如何从自己的大脑喷涌而出。今天的工作告一段落,他心情不错,讲起自己小时候的故事——

我 12 岁就能听音识谱,在我眼中,声音是有画面的,每个音符都能形成对应的图像或影像。我会把听到的音乐在脑海中剪辑成一部电影,有忧伤的、有激昂的。任何声音在我的耳朵里,只要稍加编排就能成为音乐。课堂上老师的唠叨、窗外鸟儿的私语、风吹树叶的沙沙声、马路街道的人来人往、锅碗瓢盆清脆的碰撞……每当我试着聆听,那些声音会不由自主地组合成音乐,音乐再形成全新的画面,覆盖我眼前的世界,仿佛感官相通。我时常沉浸在自己的世界里,在众人之中,用一个括号把自己括起来。

爸爸在我中学时患了重病,家里人希望我以后能学医。看见妈妈带着他四处求医问药却不见起色,看她无数个夜晚守在病床边,背越来越弯,泪痕越来越深。我回家后能做的只有简单问候几句,然后回到房间关上门、关上耳朵、关上那个世界,为了考上医学院而挑灯夜读。我念到大四,爸爸没等我医好他便去世了。我常想起他躺在病床上的样子,那是一首低沉、忧伤的音乐。此后,我决定走自己的路。

重新打开那个世界并不难,但因为没有系统学习过,更没有专业背景,我只能拿着一些原创作品到处寻找机会,后来在家附近的小城市找到一份音乐老师的工作,教孩子最简单的音乐课,空余时间自己创作,把一些曲子递给各大音乐公司,却无人欣赏。那个时候,我写了很多民谣和流行歌曲,只能在课堂跟孩子们唱一唱,不过那样简单的快乐以后都不会再有了。

第一次采访很顺利,梁其琛愿意回忆过去,对她来说很意外。每个人都想第一时间知晓那个秘密,郑闻夕却不着急,如果世人只执着于表面符号,会错过背后那个无形无相的核心。她接着收集了他不同时期的作品,租了一间视听室,准备以一个全新视角进入他的音乐世界。从早年的歌曲到之后的钢琴曲作品,再到后来的42秒杰作,她逐一欣赏。

音乐在不大的房间里流淌,那是他故事中的青春时代,在他的歌声中,她听到一个彷徨少年的心事。还有早期的乐曲,用钢琴或小提琴演奏,简单而又清澈,那是他初见世相的青涩与试探。郑闻夕全然沉浸其中,音乐抛去生长的意图,在弥散中甩掉时间,一波波推皱水面的涟漪,套嵌着他的故事、他各个时期潜意识里的不同景象,直到夕阳从她手边滑出房间。

郑闻夕的注意力从音乐浮潜至那段往事——她经历过一场地震,当她在废墟中醒来,断裂的墙体、金属、木器挤压着她的身体,意识若一丝微弱烛火,在布满尘埃的缝隙中游走。她第一次预感到这器物世界的重压,终将人拖拽至深渊。疼痛感包裹着每一个毛孔,心跳在减弱,搏动的节奏感不见了,一生的影像还没来得及在眼前回放,母亲的眼泪、父亲的沉默,生活种种失衡的造景。她将要入睡，呼吸已经不会逆反自己。

忽然间，她失去知觉的手无意间碰到了什么，一段音乐从手机里流出，是一首钢琴曲。琴键在跃动，仿佛有一只手在轻轻拨弄水面，节律感重新被召回，嘀嗒，嘀嗒，音符成为连接生与死两个世界的船舶。身体机能自动将满身被动的感官全部集中在听觉，乐声流动，耳膜收集着振动频率，接着钻进胸腔，唤醒心脏跳动的本能。心室重新灌入血液，与这音乐共振、合奏，咚、咚、咚……她身似潜水钟，灵魂却似蝴蝶，轻盈地忘记了时间。她最终活了下来，后来知道那首音乐来自梁其琛，是他最失意时的创作。

她因一段孤独的人生而得救。此后，她总能在音乐中听到些什么。

歌剧公演的第二天，梁其琛约她在歌剧大厅见面。舞台上的布景、道具还是演出时的样子，像一座奇幻世界的城池，这方空间将那些人物的一生融进两小时之内，让他们的心识得以向舞台的前方无限延伸，然后抵达观者。梁其琛和郑闻夕坐在观众区的红色椅子上，看着工作人员陆续走上舞台，对各处置景检查确认。

"所有人都问过我为什么要有空白，很多评论家骂我是异类，说我背弃了音乐。同样都是想找答案，但你和他们不一样，当然，很荣幸，我的音乐曾经对你产生过这么大的影响。"梁其琛双手靠在前面的椅背上，欣赏舞台上那个奇幻世界被旁人如修复钟表般安抚。

郑闻夕似乎能听到他身体里音符运转的嘀嗒声："我重新听您的音乐，就好像音乐中还有音乐，一个音符包含着整首乐曲，这部歌剧的主题曲也是一样，主人公在戏的最后部分等待神启降临，他就站在舞台中间，直接和观众对视，停顿就在此处，全部的音乐也都在此处，太妙了！"

梁其琛起身，领着她走向舞台，将故事抛给身后——

当音乐老师的第四年，我接到一份工作邀约，去上海为一档无聊的节目做现场伴奏。我犹豫了很久，那时觉得人生就这样了，创作就当爱好吧，音乐老师至少稳定，又能方便照顾家里。上海对我来说就像未知的海域，而且那时并没有人真正欣赏我的音乐，我一度怀疑自己的天赋是否早被消磨殆尽。一个巧合，我看到一部短片，是一个国外小孩子用 DV 拍的，看完之后，我决定离开。

短片叫作《完美末日》，故事很简单，画面开头是一排不对称的脚印，然后镜头摇上来，一个 12 岁男孩的背影，走路一瘸一拐。桑切斯的腿有先天残疾，却掩盖不了他的聪明灵性。一天夜里，他梦见外星人告诉自己世界末日快来了，但是守护者会在那时将地球所有生命转移到另一个平行宇宙。醒来后，他觉得饶有趣味，约上小伙伴一起去寻找外星人。后来，循着信号，他努力爬上一座象征生活的高塔，终于再次遇见它们。一个月后的夜里，也就是外星人说的末日之时，桑切斯感觉有些异样，他打开 DV，朝着能看到日出的方向拍摄。第二天，DV 里竟然出现了一段雪花画面的空白，时间正好在黑夜和黎明的临界点，42 秒，之后又恢复正常，太阳渐渐升起。桑切斯看着 DV 里的影像，表情从震惊到心领神会，画面定格在他看向外面新世界的微笑。

这部电影很童真，但对当时的我来说，意义不一样。我被桑切斯乐观无畏的精神感染，很简单，就是这样。来到上海后，我一边工作，一边全心投入创作，一切从零开始。渐渐地，我可以开自己的演奏会、出专辑、做巡回演出，舞台越来越大，更多人听到了我的音乐。然而，我很快被这一切干扰，变得不像自己，新作品失去了灵魂，我也失去了朋友、爱人。于是，我停了下来，很长一段时间不碰乐器。我四处闲游，把从前的一切抛到身后，直到在一个海边小镇看到一处高塔。我又想起那部短片,那段空白。站在塔下,我哭了。

答案很简单,放在每首音乐之中的留白都有着全然不同的含义,只要你用心聆听。

他们置身于舞台的造景中,酒红色帷幕降下来,等待再次开启。梁其琛下周的工作是为一部叫作《永恒辩》的电影做配乐,他写了一首《永恒辩四重奏》,需要一支交响乐团演奏并现场录制,郑闻夕受邀前往。

故事似乎应该到此结束,因为她得到了答案。42秒并没有世人眼中的传奇色彩,只是两个不同时空的微妙共鸣而已,可她真正在乎的,是他与音乐之间的彼此谐拟。

演奏厅金碧辉煌,乐手们落座,各自翻看乐谱。梁其琛换上燕尾服,妆发经过打理,显得比平时更庄重,他站上指挥台,仿佛一个磁力中心,将所有人的注意力吸引过来。郑闻夕远远坐在一旁,呼吸悬停,庄严的仪式感凝结在将起的音符之中。

"这部电影需要不一样的配乐。"梁其琛之前对她说,"跟从前的创作不同,在电影里,音乐起到的作用是用抽象的方式对具象的影像描画做出渲染,配乐的存在,对观众理解影像表达和故事叙述有很大帮助,但这次是《永恒辩》,这部电影……几乎把我抛向真空。"郑闻夕不急于了解那部电影,她自信能在《永恒辩四重奏》中看到那个故事。

安静,真空般的安静,然后梁其琛只是扬起指挥棒,便把在场的人都丢进了《永恒辩》的氛围中——起初是造物,提琴将乐声的起源定格在宇宙初生的位置,前奏的清朗如雪花般将她的身体里里外外洗了个遍。他手中的指挥棒继续舞动,将匀整安稳的情态包容至弦乐部琴声的起势之间,奏鸣曲式的宏大规整,在振动的弦与共鸣腔中初露锋芒。她闭眼凝神，分明看到了红色帷幕已拉开，一幕幕繁复层叠的布景在缓缓成形，巴洛克风格的美学意象流窜在布景间。管乐部追随着恣肆的琴音，在虚设的场景之上化为迷雾般的气流，色彩鲜亮，环绕包裹着炫目造景的主体。

第二乐章变得厚重而急促，打击乐部适时汇入交响乐的洪流，为那些被框进镜头里鲜活的人物雕刻出各自的命运。第三乐章，从变奏曲到谐谑曲，不同器乐和声部终在此刻完成对彼此的指认，在他的指挥下，浪漫主义、古典主义通通如潮汐般顺应着故事的万有引力，倾泻着香浓饱满的旋律。站立于后面的几位歌手，在乐曲承接部分屏息唱出和声，那是星云间涤荡的气流，从他们口中缓缓吐出，调剂着越加庄严的氛围。主题呈现的第四乐章，回旋曲式令整首乐章呈现出漩涡的形态，演奏者和倾听者仿佛共同飞上云端，和一个个音符共谋，干脆一起抖落成雨滴，落入大地的感官。

梁其琛站在指挥台上宛若创世者，肢体与这盈盈动荡的音乐彼此牵动。她遥想着，那应是一个全新的维度，就像从高维看低维，星体在他手中任其排列，音符跃动所产生的秩序之美，和磅礴宇宙一样无法言说。她听到的《永恒辩四重奏》，是来自宇宙深处的回响，一个音符便能解释其余部分，而那部电影是一个试图解释自身与万物关系的故事，是天选之子鼓起勇气去对抗虚无与不公，是一群人的牺牲与救赎。只要能在物质世界里找到定位，音乐便能在任何时候奏响。

这是一曲献给失落世界的挽歌，她想。乐曲接近尾声，梁其琛手中的指挥棒悬停在半空，然后缓缓下落，他闭上眼睛，默数 42 秒，乐手的手指像蝴蝶栖息在花瓣，乐器因此沉默。

不知为何，她流下了眼泪。在地震废墟里，在父亲的棺椁前，在小男孩见到外星人的高塔上，应是同样的眼泪。在这留白中，不仅是《永恒辩》，还有她的一生，他的一生，他们的一生，在此刻于各自面前吐露的话语。梁其琛身上停顿的力量再度汇聚于右手，指挥棒微微颤抖，继而扬起。蝴蝶振动翅膀，乐音冲出阀门，如瀑布奔流，永不消歇。

她从留白中抽身，心脏继续合奏着。42 秒，这是一个容器，容纳无限可能，看似残缺，实则圆满，我们只存在于这些分秒，之后不会再汇集，宇宙令我们终成为这一幕，她想。

## 完美末日

男孩桑切斯最骄傲的事，就是陪所有人一起安然度过末日。

他右腿的残缺是先天带来的，走路时会比别人多一些节奏感，亚利桑那州的风景辽阔无际，他时常在窗边凝望，幻想着等长大以后要用脚步丈量整个世界。12 岁之前，桑切斯已经习惯别人落在他身上的异样目光，妈妈曾试着帮他纠正，在腿上绑上矫正器，用汤药浸泡，却依然无法改变他的节奏感。

妈妈忙于工作，很多时候只能在睡前进来亲亲他的卷发和小酒窝。而身为录音师的爸爸，一年中大多时间都在全国各地奔忙，记录各类声音，自然界的风声、河流声、细微如发的草木抽芽声，嘈杂都市的环境音，片场里的人物对话……如果不是桑切斯的身体有问题，爸爸也许就能时常把他带在身边。

桑切斯见过爸爸的工作照，硕大的耳机挂在头上，双手举着的录音杆悬停在虚设布景的上方，他正为一部风靡美国的情景剧做现场录音。除了片场的工作，他把很多心力花在建立"万物音库"上，他总能对万物变迁保持极细微的敏感度，能随时捕捉针尖落地般的声音，跟别人不同，他是用耳朵和心灵丈量世界的。桑切斯只能看着爸爸从不同地点寄回的照片，遥想着他沿途经过的所有声音，将它们一一收拢至自己耳边。

为了消磨课余时光，桑切斯喜欢在爸爸早年存入的声音库中探索世界，他翻到一盘标记着"Foetal heart sound"[①]的录音带，戴上耳机听到一段胎动的声音，咚、咚、咚……微弱而渺小，随时能被任何声音覆盖，那还未现于人世的啼鸣不如鲜活的心跳有力，却预示着生命法则在宇宙中的永恒。桑切斯沉浸在这规律的跳动声中，忽然，声音暂停，可录音带依然在转动。他的心揪紧了，如果空白继续，这会是他第一次隔着遥远时空聆听到死亡。

阁楼寂静无声，他屏息静止，似被按下暂停键，转而录音带里的空白在42秒之后被重新填满，咚、咚、咚……那心跳的主人活了过来，似被放逐的流星终于找回自己的轨道。桑切斯擦掉眼泪，会心一笑，像是经历了一场相遇与告别，在如此顽强的生命律动前，他小小年纪就经历的那些伤害与孤独一瞬间烟消云散。那天傍晚，他追逐着公路尽头的落日，双脚踩着一种独特的节奏感融入暖黄的光，如同一只小舟在海面上飘摇。

那些声音让他开心了很久。不久后，他做了一个梦，梦见好几个外星人像光一样流窜到窗边，跟他说着什么，而他听到的并不是语言，更像是脑波盈盈动荡的涟漪。他醒来后努力回想，得到一个近乎幻想的预言——世界末日很快要来了，时间在一个月后，但宇宙中的守护者文明会保护地球，届时会将所有生命转移到另一个平行宇宙。在末日前的转换中，两个宇宙会有引力场的交叉，时间将暂停42秒。随后，守护者说："不要害怕，这是一个机会"。

注解
① 胎儿心音

桑切斯像从前一样去上学，一个人吃饭、走路，他将这个梦告诉给妈妈、写信告诉了爸爸，他们只说不过是梦而已。12岁生日那天，他收到爸爸寄回的礼物，是一台DV，他有了一个大胆的想法，把心心念念的梦拍成电影短片，算作童年结束前留给自己的纪念。

那几日，天空中总有一些异象，隔几日便出现彩虹或日食、月食，小镇居民并不感到意外，只是偶尔在酒馆、市集顺便提起，然后话题又被琐碎的日常生活冲散。桑切斯认为那不一样，一想到那个梦，他总是本能地误解任何风吹草动。于是他将那些外星人画下来，制作成短片的故事板，他嘴里咬着铅笔，望着天空，或是摆弄DV，让那些电影画面在脑中自然成形。他鼓起勇气，将故事板拿给几个同学看，优等生莉莉安、足球男孩凯文、亚裔女孩瑞秋、高个子双胞胎达利和希安……桑切斯以小导演的身份，将故事讲得有声有色，他们的目光不再落在他腿上，而是他清澈的双眼。

剧组很快成立，大家一起堪景后，桑切斯定好人员分工，演员、摄影、场记等，短片以伪纪录片的形式呈现，从桑切斯自己的真实生活切入，一个有身体缺陷的小男孩，在日复一日的平常生活中，努力让父母同学注意到他，努力追上他们的脚步。当莉莉安举着DV对着他时，他并不是在表演，而是重现。他设计的第一个画面是一双不对称的脚印，随后他的故事徐徐展开。

梦境那场戏，他安排在自己家里的阁楼，晚饭后，莉莉安架好DV，桑切斯躺在床上，开机前，他嘱咐扮演外星人的双胞胎穿好银色的道具服，把电筒拿在背后，制造出乘着光飞来的效果。好几次，他们都被双胞胎的扮相逗得哈哈大笑，桑切斯看着他们天真的笑脸，也傻傻跟着笑，以为自己犹在另一个梦中。

凯文和瑞秋扮演他的同学，从最开始嘲笑他，到后来接受他的邀请一起去寻找外星人。很快，家里和学校的室内戏取景结束，他们也抓准时机拍摄了不少彩虹的空镜。接着，剧组去了学校附近的树林，这是他们第一次离开大人的视线去探险，桑切斯背上食物和水，细心照顾大家，尽管他走得不算快，但这在小伙伴眼里已不再重要。桑切斯不确定他们是否相信这个故事，但他知道，这段经历会给他们的童年留下最精彩的记忆。"嘿，等等我！"桑切斯追上凯文和瑞秋，莉莉安的镜头从他们的背影摇至空旷而辽远的山间。

午餐时刻，莉莉安兴奋地和大家讨论她在电视节目里看到的UFO，双胞胎也畅聊起各自的奇思妙想，他们猜测小镇周围有一个魔法世界的入口，在衣柜里面或是站台中间，凯文提起自己最喜欢的超级英雄漫画，他说他们肯定就隐藏在普通人中间，瑞秋说姥姥给自己讲过很多中国的神话故事，她相信龙的存在，它其实来自更高维度的世界。桑切斯听得津津有味，庆幸自己用一个梦换来了更多想象力奇绝的故事。

"我相信这些都是真的。"桑切斯眨眨眼，一对小酒窝浮上脸庞。

"我也相信，说不定外星人也正在听我们讲呢！"双胞胎哥哥达利说。

"我就知道你想给自己加戏，达利。"莉莉安嘟着嘴，抱紧DV。

大家被逗笑了，他们的笑声穿过树林乘着风飞向远方，带着对这个世界的好奇和疑问，将那些梦和超越想象的故事一一向万物讲述。要是爸爸在这里，他一定会竖起耳朵细细聆听吧，他想。

最重要的一场戏，定在郊外一座奇怪的信号发射塔楼上，旁边有一间年久失修的工作室。桑切斯要爬到塔楼的最高处，再度与外星人相遇，这场戏代表他完成了对平常生活的超越。双胞胎不赞同，说那太危险。桑切斯望向天空，在心里默默规划，回头对他们说："一定可以的。"

莉莉安也决定跟着往上爬,在他身后负责拍摄,他俩沿着塔楼的金属阶梯开始向上攀爬,其他小伙伴在下面等待。他们离地面越来越远,桑切斯不敢往下看,只盯住塔楼高处的那个平台,一步步往上,顾不上脚步的沉重和不协调。太阳在此刻发出炽热的光芒,像是一种指引,他擦掉脸上的汗水,不停往上,他并不只把这当作一场戏,而是证明给爸爸妈妈看他能做到。

"桑切斯,我爬不动了。"莉莉安气喘吁吁地说。

"你先下去吧莉莉安,我一个人可以。"桑切斯接过她手中的DV,继续攀爬。越往上,他越能听到更多的声音,那些爸爸如数家珍的风声、鸟叫声,甚至是心跳声。他被阳光压得抬不起头,不停喘息,视线也些微模糊,他回过神抓紧阶梯,调整呼吸后默数着心跳。想起那段突然暂停又重新起跳的胎儿心音,咚、咚、咚,他的心口似被灌入一股鲜活的能量,让他在这个失衡的世界找回自己的节奏感。

塔楼顶部离地面大概十层楼高,他朝下面挥手大喊,小伙伴们为他欢呼。他将DV放在一旁,镜头以一种旁观视角拍摄,电筒模拟外星人的光在画面一角闪耀。此刻正好,夕阳的光芒也缓缓探入镜头,桑切斯被西沉的暖光包裹,卸下疲惫和忧伤,他闭上眼睛,享受这一刻。有风吹过,耳畔仿佛响起梦里听到的那句话:"不要害怕。"

一个月很快过去,大多数戏份拍摄完毕。在外星人预言的"末日之夜",桑切斯还要拍最后一段画面。他制作了一个道具DV,然后用真DV拍下他用道具DV拍摄外面景物的画面,戏里需要有一个他拍摄的动作,表示他在经历这一切之后,用自己的方式去探寻真相,而戏外的事实亦是如此。最后,他将真DV对着能看到日出的方向拍摄了一整夜,因为末日的转换就在子夜和黎明之间的缝隙。

  他睡着了,第一次睡得这么安稳,那句"不要害怕"给了他十足的勇气面对任何困境,包括这个完美末日。妈妈在他睡着后,来到床边抚摸他的卷发和脸颊,猜想他最近和伙伴们又一起经历了难忘的冒险。她还想告诉他,爸爸很快就会回家,给他带回更多万物的声音。

  第二天清晨,一切如常,但在他眼中,太阳金灿灿的光有些不一样。他拿起 DV,翻看昨晚拍摄的画面。在黎明破晓前,光与黑暗交接,在那一刻,时间流速为 0,宇宙仿佛被按下静止键。突然,DV 画面变成一片雪花,似乎在那时受到电磁脉冲干扰。桑切斯感到些许意外,默数着雪花的时间长度,42 秒,两个宇宙交替的缝隙。他望向远方,嘴角泛起一丝笑容。

  不久后,短片《完美末日》在学校艺术嘉年华上播放,桑切斯的爸爸回来了,坐在台下欣赏他的作品,他和小伙伴们一起上台谢幕,第一次被掌声和鲜花包围。桑切斯和爸爸的目光对视,两张笑脸隔着舞台深深烙印在彼此心里。他想告诉爸爸,这世界的一切就像是新的。

## 叫阮的名

  别人都叫她阿阮,她以后要为自己的孩子取一个很棒的名字。

  15 岁时,阿阮跟着妈妈从越南改嫁到中国。妈妈下决心离开贫穷落后的越南,托人寻找雇主,她可以去当仆人、妻子,怎样都行,只要离开这里。妈妈从前常拿着一顶破旧的军帽,对她说外公是中国人,是一名防空兵,她们本就是华裔。小阿阮点头,一脸骄傲,她也常想念自己的爸爸,他患病去世后,家里一无所有。

有一位开饭馆的李先生，生意做得不好，还酗酒赌博，快50岁了还没娶妻生子。有人给他介绍了一个越南女人，就是阿阮的妈妈。他看到照片，一个穿着蓝布衫的朴素女人，30多岁，长发盘起来，圆脸小嘴，眼神柔柔弱弱的。他很中意，听说她还带着个女儿，买一送一，他更开心了。

阿阮和妈妈漂洋过海地初到此城，被这里的热闹与繁华吸引，那人来人往的街市，走廊和过道相连相通的住宅，夜晚传来动感舞曲的歌厅，路上随时能遇见不同肤色的人，他们互相熟络地打招呼，偶尔能在广场看到名流贵族路过，还有灯火通明的海港，像是星星在夜里闪烁，好看极了。在她们眼中，这个地方就是天堂，妈妈对她说："我们以后就在这儿生活好不好？"阿阮瞪大了眼睛，兴奋地点头。

李先生身材微胖，眼睛小，鼻子大，脸上总油腻腻的，他对阿阮妈妈还算不错，把饭馆的生意慢慢交给她，还四处花钱托关系让她们有了本地身份，阿阮终于可以重新去上学了。她们来了之后，店里生意好了不少，阿阮开始学习英语，从女子学校放学后，就回来帮妈妈照看生意。来吃饭的顾客都夸赞阿阮和妈妈长得真像，自从有了她们，这家店就像重新活过来一样。可是，李先生还是改不掉喝酒、赌博的习惯，阿阮妈妈劝说他，换来的却是谩骂或耳光。他在酒醒后，又对自己的粗暴行为追悔莫及，甚至跪着祈求她原谅。妈妈一直忍着，没跟阿阮说。他在不喝酒时是个挺好的人，不管怎样，先要在这里扎下根，她想。

阿阮天生聪明好学，成绩很好，很快便能用英语跟同学自然交流。之前她在越南见过太多战乱与贫苦，那个被固封的童年终于和时间两相遗忘，在她的记忆中渐渐褪色。她开始喜欢上这里的一切，试着融入这里的每一寸街景，每天练习方言，用当地人的方式去探

149

索每一处落脚地。

　　李先生对阿阮很关心，但她总是刻意躲避，回到家就把房间门关紧。这间屋子是从客厅隔出来的，4平方米，没有窗户，她就用彩色笔画了一扇窗户，还有窗外的蓝天白云。时间一天天过去，这一年里，李先生一直想生个儿子，妈妈没能让他如愿。

　　天气热了起来，阿阮走在路上能感受到越过海洋的凉风，放学回家后，跟往常一样，她在店里的桌上学习，看着妈妈在厨房忙碌，她微笑着，感到心安，时常想要是这个世界没有李先生的存在该多好。

　　晚上，妈妈收拾完对她说："女仔，我去夜市买东西，你先回家啦，乖。"阿阮点头，回到房间继续学习，月亮和初升的星辰就悬挂在城市夜空，她能想象到。

　　十几分钟后，敲门声响起，她问："谁？"没有回答，那只手继续轻轻敲着。

　　"妈……"阿阮打开门，发现是李先生，一股浓浓的酒味扑鼻而来，他嘻嘻笑着，脸上油光闪亮，像抹了一层猪油，两只浑浊的眼珠直直盯着她看。阿阮下意识想关门，李先生把脚伸过去，身子一挪，挡在门边。阿阮惊道："你做什么？请出去！"

　　阿阮穿着白色衬衣，头发盘上来，几缕碎发被汗水浸湿，贴在两颊和脖子上，饱满的脸庞像极了妈妈年轻时的样子。李先生醉醺醺地说着什么，好像是他想要个儿子，她今天很靓之类的，说着便往她身上扑。阿阮大喊着推开他，像要推开排山倒海般的宿命。

　　星辰运行时，无法带她一起脱身。

　　阿阮离开了，没留下任何消息。她不知道未来在哪儿。她想做的最后一件事，是去音像店听听音乐。妈妈最爱音乐。她翻到一首歌曲《叫阮的名》，是写给母亲的——

谁在叫阮的名 一句比一句痛

亲像在问阮甘会惊寒

不需要别人来讲 阮心内嘛知影

是你的声 是你的声

谁住在阮的梦 一住就一世人

尚惊日头会将咱拆散

虽然离开那呢远 阮犹原会知影

是你的影 是你的影

叫阮的名 阮用一生斟酌听

当初细汉未赴乎你了解 你是阮的生命

叫阮的名 阮需要你来做伴

人生的路途阮爱你牵阮走

  音乐就像一片死亡之海上唯一的航标，她原本沉溺的心又一点点被这歌声拽上来。阿阮那时才知道，"阮"的意思就是"我"。

  她之后辗转去了别的地方，试着忘记一切，从头开始。她先是在餐馆打工，后来找到一份教英语的兼职，白天上课，晚上继续学习，靠自己的努力活了下来。这里跟从前的地方是全然不同的风景，气候更加炎热湿润，住宅和街道没那么密集，这里的人热情淳朴，说话也温温柔柔的。她逐渐喜欢上了这个被海洋包围的小岛，就像自己也需要被什么包围着才有一种归属感。她时时刻刻都想念妈妈，迟早有一天，她要接她离开。

  很快，她再度陷入痛苦，因为有一个小生命在她身体里渐渐成形。她在夜里痛哭，用力捶打肚子，第一次如此讨厌自己的身体。在医院，她拿着检查单，在手术间门口徘徊，她畏惧的不只是抽肠般的疼痛，还有对活着逐渐失去耐性的虚无感。热带风分隔着这座小岛上的林木和草丛，没有给她的悲伤留下任何藏身之处。她从医院逃走,只是因为害怕。

她去海边走了走,借由汹涌的海浪声掩盖哭泣。她想念妈妈,朝海上大声呼喊着,然后回头看自己努力练就的温婉言行,随浪潮复返,变得像是自己天性的一部分。也许有一天,总要游回那片过于深广的海洋,去和妈妈重逢,而且只能自己一人去。于是,阿阮决定下周去做手术,在这之前,她请好假,准备好钱,做足心理准备,就像是只要删除那个生命,就能删除掉那段黑暗记忆一般。

可一天夜里,她做了一个梦,梦见一颗特别的星球,在不同轨道围绕着两颗恒星转动,不同的时间尺度让那颗星球上的生命陷入漫长的轮回之中,找不到出路。而在星球公转至另一轨道时,时间暂停42秒,接着一切又重新开始,只不过是不同的生命形式,不同的开天辟地与毁灭的结局。阿阮第一次梦到宇宙,平日连生活都顾之不及,何谈仰望星空?这就像是有神灵故意掀开帘子的一角让她瞥见。她在梦中感觉自己是一粒微小的星尘,以一种旁观角度去看待那些生生不息的涟漪。定会有出路的,她在梦里这样想。

几天后,她独自去医院,手术前需要再次做检查,她躺下来,望着空白的天花板,调整呼吸,让自己平复下来。女医生问她:"你确定吗?胎儿已经有心跳了哦。"阿阮沉默了。那个小生命的心跳声由仪器记录并放大,咚、咚、咚……一张一合,有着属于自己的节奏感,阿阮感觉身体被什么击中了似的,像是有一头小象径直撞向内心。她闭上眼睛,细细聆听,听见那微弱的心跳在和自己同频共振,仿佛两个生命在同一个容器中完成对彼此的指认。这种感觉很微妙,仿佛世界为她打开了一扇惊异且诗意的窗口。

忽然,那心跳停止跳动,女医生顿觉疑惑,将耳朵贴近仪器,一秒、两秒,阿阮咬紧嘴唇,刚刚那种本性使然的欣喜消失了。仪器还在沉默,而这原本是她想要看到的结果,可为何此刻却如此游移?她默数着这段静止、停顿或空白,想象着那颗心脏成为海洋上漂浮的小岛。

42秒,一共42秒,之后那个心跳声像被召唤,重新回到这个世界。咚、咚、咚……比之前越发鲜活有力,她再次通过耳朵捕捉到一个蒙上无尽尘埃的生命正在挣脱引力,努力想要看到新世界的太阳。

阿阮忽然间想起那个梦,那个生生不息的文明,在无数个尽头都未曾放弃寻找出路,在此刻,她自顾自地将那当作一种神启,似乎那半截文明史都绑在她的一个决定之间。

从那以后,她更加努力工作,有一个小生命和她一样,想尽办法要在这世上得到饱足,然后回到母亲身边。那个孩子长得很好看,她为他取名阮心,她常抱着他去海边,看着海浪一重重翻卷而至,像是顺应着某种召唤。

阮心一岁生日后不久,阿阮得到妈妈的消息,说她一个人离开以前的地方,去了阿阮爸爸出生的地方,而且一直以来她从未放弃寻找自己。阿阮就这样站在大陆对岸,勉力遥望着,视线越过宽广的大海,代替她提前靠岸。

叫阮的名,她想,她听到海的声音说着"我",所有思念都在那个"我"中,阿阮抚摸着阮心脖子上的星形胎记,喃喃唱着:"虽然离开那呢远 阮犹原会知影,是你的影,是你的影,叫阮的名,阮用一生斟酌听……"

无主之舟

半个月前,我等到了去火星的机会,去参加"伏浪号"航船的起航仪式。彼时,我刚得知,我很快会成为一个单亲妈妈。

在厕所扔掉验孕棒后,我不得不整理好情绪去学校上课,那堂课的议题是"如何在火星上孕育文明"。整堂课我讲得心不在焉,晶屏上显示的"孕育"两个字仿佛一根刺扎在我心上。

未婚生子在这个年代不算稀奇,但对大学老师和科学工作者来说,这件事显得很不合时宜。我在南方大学担任教职,是唐宇飞教授"太阳系内行星殖民工程学"这门课的助教,他是从一线退下来的航天员,在学校备受欢迎,而我,是他的侄女,能当他的助教绝不是靠走后门,而是过硬的学历和学科贡献。尽管在航天经历上我完全无法与他相比,但在理论知识上,我并不会输给舅舅太多。

这门课在五年前已成为全国高校航天相关专业的必修课,同时,因为地外行星探索事业的火热,我们这些搞理论的科研人员才有了上太空的可能。

2058年,火星移民计划成功将2万人送上火星基地后,我们便把目光投向了群星深处。经过筛选的2万人会签订一份长达20年的居住合约,他们是第一批火星原住民,也是建设火星的开拓者,他们的血液里埋着可燃物。当时的我并没有勇气前往,害怕黑暗而深邃的太空令我失去现有的生活。后来,我被舅舅的太空经历所感染,才开始痴迷关于火星的一切。

5年后,火星旅游项目启动,地球到火星的旅行专用航线开通,地球旅客可以自费去火星,整个航程只需要七天时间。从北京出发,先到低纬度城市广州、海南文昌等站点,半天后,再乘坐太空电梯抵达中转空间站,一天后,再去拉格朗日点的火星轨道站,两天后,搭乘穿梭机抵达火星地面接驳点,四天后,直接登陆火星地表。

我看过不少火星旅游攻略，游客可以参观热闹非凡的火星基地，还有水手谷①、阿伦沌地、塔尔西斯高地等著名景点。另外，行星改造工程、基地拓建工程、火星卫星链工程都在有条不紊地进行，如果幸运的话，游客还能在建造基地的砖石上留下自己的记号。

凭现在的工资，我支付不起高昂的旅费，更别说以后还要负担那个孩子。可"伏浪号"启航的意义至关重要，毕竟火星上有了海洋，是开天辟地的大事件。我从全国高校火星学会了解到一些资料，神秘的北极海工程会在此次仪式上揭秘，如果能围绕其展开研究，那足以让我在学术界扬名。

舅舅是个天生的冒险家，没有子女，希望有一天我能追随他的脚步，去往更广阔的宇宙，所以当他接到火星联合会的邀请时，第一时间便想到把机会让给我。可谁都不知道生活会在哪个节骨眼上给你出一道难题，就像现在，我必须在一周内做出选择。如果不去火星，我会错过这辈子再难遇到的机会，之后的生活无非是朴素的学术教研及扛起单亲妈妈的责任，在繁重的日常生活里周旋。孕检后，医生劝我不要做人流，否则以后很难再怀孕。去火星和成为一个母亲，将我往不同的方向拉扯。

孩子。地球。文明。宇宙。

给火星联合会发回执的前一天晚上，我站在镜子前看着自己的小腹，手环里的智能管家弹出一大堆健康数据，AI的声音就像一只冰冷的手摩挲着我的肚子。窗外夜色迷离，我脑海里飞舞着

注解
① 火星上一道巨大的地质断裂带，大约在35亿年前开始形成。

群蜂般的念头，从衣柜里挑拣出一些宽松的衣服，我终于忍不住号啕大哭起来。天亮后，我决定去做一个小手术，不是堕胎手术，而是在腹腔里做一个隐蔽场，将那个还未成形的小生命隐藏起来，好躲过这趟火星之旅严格的身体检查。

一周后，我如愿搭上去往火星轨道的太空电梯。从地球上看，太空电梯像是一座直入云霄的通天塔，而在太空，它则像是一根细细的风筝线。此刻的我，并非像旅行，倒像是一个化了装的逃亡者，一个投奔群星的迷茫青年。

我在手环上增加了火星时间，2063年10月8日早上9点，我正半躺在洁白的座椅上。电梯分为各个小舱室，一间可容纳50名乘客，里面就像大型起居室，四周都是能实时反射外部景象的晶屏。太空电梯从地面启动后，我们能清晰地看到越来越遥远的平原，被云层分隔成两半的天空，经过大气层摩擦后的火光。旁边不时有乘客呕吐眩晕，我抚向肚子，努力控制住类似的反应，祈祷不要惹出麻烦。

进入黑暗的太空，地球是最亮的发光体，在拉格朗日点，我们从太空电梯登陆舱进入一艘行星穿梭机。接下来的旅程没有风景可看，我开始搜索各种资料，不到3秒，雪花般的信息从视域里弹出。

大部分火星探测计划都把水和冰的研究作为重点，这涉及几个关键问题：一是火星上是否有（过）生命，甚至是文明；二是火星是否是人类移居地外的合适目的地，能否成为星际旅行的中转站；三是可以重建火星的气候历史，加深我们对行星演化的认识。

早在2015年，一篇发表在 Nature 上的研究成果就给我们提供了无限遐想——"40亿年前，火星的水覆盖了表面的五分之一，那时的火星和地球极为相似，有厚厚的大气层为海洋的存在提供保障，这颗红色行星曾经也呈现着和地球一样的颜色"。随后的10亿年，湖泊和海洋全部消失，而现在，火星重新有了海洋。

距1997年美国火星车"旅居号"第一次着陆火星，不过短短66年时间，人类对火星的改造工程已经让北极荒原变成了一片汪洋。仅半个多世纪，便将40亿年的时间差一笔勾销，正如眼前这条评论所说，火星北极海工程极有可能成为人类文明的下一个奇点。

火星海的养成不亚于一场魔法，我细细猜想工程的每一处细节，就像在脑子里构建一座巴别塔。地下冰层的挖掘难度如同将地球的整个北极搬空，并且还要在下面做一个"大锅炉"进行加热，将冰层融化成水。在此之前，要挖好盛放海洋的"容器"，并确定海平线的高度，再将地下溢出的海洋引流至人造大陆架上，便成了人造海洋。那样壮阔的场景我们无从得见，甚至无法想象火星上的不足3万人是如何完成这堪比天工的工作的。

数日的旅途让我疲惫不堪，我只能庆幸在零重力的环境下还没出现不适反应。到达火星基地已是晚8点，休息舱内，基地的人为我们准备了小型欢迎仪式。公共空间还算大，像个广场，基地人已经习惯这样社区式的生活，大家有序来来往往，过节般热闹。火星联合会的曾学良博士是舅舅的老友，他拨开人群走过来，身穿蓝色制服，笑容洋溢，为今天新到的地球来客指引道路。短暂交流后，我们被安顿在一间单人睡眠舱里。饥饿和疲惫很快袭来，在回舱途中，人群里一个熟悉的面孔令我有些恍惚，我仔细一看，那张脸竟是徐春舟,我孩子的父亲。他抬眼的一瞬间,也注意到了我。

期待已久的火星之夜没有想象中的新鲜刺激,反而被地球的旧回忆填满。

徐春舟是我大学的学长,主修凝聚态物理,留寸头、戴眼镜,永远穿一身白衬衣、牛仔裤。跟那些书呆子不同,他眼中的公式是立体的,是新发明、新技术的基石,他脑中天马行空的想法跟科幻小说一样超前。我们在哲学公共课上认识,起初是彼此有很多共同话题,相似的书单、影单,相似的生活节奏,一样在单亲家庭长大,对某一理论有着深刻的信念感,比如多元宇宙。我们自然而然地恋爱,然后因为毕业异地而分手。他硕士毕业后没有再深造,陆续去了上海、深圳的几家科技公司,我在新闻上看过他,后来听说他主导的技术开发项目屡屡碰壁。生活匆忙,我们再无联系,时隔多年不免唏嘘。

直到两个月前,他回来找过我一次,说想了解地外行星探索工程。我当时只当是学术交流,稍做打扮便去赴约。没想到隔了这么久,我们的兴趣点依旧保持同步,最近的书单、影单,关注的前沿科技,对某一理论的质疑和对某位科学家的赞美。再次相遇,让人感慨万千又隐隐动容,我们都明白,那一晚不过是一场风花雪月。

不久后,他先一步踏上去火星的旅途。

火星的清晨不见阳光,还好基地有人造光源,早餐后,我们在大厅碰面。

"我就知道你会来。"徐春舟径直走向我,仰起头,嘴角带笑。

"看来还挺有缘分。"再次见面,没有尴尬,这是我们的默契。我冲他眨眨眼,手却不自觉地放在腹部。

"其实,我这次来是……"他四下望了望,把我拉到一边,极力压抑兴奋的情绪,"我是作为技术顾问来的,关于'伏浪号',可能没你想的那么简单。"

"你上次来找我,跟这有关吗?"

"嗯,曾学良博士找到我,很仓促,说是遇到一个关键问题,是物理问题,我来了之后发现没有任何方法去阻止……"

"阻止?阻止什么?"

他环顾四周,手很自然地搭在我肩上:"火星海不是被开发出来的,它的形成是因为时间。"

"当然是因为时间啊,整个开发过程需要不少时间来完成吧?"我脱口而出。

"不是,顾晓萌,你没懂我的意思。是熵,时间——熵。"他故意拖长尾音。

我有些不明所以,轻轻挣开他的手:"你没跟我开玩笑吧?"学物理的都明白,熵这个字意味着什么。

不远处有一位跟他穿同色制服的人叫住他,他回头说:"顾晓萌,我有点急事,回头找你啊!"

"老徐,我有件事还想跟你……"

他没听到,留给我一个匆匆的背影。我一时间心中恓惶,没着没落的,不知往哪里去,只得一个人回到角落。

最近两天的参观日程传送到我们的视域里,从火星基地的生活舱、户外的开发舱,到各类实验室,安排得很满。如果说基地内像个大型社区,那么户外绝大多数还是刚进入开发的处女地。我们乘坐火星车在红色荒漠上往返,仰头便能看到巨大的透明苍穹,如一层薄膜覆盖着这个区域,区域内氧气含量、温度、湿度、重力都与地球相似,只用穿戴轻薄的户外服即可出行。

我极力远眺,除了散落各处的白色方舱和往来的火星车,没看到任何地表挖掘的痕迹。"这里能看到海吗?"我向 AI 领航员提问。

"火星海在极冠区,这里是高海拔地区,暂时看不到哦。"

"还有更多资料吗?"

"留一点悬念啦,我们明天就会从基地出发前往火星海哦。"视域里弹出一个卡通少女,冲我吐了吐舌头。

徐春舟的话还在耳边,但关于"熵之海",没有给我更多的联想空间。此刻,夕阳就在地平线上悬着,摇晃欲碎。由于火星没有大气层,太阳光不经过折射,肉眼看上去是淡蓝色的,发出荧荧的光。我想起地球的日落景象,玫瑰色余晖掩映在云层里,把天边都染透了。

晚上,徐春舟抽出时间在大厅与我见面。我们的对话很自然地从学术讨论开始。

他的手指在唇边摩挲着:"顾晓萌,你知道最近这些年我在忙什么吗?"

"你上次说过吧,开发一种技术,能使受损的生物细胞快速复原,他们找你来跟这有关系?"

"关系可大了!"他抓住我的手,领着我往一处实验室走去,"我之前的技术实验并不是从生物学角度出发的,细胞能再生长,腐烂的苹果能变回好苹果，是因为……你这么聪明还不明白吗？顾晓萌，这是物理问题，是时间！"

"你的意思是……让时间倒流？"我不敢相信自己说出的话。

实验室位于基地负二层，空气很糟糕，中间摆着巨大的实验台，上面盖着一层透明罩，四周围着一圈光学仪器，墙面上是大大小小的晶屏，到处都是露出的管线，布置得很仓促，应该是不久前才建好的。

徐春舟不知从哪儿掏出一只苹果，递给我，说："咬一口。"

"我不饿。"

"是实验，你咬一口。"

我照做了，苹果清脆多汁，口腔立马分泌唾液，酸酸的味道缓解了反胃的感觉，没等我再咬一口，他就从我手上拿走了苹果。接着，他去调试设备，几分钟后再把苹果放进实验罩里，在操作台上按动一侧的开关，一瞬间，透明罩内似乎开启了一个力场，上方有肉眼难以察觉的光线在游走。

"看，苹果。"和方才不同，他此刻格外平静。

苹果被咬下的那一面已经泛黄，而在某种场的作用下，逐渐变回原色。我有些惊讶："它复原了？"

"还有更神奇的，你再看看。"

话音刚落，苹果被咬掉的部分正在慢慢长出来，十分钟后，竟恢复了原样，一个完整无缺的苹果！而刚刚还停留在我口腔中的清甜味道则完全消失了，我试着做吞咽的动作，口中依然干涸无味。

"逆熵。"他缓缓道来，"热力学第二定律失效了，但是，是有条件的。"

我无法考量这句话背后的含义,熵增,宇宙基本规律——在一个封闭系统内,熵只会增加或不变,而不会减少,一切事物总是自发地从有序向无序演变。比如一杯热水会慢慢变凉,手机会越来越卡,干净的房间会变乱,太阳会不断燃烧衰变,由此可以推出,恒星终将熄灭,生命终将消失,宇宙将变成一片死寂,沦为熵。这个状态也被称为热寂,揭示了宇宙的终极演化规律。如果物理学只能留一条定律,那一定是熵增定律,而且生命以负熵为食,这是我们学界的共识。

然而现在,这个铁打的定律拜倒在一颗苹果面前。

我舔了舔嘴唇,铁打的事实摆在眼前,他的后半句话应该是关键:"什么条件?"

徐春舟的眼神落在虚空:"还是未知。"

我指向那个透明舱室:"那刚刚是怎么做到的?"

"之后再跟你解释,我也才接触不久,只知道这个实验室制造出来的场,来自火星北极海工程。"

"火星海?"

"对,我们应该很快就能知道。"

我继续猜想:"进行过生物实验吗?"

他摇摇头。

我舒出一口气:"也许某些规律存在的意义之一,就是用来被打破的吧。"

"嗯,之一。"他喃喃着。

我们没再继续谈论,所有猜想就像一段倏然明灭的恋情,在亲眼看见火星海之前,再多猜想只是无数种可能"之一"。

"先好好休息吧。"睡前,我给他留言。

同我一批上火星的游客，其中不乏科学家、资本家、艺术家、政治家，这几日，大家无不对火星系列工程啧啧称叹，火星事业如此卓越壮丽，我却开始想象它本身孕育过却又消失在时光中的文明，或繁盛或奇异，如绽放在黑暗宇宙中的一束灿烂烟花。

这一天终于到了，当我们走上观海实验舱的看台，火星海就在前方。

红色土地上的海平线宛如一条淡蓝色丝线，这片广阔的水体没有太阳的光照，海面显得有些黯淡。光凭肉眼分辨不清这片海域有多宽广，也听不到海浪声，但这的确是一片真实的液态海洋。很难相信，几亿年间火星连一滴水都寻不见，如今却有如此奇观。我仿佛闻见了礁石的气息，海水的腥味，仿佛听见了巨大的澎湃声，像播放了几十万年的古老唱片。

人群中的欢呼声此起彼伏，大家纷纷发出赞叹，宛如自己便是此番景致的造物之主。

曾学良博士走到我们面前，指向背后的火星海，向大家做了简单介绍，大多是我之前了解的信息。好些无人机在我们头顶盘旋，将整个仪式的盛况传送回地球。我远远注意到徐春舟从人群中挤过来，向我靠近。

我走近几步，低声问他："'伏浪号'航船在哪里？我们什么时候登船呢？"

他眉头皱起，轻轻摇头。

看台上人声嘈杂，曾博士提高了话筒音量："有人问我，火星海是怎么建成的，我回答说，等你们亲眼看到就会明白，这片海，不是人造的。"他停顿片刻，清了清嗓，提醒我们打开增强视域，接着说,"各位,请仔细看看那海浪。"

我们与火星海的视线距离至少有三公里,光凭肉眼只能看见一道没有边际的弧形苍穹罩在海上,像一个巨大的肥皂泡。这是一种电磁力场,给这片海洋提供足够的存在条件,如氧气、气压、温度、潮汐力等。除此以外,并没有其他端倪。现在,增强视域将海水的细节放大了十倍,我们仿佛站立于海中央。我凝神看了半分钟,四周一片沉默,接着,慢慢有人发现不对劲,人群里有了议论声。

火星海并非在流动,那一层层的海浪不像是在进行潮汐翻涌,水体运动的速度也稍显滞后。我起初怀疑是自己看花了眼,直到周围人也有同样的疑惑,才确信眼前的景象并非视觉误差。眼前这片海洋的一起一落,如同人呼吸的动作翻转了一般,呼变成了吸,吸成了呼。准确地说,海浪在往后退,就像视频画面正在一帧帧倒放!在那个透明苍穹里,线性时间被打破了,时间不再是从过去流向未来,而是从未来流向过去。

我不由自主地攥住徐春舟的手:"海水……在倒流?"

"看起来是这样。"他的声音有些颤抖。

我的心里掠过一丝不安和兴奋:"这就是你所说的时间,是时间打造了火星海,这片……逆熵之海。"

接着,曾博士的声音压过了所有人:"大家都看到了这片火星海,它并非人造工程,而是自然形成的。"

此话一出,众人哗然。

曾博士显然预想过大家的反应,继续说道:"三个月前,没有任何预兆,北极冰层极速融化,地下冰层上涌,没多久就成了一条河流,没人明白是怎么回事,勘探队到达之后很快撤了回来,他们丢到水中的石头先是沉下去,接着浮上来又自动弹离水面，非常蹊跷。之后，水流还在不停汇聚，最后形成了一片海洋，当海域扩张到相当于半个太平洋的面积时，便停了下来。在不到十二小时的时间里，海洋上出现了一个透明苍穹，一个未知的力场，更令人震惊的是，海水接着开始逆行，像是倒带播放一样。我们对火星海的探索很原始，只能观测，因为没有数据支撑我们相信那个场是安全的。可以说这片海洋的出现，会将人类在太阳系内的行星探索历史重新改写。我在火星上待了三年，整整三年，什么场面没见过？那么多基地、实验舱拔地而起，穿梭机、探测器频繁往来于地球与火星之间，火星大气层、重力、生物圈等生态环境都能被改造，但是所有堪比天工的人造工程都不及这片海，这可能是我们穷其一生都无法见到的奇迹，宇宙奇迹啊各位！"

他的发言令现场陷入短暂的沉默，很快，人们提出了各种各样的问题。

"火星上没有地球的潮汐力，海洋如何能有潮涌呢？"

"由此推断，火星上曾经存在过文明？"

"那片海如果继续退行下去，会有尽头吗？"

"这些问题，我也希望谁能够解答。"曾博士说。

一位学者拨开人群，上前问道："火星联合会把我们请来，仅仅是想让我们开眼界吗？"

一位投资人接着问道："这个消息已经同步给地球了吧？看来买火星航运公司股票的要赚大了！"

一位学者将邀请函投送到大家的视域："邀请函上写的是请我们参加'伏浪号'的启航仪式，请问航船在哪里呢？"

曾博士的手环突然亮起，有工作人员呼叫他，他对大家说："各位，请稍等一会儿，有点急事，我马上回来。"

看台上的众人纷纷退回休息厅，讨论声不绝于耳。

我想起那颗复原的苹果，于是悄悄问徐春舟："那个实验室是怎么模拟火星海力场的？"

"不是模拟，是复制。在火星海域与实验室分开放置了一对量子纠缠态的光子，当力场上的光子产生运动或改变，实验室里的光子自旋状态会同步改变，考察组围绕它建造了一个作用力场。"

我瞪大眼睛，发出疑问："把那个已经咬掉一口的苹果扔进海里，也会是同样的结果？"

"恐怕是的……"

此时，我的小腹传来一阵蠕动，那是生命在源头时期的萌动，就像种子快要从土地里觉醒。我突然想起什么，问："如果逆熵是自发的，会不会是火星曾经的文明突然间触发了机关，自己觉醒了？"

徐春舟眼神放光，又细细琢磨一番，说："嗯，那片海要回到火星文明还存在的时候。"

"回到最繁盛的时候？"我继续问道。

"等等，这太过科幻，整个文明从孕育到消失，中间消耗的能量呢？如何在一片海洋里得到平衡？"他眉头紧皱。

这个问题令我哑口无言，人类登上火星这么多年，对"火星文明"这个议题没有得出可靠的研究成果。我们没再继续讨论，此刻我脑中竟然全是一个婴儿从出生到渐渐长大，接着又从一个老者慢慢变得年轻的画面。

"生命？"我灵光一闪，兀自说出这个词。

"嗯？"

"有生命才有文明。"我说。

"你的意思是，照这样下去，海洋里迟早会出现火星生命，不对，不是出现，而是复活！"他捂住嘴巴。

几分钟后，曾博士回到这里，表情有些复杂，像是宣布一则重大新闻般，语气略显沉重："'伏浪号'航船已经准备好了，关于火星海，我们只能依靠猜测，它可能是一场文明的回溯，如果火星文明曾经存在过、辉煌过，那么这片海很可能会退回到那个时候，至少在那个时空里，宇宙不再膨胀，不再熵增，而是向过去坍缩，达到自主熵减。"他呼出一口气，继续道，"这场伟大的历史需要人类见证，'伏浪号'周围也被激发了一个类似的力场，它会驶向那片海，跟随时间一起回到火星的源头，船上的人会亲眼看到这一切，亲身经历退行的时间，有太多可能性了，我难以想象……"

现场如封冻般寂静，他又清了清嗓子，说："在场的各位，这是名垂千古的机会，第一个登上月球的阿姆斯特朗，第一个踏上火星的李蒙恩，这样的先驱者会被世人铭记。在场的你们是社会精英，是科学家、艺术家、企业家，是最聪明的人、追求真理的人，只有你们才会愿意放下拥有的一切，踏上寻找宇宙真理的旅途，不是吗？所以我想问，有人愿意主动去吗？"

众人越发沉默，谁都明白，这是一条有去无回的路，虽然宇宙奇景就在眼前，可真正愿意去的人，需要抱有强大的信念才能放下自己的一切。曾博士明白，让大家当场做决定太艰难了，他缓缓开口道："给大家三天时间考虑，这不是实验，而是见证，这场宇宙逆熵的表演，我们人类绝不能缺席，希望你们能好好想想。三天后，我在这里等各位。"

他的话像咒语，在我脑中反复播放。

这三天，我和徐春舟相对无言地吃饭、走路、日常工作，我知道他想问我的想法，或是害怕我突然这么问他，我们似乎对命运有洞悉般的沉默。火星基地连续几晚都举办了娱乐活动，唱歌、游戏、观影，氛围热烈，游客们享受其中，没人提起火星海的事。

入睡前，我收到舅舅传来的信息："晓萌，见字如面。得知这次火星之旅另有含义，我才从震惊中回过神。关于这件事，我想了很多，火星海可能藏着宇宙文明演变的巨大秘密，不管是地球文明、火星文明，或是曾经出现过的文明，都有从生长、繁荣到衰亡的过程。如果一个文明能自主熵减，说明宇宙铁律有机会被打破。这是一件非常颠覆的事情，接下来，还有哪些东西会发生改变？比如宇宙常数，比如自然规律。如果你们有人能找到这件事背后的运转机制，我猜想有更多宇宙规律可以被人类所用，'宇宙规律'能被制成全新的武器，甚至打造出我们想要的'宇宙规律'，随之而来的，是整个文明世界运转的方式都会发生改变。追求宇宙和生命的真相，是我们这些人毕生的梦想，这艘船就在脚下，我们理应走在最前面。当然，晓萌，我对你没有别的要求，只希望你能随心而定。"

看来这场语焉不详的选拔已经成了地球的热门新闻，有无数人在等待结果。如果是舅舅在这里，他绝对会义无反顾地登上那艘船，也许他已经后悔了把这个机会让给我。我当然被他的豪言壮语打动，毕竟这也是我的理想，可是舅舅对我现在的状况毫不知情。

明天是和曾博士再度会面的日子，这一夜注定无眠。我蜷缩在宛如白色子宫的胶囊睡眠舱内，想起这个未出生的小生命，心中又紧了一分。等周围沉静下来，我打开通信手环，联系徐春舟。

"还没睡？"

"没，你呢？大半夜的在想什么？"

"舅舅联系我了……"

"他难不成想劝你登船？"

"难道你没想过吗？"

"不是没有，而是……"

"害怕。"

"我才没有，好吗？"文字后面带着一个气愤的表情。

"老徐，火星海虽然是一个特殊的场域，但是你看，第一，宇宙基本常数保持不变。"在逼仄的舱内，我们眼前似乎有一片无垠宇宙。

"我能理解，外面的世界是正常的，太阳还在发光，地球还在转动，我们还活着，说明宇宙基本常数没变。"

"第二，物质<信息<能量，宇宙能量是守恒的，但在熵的变动下，可能会出现能量守恒失效，且在物质、信息层面带来一定的混乱。"

"这么说，火星海上可能会凭空出现别的物质？那会不会引起蝴蝶效应？"

"第三，宇宙中的熵会自主调节系统的内外平衡，是否说明宇宙是存在意识的？"

"这个论点存在过，但你提出的论据很新。"

"是啊，我们从有机生命那一刻起，就注定了会是一部艰辛与精彩共存的史诗。我们的始祖是一种蛋白质+RNA的聚合体，科学家将其命名为LUCA。LUCA通过吸收能量来大量复制，但是问题来了，宇宙的熵总的来说是增加的，所以LUCA的减熵会导致环境的急剧熵增。

"而环境恶化，LUCA无奈只能进化，变得更高级以适应环境的变化，于是DNA聚合体诞生了。DNA比RNA更稳定，也更加智能。但这样一来，消耗的能量更大，吸收的物质更多，导致环境的熵增比以往更大，所以，DNA聚合体被逼着向单细胞演化，同样，环境的熵增再次增加，由此单细胞又向更高级的多细胞进化，于是生命大爆发①诞生了。因为孤立系统无法获取足够的能量，多细胞开始移动，并且产生感知能力，比如视觉、嗅觉、听觉等。从此，生命走上了智能的进化之路，这一过程也被称为递弱代偿，即生命的熵减过程，会加剧环境的熵增，于是环境会变得越来越恶劣，生命为了生存，为了获得足够的能量和物质，必须变得更加智能。

"因此，生命进化，是为了熵在内外的平衡，寒武纪大爆发就能说明这一点。于是宇宙启动了自主调节，人类向系外行星扩张，对银河系来说，太阳系依然是一个封闭系统，环境在熵增，火星上开始启动自主熵减。"

"是，这道理能说得通。"

我迅速在脑中拣选："对，还有第四，熵减现象可能会以某个起点开始，继续扩散。"

"你的意思是，其他星球也有可能出现类似的现象，那些逝去的文明都会回溯？"

"你有没有想过，人的大脑神经元每进行一次放电，传递到相邻的神经元，然后扩散开来，范围越来越大，就像一张网，这跟恒星间的辐射传递很像，一个讯号从太阳传至最近的恒星比邻星，再往外扩散到更远的恒星，人类在有生之年无法完整地感受一次宇宙的'思考'，不过这也许是智慧生命、星球和宇宙间的奇妙联系吧。"

---

注解

①生命大爆发：指距今约5.3亿年前一个被称为寒武纪的地质历史时期，在2000多万年时间内突然涌现出各类动物，节肢、腕足、蠕形、海绵、脊索动物等在地球上迅速起源、繁衍，形成了多种门类动物同时存在的繁荣景象。

"顾晓萌,你的推论都没错,现在,混乱的熵成了宇宙的一部分,我更加疑惑,我们回到地球后要怎样生活?"

我们的对话陷入短暂的沉默,感觉彼此的呼吸很近,慢慢地又布满苍凉。

"最后一个问题,如果你有一个孩子,你会怎样?"我的手指悬在屏幕前,几秒后,按下发送。

"你问住我了,其实还没想过……以后再说吧,如果有了孩子,就得更加努力工作了。"

"早点睡吧,晚安。"我深吸一口气,关上界面。

几小时后,火星上新的一天开始了。我们重新聚集在实验舱的看台,与三天前不同的是,一艘白色中型军用游轮停泊在港口,那便是"伏浪号"。

曾博士走上前,片刻后眼神才重新聚焦:"如果有人愿意和我一同登船,请站出来吧。"

沉默,三分钟后仍是沉默,此时,物理学家章教授站上前:"我去。"

著名金融公司的高管戴雅女士也举手道:"走吧,我也想看看那里到底有什么。"

曾博士振奋起来:"好!这是伟大的航程,'伏浪号'一定会开启文明中的文明。"

我举手上前。

曾博士鼓掌:"好,果然是唐宇飞教授培养出来的青年科学家!"

徐春舟反应过来,瞪大眼睛望着我,试着把我往回拉"不不不,她还没想好,她肯定没想好!顾晓萌,你别乱起哄啊,这不是什么好玩的事……"

曾博士继续说："现在有四个人了，如果能达到七人以上，未来的工作会更好展开，比如领航、观测、实验、研发等。"

接下来，又有两位音乐家和科学家报名登船。

"我肚子里的孩子也算一个。"我微微低头，淡然地说道。

全场哗然，所有人的目光齐齐看向我。

"孩子，你什么时候有的孩子？是谁的？"徐春舟一手拉住我，低声问道，"不会是……所以你昨天那么问我？"

我转过身，对他说："老徐，这是我的决定。"

他努力克制情绪："但你不能替孩子做决定！"

曾博士领着大家从看台退下，只剩下我跟他。我们的争吵持续了十几分钟，他后来像个孩子一样哭了，可那片海就在眼前，他改变不了我的决定。而那个孩子，他并不知道自己身在何处，也许在这个恍惚的世界边缘，此刻，产生了人生第一次的忧伤。

最后，我们以一个拥抱当作释怀。他很用力，我双手环抱他的腰，目光却远远地眺望。那片海与疾驰巨变的世界相反，它空荡荡的腹腔内，如谜一般藏着汹涌的往事，仿佛在对我说话。我转而在他耳边说："生命，就是宇宙理解自己的方法，他也是。"

一周后，游轮启程，没有仪式，没有新闻。

我们从基地乘火星车前往那片海域，远远看上去，它像灯火未凉的城郭，影影绰绰，又像遥远的宫阙。距离"伏浪号"不到500米时，进入一条从船体下方延伸至陆地的隔离通道，很快我们便要登船启航。

我不知道出海后会发生什么，时间会在这艘船上向我们展示怎样的魔法，我们会成为时间之子、火星领主还是速朽的人类。

还有他，未出生就要走上一条以负熵为食的道路，他必须向全新的智能生物进化，成为第一个以熵减为生命轨迹的地球人类。而当我们继续逆熵而行，也许很快会走到火星文明最繁盛的时期，和他们相遇。

在这之前，谁都没有答案，所有的秘密将在这片海上缓慢揭开。此刻，浪潮澎湃，海浪正一点一点往海面回落，启航之时，如风起一瞬，如宇宙激起一次全新的脉搏心跳。

在云端

他是个英雄。

这是苏望君想要写在书里的开头,她斟酌了很久,这本书要怎么写,要拜访谁,要去哪些地方收集资料等,最重要的是,要以谁的视角和口吻来记叙这一切。

收到丁跃光的噩耗时,她正在给学生上美术课。午后的阳光很好,窗外能看到青春洋溢的大学生、古色古香的砖瓦建筑,偶有鸟声,桔梗花已经开过了。教室里摆满画板,她在学生之间来回踱步,时不时弯下腰帮他们纠正几笔。

门口斜射进来的阳光被一个身影遮挡,系主任正站在门口唤她,语气犹豫而低沉,旁边是一位身形挺拔的陌生男子,微微颔首,不敢直视她,看打扮像是丈夫在部队的同事。她迎出去,里面的学生听不到他们在说什么,来回几句话后,只见她捂住嘴,下意识往后退回教室,门边画架上的调色盘打翻在地,在她的白色裙脚留下一抹鲜红如血的印记。

2046 年 6 月 18 日,苏望君收到丈夫丁跃光死于战场的消息。

她当然没忍住哭泣,任凭沾在手上的油彩弄脏脸。教学楼外的和园,天空中一片荫翳正挪移至此,她的睫毛低垂,同样像一片阴影。她嘴唇颤抖着与那位军官再次确认丁跃光的死讯,直到路过的年轻人已不再回头观望她的失态,她才相信对方口中那令人绝望的字眼,确凿如泼出的墨。她下意识望向天空,眼泪被混淆成落下的雨。

离暑假还有一个半月,学校批准了她提前休假的请求。她在空荡荡的家里待了几天,梦中浮现的悲伤和恐惧也挪移到白天。家是按照她的喜好布置的,地中海风格的简约清爽,书房改成了她要的画室。结婚后,丁跃光一切都依着她。她要去哪里找到像他这样的人,一个可以依赖却从不束缚她的人,即使自己从未爱过他。

后事处理起来很复杂,加之丁跃光生前正执行的秘密任务,很多信息无法公开。最开始几天,她送走了一拨又一拨上门吊唁的人,遗像挂在客厅的一角,她不敢多看几眼。连日的失眠让她筋疲力尽,在外人面前她勉力撑着不哭出来,反而要打起精神宽慰他们,说自己会节哀顺变。

半个月前,丁跃光在执行任务时去世,按理说他是为任务牺牲的,可事情结束后,却遭受到质疑。作为遗孀,苏望君得到了一笔足够在老家买房的抚恤金,可那些质疑同样附在她身上,她能从那些人的眼神中看出来。

一幅优秀的画作不会有一丁点多余的色彩,她常在课上这样说,而丁跃光的人生也绝不能沾上别的颜色。

不知什么时候产生了这个念头,她决定为他写一本书,准确地说,是传记,记录他的一生,以这种迂回的方式反抗那些虚假的指控,即便文字是那么柔软、毫无力度,但也许能让世人看到他是一个怎样的人呢?她把抚恤金分为三份,一份给他的父母,一份捐给联合国世界和平基金会,一份用作写完这本书的所有开销。

她知道,这并不代表自己爱他,而是一种不爱的救赎。

结婚8年,尽管苏望君很努力,但她从来没对他产生过爱情,唯有感激,一种对救命恩人般的感激。闲下来的时间,她会不由自主地想起从前,记得两人第一次见面,是家里安排的相亲。冬天的成都气候湿冷,街头都是跟他们一样穿着单薄的年轻人。那时网络上正流行着末日来临的话题,那些情侣、好友紧紧粘在一起,像是永远不会分开。他穿着白色制服站在广场中央,留着寸头,单眼皮,高鼻梁,眉心有一颗痣,小麦色皮肤,说不上帅,但看上去给人足够的安全感。刚等到她,他就把一条白色围巾围在她脖子上,然后笑着冲她敬了个礼,傻乎乎的样子把她逗笑了。

"你好,我是丁跃光,今年25岁,第一次见面……我不太会说话。"

他望了望周围，问她，"你想吃点啥子不？"

她那时留着齐肩中发，素颜，身材高挑，清爽干练，穿一件米色风衣，双手插在兜里，只微微一笑，对他说："你的名字挺好听。"

他瞬间被这个笑容俘获，脸上泛起一阵红晕："苏望君，你的名字也好听。"他侧过脸不敢看她，再多看一眼，他会觉得末日在此刻降临也不是件坏事。

她决定嫁给他的原因难以启齿，其实，她那时的状况并没有那么光鲜。做生意的父亲投资失败，家里几乎破产，把所有财产都抵上了，还得偿还上百万的债务，她不得不中止英国的学业回来找工作。父母四处求人借钱，找到一位亲戚的亲戚，正是丁跃光的父亲，他们家在大凉山农村，因为土地开发政策拿到了很大一笔赔偿款。那时，丁跃光刚参加工作，家里在市区买了婚房。

丁父听说了苏家的事，同意借钱，但开了条件，如果苏家女儿愿意嫁给自己儿子，这笔借款就当作彩礼赠予她家。她感到屈辱，跟父亲大吵一架，哭闹着要撞死在他们面前。

不久后，她答应去见他。要是拿不到钱，全家人就得露宿街头。只是见见，她跟自己说，如果不行，她宁愿回英国去要饭。

这便是两人相亲的开端。丁家的钱解了燃眉之急，相处半年后，她答应了他的求婚。嫁给他是唯一的选择，选择众人眼中安稳的未来是最妥当的。以后的日子里，他从未提过这些事，从未让她感到难堪。她确信他是爱自己的，一个眼神一个动作便能说明一切。可很多年过去，她对他只是家人般的习惯和依赖，没有荷尔蒙。

想到这里，她的心微微抽搐。

幸好我遇见的是你，你是这么好的人。你在16岁的时候选择了蓝天，你是唯一一个90秒内旋转60圈没有呕吐的人，你以优异的成绩从航空航天大学毕业，成为空军。你第一次驾驶飞机冲向天空是在19岁，像在做梦。在梦里，你无数次试着从地面飞起来，但都失败了，可那一次，你说在云端触摸到了上帝的手指，感觉心酥酥麻麻的。22岁，你因为表现优异，很快被单位升为干部。24岁，你被纳入科研人才计划，开始参与一些大型科研项目的工作。

你一回来，就滔滔不绝地跟我分享着关于天空的一切，你最喜欢的战斗机型号，你见过的云朵的形状，你和战友冲过的飞行距离和高度，你幻想中未来会出现的新技术。你就像个细数心爱玩具的小孩。应该说，是蓝天选择了你。

你的未来会是什么样子呢？我想象不到，一定会有很多人记住你，你会成为浩瀚星空中一颗最明亮的星。

——摘自《在云端》

她考虑将这本书的人称换一下，用一种与他对话的方式。"你是个英雄"，会更有代入感吧，她想。

为丁跃光写传记是个庞大的工程，她把家里所有关于他的资料都翻了出来，证书、档案、报告、信件，堆满了整张床，她坐在床边，一张张翻看，勾画着那些重要的时间点，一边记录嘴里一边碎碎念着，或者捏住照片一角陷入往事的回忆，直到指尖发白……除此之外，他的遗物不多，军装、日常衣物、飞机模型等，他活得很简洁。她试着从这些细碎的生活片段里一点点拼凑出他的人生，就像在海滩上挑拣贝壳。

历史上有不少妻子为去世的丈夫书写过传记，廖静文为画家徐悲鸿写《徐悲鸿一生》，安妮·迪克为科幻作家菲利普·迪克写《迪克传》，C·A·托尔斯泰娅将与大文豪托尔斯泰的生活日常写进了《托尔斯泰夫人日记》里……她们乐此不疲地收集整理着丈夫的一切，尽可能还原一个真实的他，包括他不好的一面。关于书名，她心想一定不能叫什么《丁跃光传》，最好一句话就能让人感受到他生命的一瞬之光。

在读了一首诗之后，她把书名暂定为《在云端》。

丁跃光只活了 34 年，生命定格在最灿烂的年纪。他的后事是由单位料理的，家人连遗体都没见着，棺材里只有一套白色制服，仓促举办的追悼会也没有应有的礼遇。追悼会结束后，等人群散去，一夜白头的丁父拉着苏望君去见吴领导，央求着要他给个说法。她手里抱着他的遗像，侧身拦在对方面前，虽不敢言语，但眼神在凛冽地发问。吴领导支开所有人，压低嗓音解释了许久，直到丁父的眼泪变干。她听出来，他的死，藏着不能被知晓的秘密。

他到底是怎么死的？他的尸体在哪里？凭她的经历和认知绝不可能猜到。这本书怎么办？他在这个世界存在过的证据，唯一能被世人记得的，他的最后一次降落。

你在 2014 年夏天回到家，坐在沙发上很久没说话，像是有心事。餐桌上，你缓缓开口说，有一项新任务，成功后能晋升，名留青史。如果派你去，你会走好长一段时间，可能一两年，甚至可能回不来了，问我同不同意。我当时没怎么犹豫，说了同意。我看到你的眼神瞬间暗了下去，接下来是沉默，你把脸埋进碗里大口吃饭，填满空荡的胃。在我洗碗的时候，你站在身后问我："你过得开心不？"我背对着你点点头，没说话。

半个月后，你打电话说，你拒绝了任务。我问为什么，为国家效力是你的梦想，为什么要放弃。你回答说，怕死，然后重重挂掉了电话。你在说假话，你在跟我赌气，你想看到我的留恋和不舍，你希望我为你担惊受怕。

之后的某个夏夜，你要求与我欢好，跟往常一样，我当作例行公事。结束后，我侧过身躺着，你小声问："你心里是不是还没放下她，那个在英国认识的朋友？"我跟他提过英国留学的经历，提过那个隔壁班的中国留学生，我们认识后很快成了无话不谈的好友。你一向不在意许多细节，但你发现了我提到她时眼里发出的光，无比眷恋却又带着令人心痛的遗憾。我说，对不起，你是特别好的人，是我的问题。你叹了口气，打断我。

接着，你像跟老友聊天一样，自顾自地躺在床上说着话，你第一次在晚上讲那么多话。你说，最近接触了一些新知识，量子物理、电磁学、宇宙文明假想，还说过不了多久，飞机能隐形，人们可以从任意地方来回穿越，还能将意识上传。技术可以改变很多，但好像改变不了一个人的心。这个世界是什么样子呢？是我们看到的那样吗？苏望君你呢，我看到的你就是真实的你吗？你还说，如果下次还有那样的机会，你不会再错过。最后，你说你想死在蓝天下，或者死在我怀里。说着，你喃喃睡去。

——摘自《在云端》

她不确定这些片段是否值得放进书里，先就此保留吧。

这段时间，她有机会见到很多丁跃光的战友和同事，她要了他们的联系方式，准备花时间一一拜访。她说不出支撑自己这样做的动力是什么，是失去家人的痛苦与不甘，是必须为他讨回名誉与公道的责任感，还是被一个死亡谜题折磨？或许都有。这个问题就像置于她人生剧本中的"事件转折"，一个改变她生活走向的锚点，这些复杂无端的情绪推着她往前走，她只知道自己根本无法置身事外。

苏望君第一个单独见的人，就是吴领导。她没有任何调查权限，当她打电话给对方时，手还在颤抖，低声下气地求了好久，才换得一次见面机会。

那天,苏望君特地做了发型,身穿白色衬衣套装,跟他约在市郊的一间咖啡馆。吴领导是丁跃光在地对空导弹组的直系领导,为人耿直,做事雷厉风行,平时要求很严,但私底下很照顾他们。他身着便装,径直走到她旁边坐下。

"小苏,家里的事忙完了吗?这次找我出来是想问什么?你知道有些事,我没法都告诉你,这牵扯到……"吴领导深吸一口气。

"机密,我懂,领导。他把大部分生命都献给了工作,死后连尸体都找不回来。我即便只是他的朋友,也很难接受。"她顿了顿,"抱歉领导,我没别的意思,只是想多了解他一些,他的生活……"

"就叫我老吴吧。小丁他还年轻,你们之间的儿女情长我理解,我想想从哪儿说起吧。"

苏望君把录音笔藏在包里,想要从这些蛛丝马迹中,找到关于他死因的线索。

"丁跃光刚来的时候,还是个愣头青,莽莽撞撞的,一心只想飞,我当时故意压着他,不让他出头。他很聪明,每次模拟测试都是前几名,但越是这样,就越需要他定下来。他的第一次试飞被我延后了一个月,为此他记恨了我老久,可就是因为这一个月的沉淀和反复模拟,他的处女飞非常完美。部队生活有时也很枯燥,在别人休息的时候,他喜欢研究飞机,喜欢跟工程部门的人打交道,还会找很多技术理论的书和科幻电影来看。除了这些,他提到最多的就是你,他说你们是在航天博物馆认识的,他对你一见钟情,结婚后你也特别惦记他,会给他写信、做饭、唱歌,他还把你的照片夹在帽子里……"吴领导抬头看了看苏望君,继续道,"他婚后变得稳重了不少,很快得到晋升,他老说你是他的吉星。不久后,我把一次紧急任务派给了他。"

"嗯,什么任务?"她从方才伤感的情绪中抽离,微微直起身。

"一架民航飞机突发事故,需要更改航线找最近的地方迫降,那架飞机距离我们领空很近,我派他起飞,去执行一次领航任务,他完成得很好。渐渐地,派他出征的机会越来越多,他和卓飞是最好的搭档,本来还有一次重要任务,一个我好不容易帮他争取到的机会,但不知为什么,他考虑了很久却拒绝了。说实话,那次我对他很失望,我原本以为是你反对,他却说是自己心理状态的原因。"

"是他考虑得不够成熟,不该错过那次飞行计划的。"她故意提起飞行计划,心想吴领导在一个女人面前不会那么警惕。

"是啊,他原本可以将他一直以来所学的知识都派上用场的。"

"如果那次他去了,真的能参与他说的那些技术工程,能让飞机隐形,能任意穿越空间吗?"她的语气中带着犹疑。

吴领导抿了抿嘴唇:"他的确有很多天马行空的想法,有的时候,想法和技术,不知道哪个走得更前面。"

"他说会花好长时间,要去西藏待很久,再……"她故意没说完,侧眼看向他。

"不是西藏,目的地是尼泊尔。"

"尼泊尔?那这次尼泊尔的任务,跟三年前也有联系吗?"她一步步试探着。

吴领导轻轻倚向椅背,卸下些许防备,双眼望向窗外:"唔……这次的遴选更为严格,他的状态虽然不如从前,但事情紧急,加上他的决心,我最后还是把他加入了名单。"

"什么决心?"

"牺牲的决心。"

她捏住衣服的一角:"我不懂,在和平年代,怎么还会有牺牲呢?"

"普通人很难理解也正常,你们看到的和平,是因为有很多人在为你们负重前行。"

"可是，为什么有人非议他？"

吴领导沉默了一会儿，接着说："事情很复杂，调查还在进行中，我们现在没有妄下结论。他的性格我很了解，你放心，我会为他争取权利的。"

"权利现在对他来说，还有用吗？"她低下头，试着收回这样的语气，"那吴领导……嗯，老吴，我想问，标准是什么？给他下定义的标准是什么？"

"这就是问题所在，他的飞机坠毁在中尼边境线附近的吉隆镇，那是我方独立返航的路线，我们没找到他的遗体，但植入在他身体里的纳米遥测晶片在主系统里显示，他已经没有生命体征信号了。疑点的确很多，可惜的是他连解释的机会都没有，我们没办法……"

"那也就意味着他可能还活着？！"她瞪大眼睛，仿佛抓住一丝残存的希望。

"你太乐观了，这种可能性很小，飞机坠毁现场很诡异，而且我们搜寻过方圆50多公里，什么都没找到，他的身份特殊，出于一些原因，只能判定他已经死亡。"

她瞥向录音笔的方向："那飞机坠毁的原因呢？"

"导航失灵，引擎也突然出现故障，信号无端被干扰，就像是突然进入了一个奇怪的区域。"

"平行空间？"

"不是，是一个像某个场一样的空间……"

她听不太懂，急切地往下问："然后呢？他就这样凭空消失了吗？"

"现场只剩下烧焦的飞行服，衣服上所有的金属都没留下，完全凭空消失了……"

"什么意思？金属跟他的身体一起消失了？"她试图想象那个

残忍又奇怪的画面。

"对,像是一种诡异的科学现象,没有理论可以解释。"

"谁第一时间发现的?"

"他的搭档,卓飞。"吴领导摸了摸鼻梁,说道,"小苏,我说了太多不该说的话,今天就到这里,接下来有什么消息我会通知你的。"

他匆匆告别,苏望君检查好录音笔,推门走出去,望见城市的天际线被晚霞浸染,她竟回想起从前有人在旁的微小幸福。她走向路前方那片温暖的橙红,脑中将今天的信息重新挑拣、排列组合——卓飞、尼泊尔吉隆镇、神秘科学现象、场一样的空间……这些对她来说无异于另一个世界的语言。

还要继续吗?她把那天的对话整理成文字,像铺设谜题一样继续往前。

就在她打算约卓飞见面的前一天,突然接到了来自英国的电话。她现在已经有足够的钱,可以放下一切,重新开始,追寻她所谓的真爱,但不知为何,她犹豫了,眼前的路退无可退。她轻叹一声,如针尖落地,还是挂掉了那通让她心心念念的电话,回到这本未完成的书里。

卓飞答应见她是个意外,他正在休假,本打算出去旅游散心,没想到苏望君抢先一步主动登门拜访。

苏望君对卓飞的印象有些落差,他的情绪不太稳定,似乎有好多天没出门,头发凌乱、面色泛黄,像是刚从一场大病中缓过来。她简单关切几句,便开门见山地问丁跃光生前与他相处的种种细节。眼前的苏望君不过是个刚失去丈夫的可怜女人,卓飞点点头,打起精神,倒上两杯咖啡,领她坐在餐桌前,缓缓打开回忆的阀门。

卓飞和丁跃光一起搭档飞过很多次,两人默契十足,但总会暗暗较劲。丁跃光算是队伍里的刺头,做什么都要冲到第一,似乎有用不完的热血。卓飞比丁跃光小一岁，处事却更加谨慎。吴领导说，两人搭在一起就是最好的队伍。聊到这里，卓飞不经意间露出轻蔑的表情，视线特意避开她落在某处。谈话进行了一下午，卓飞有些倦了，可能是因为提起丁跃光并不那么让他感到愉快。

搭档眼中的你一点也不完美，反而有些令人讨厌。在执行飞行任务时，你总会飞得比他更靠前一点，会对他炫耀你的战绩、你的家庭。后来，你在战场上消失了，那一幕令他浑身发颤。在荒无人烟的边境线以北，四周是连绵起伏的山丘，一簇爆炸的烟花在五公里外燃烧，像一团野火。那时，他正飞在空中寻找失联的"长空号"战斗机，你原本应该坐在里面，可所有通信信号都消失了，任他如何呼叫都没有回应，直到他隐约看到从蓝天上绽放开的一朵白色火焰。他迅速下降，朝"长空号"坠落的方向驶去。飞机的残骸越来越近，他大声呼叫基地，通信系统里却只有"嗞嗞嗞"的声音。等他走近才看清，除了火焰，什么都没剩下。

飞机的黑匣子留下最后的信息——几乎是一瞬间，引擎突然失灵，飞机失去控制，向下栽去，而监控画面中的你，一点也不慌张，平静得像是早有预料。在飞速下降的过程中，你松开安全带，然后，似乎有一个不知藏匿在何处的开关被激活了，画面中突然出现了一团亮光，十几秒后，光线退去，镜头恢复感光度，此时，驾驶座上的你不见了，像是突然蒸发了，你的飞行服一下子滑落在座椅上。随后，飞机坠落，爆炸，起火。

你消失了，如幽灵一般。那十几秒内，到底发生了什么？卓飞搜寻了50公里内的区域，没有任何发现。他失魂般回到基地，跟大家说起刚刚发生在你身上鬼魅般的幻象。

与我谈话结束时，他说，出征前，他和你其实都不知道自己将要面对的是什么。现在,他活着回来了,而你,肯定已经知道了所有的秘密。

——摘自《在云端》

苏望君现在不会想到,当有一天她触摸到这个秘密时,丁跃光会再度活过来,以一种无人能料到的方式。

转折是源于一些突如其来的梦。认识他这么久,苏望君从来没有梦过他,不知是不是日有所思、夜有所梦,这段时间,他开始频繁地出现在她梦里。梦中的情景很奇怪,在一片白茫茫的地方,他远远地站在她对面,中间像是隔了一层毛玻璃,他在说些什么,她梦里听得很清楚,醒来后却忘记了,像是发生在前世。

她还没有把这些梦跟眼前的事联系在一起,直到她收到尼泊尔军事基地发来的一封加密邮件。就在前一天晚上,她又梦见了他,他飘浮在空中,背景是连绵的高山,山顶挂着五彩的经幡,他对她做了几个手势,像在指明方向。醒来后,她清晰地记得那个地方,在一片广阔的高原上,印象中像是印度或西藏地区。就在下午,她收到了那封来自尼泊尔的邮件,里面只有短短几行英文,落款不明,IP 地址无法追到,只写着——

Mrs Ding, hope you come to here, the truth will be known.

弗洛伊德曾说梦有预言的作用,换作以前,她不太相信这类似迷信的说法,但现在,她无法将现实看得太过平常。睡觉前,她在画室整理之前的画作,多是旅途的风景、英国的回忆或一些临摹作品。她握住调色盘,感知心底浮沉的暗涌,将蓝色的丙乙烯颜料挤出来,用笔刷打圈,再添一点白色慢慢调和。她想象着丁跃光乘着翼下之风冲上云霄的画面,前方航线是一望无际的天空,仿佛她的心也在云雾里摩擦着。紧接着,一团爆炸的火焰在她脑海中炸开,他究竟经历过怎样的恐惧和痛楚呢？她无法想象，只觉得身体涌上来一阵触电般的战栗。

她花了几天时间，搜寻尼泊尔近期的新闻——

2021年2月1日，尼泊尔部分地区上空出现异常云团，5天后，所有旅游活动暂时终止，边境实行全面封锁。

3月15日，外来势力进入尼泊尔境内，双方疑似展开谈判。

4月2日，尼泊尔新总理赢得众议院信任投票。

4月10日，外来势力进入尼泊尔境内，三方活动疑似与尼泊尔异常云团有关，有媒体预言，人类或将面临一场不可知的危机。

4月17日，尼泊尔上塔马克西水电站项目正式竣工。

而5月23日，是丁跃光所在行动小组接到命令，前往边境线的日子。她盯着这些关键字许久，接着又登录超自然事件爱好者论坛，网友的分析和猜测令她不寒而栗。有人说尼泊尔出现的异象是外星文明登陆地球，人类文明将遭遇巨大的危机；有人说这是几组势力共同发起的演习，背后的角力极其复杂；还有人说，有组织正在开发一种全新的力量，除了海陆空之外，人类要将军事力量扩张到全新的领域，甚至是量子领域。她揉了揉干涩的双眼，关掉雪花般的讯息，她在想，如果这些是真的，那么是如何与丁跃光的死产生联系的。

深夜，空荡荡的家里，电脑屏幕发出的光将她的脸照亮，音响里播放着《G弦上的咏叹调》，她快速浏览着尼泊尔的旅游信息，手冰凉得如同瓷器。她的眼神时而落在虚空，时而眯起来休息，像在进行光合作用。对接下来的计划，她完全没头绪，只能亦步亦趋，也许丁跃光正以一种全新的方式指引着她，比如那些梦。刚生起这个念头，她就摇头苦笑了一下。

丁跃光想要一个孩子，她答应在他任务回来后商量这件事。她想过，这个孩子的到来能报答他的恩情，减轻她心里的愧疚，可能还会有更多意义,那些没能抵达的爱可以转换成另一种形式。在删除购物车里的备孕药品时,她仪式性地追忆起这段往事,不是没有过憧憬,但如今,没着没落。

她下定决心去趟尼泊尔,机票订好后,她联系上许久未见的程序员表弟,让他托人做一张国际通用的记者证和一些身份通行证件。一切都很顺利,当她拿齐文件,体内的冒险因子仿佛被激活,她感觉从前平静如水的生活总缺乏一个目标、一个活着的确凿意义。

现在,她要跟他一样,学会在冒险中生活。

飞往尼泊尔的飞机上,她凝望着窗外层叠的云,试着从丁跃光的视角去看这个世界。她怀里抱着一部分书稿,回想着他熟悉自己的生活习惯,记得自己对饮食、穿衣、音乐的种种偏好,但她不记得他最喜欢吃的菜,甚至不知道他会弹吉他,而且唱歌也很好听。她又打开kindle,里面下载了好多科普类书籍和文章,从量子力学到天文物理,都是他看过的。她给自己安排了学习计划,从头开始进入他的世界。

读了一会儿,一些佶屈聱牙的术语让她晕头转向。闭眼小憩的工夫,她再次做了一个梦——丁跃光坐在她旁边,侧脸看着她微笑,笑得很开心,阳光透过窗户,将他的轮廓勾勒成一个耀眼的光环。

"你想跟我说什么呢?老丁。"

他的虚影如被清洗的画布,徐徐消散,她醒来,心里一阵清寂。

到了加德满都,她找到一家旅馆安顿下来。在这个被寺庙和神话包裹的圣洁之地,空气中有焚香和精油的味道回旋。她漫步在街头,这里庙宇多如住宅,佛像多如居民,肤色不同的人在庙前虔诚地顶礼膜拜,还有无数小巷蜿蜒曲折,遍布庭院、民房、商铺、神庙,如同迷宫一般。

早上,她学他们在寺庙前焚香,双手合十,嘴里念念有词,心念至纯地为丁跃光祈祷。身心合一的静默时刻似乎带有某种神奇力量,一瞬间，她好像听到了他的声音，仿佛他就站在自己背后，耳后传来他的鼻息，还有他身上那股淡淡的阳光的气味。不是梦，却缥缈如一场蜃楼，她以为自己出现了幻觉，可这短暂幻觉的真实感不亚于此时香味氤氲、人头攒动的杜巴广场。

她睁开眼，他的幻影再次像云一样全部散开。

"观察者效应"，这个物理学词汇钻入她的脑海——物质在被观察之前没有任何意义，物质的属性是在被观察时，在几个可能的属性中随机呈现出来其中一个。也就是说，如果苏望君意识中的丁跃光还没有死，那么他可能一直保持着未坍缩的状态，就像那只著名的盒子中的猫。另外，还有双缝干涉实验、从强观察者到弱观察者、概率云等，按照这些理论，刚刚他的"出现"，甚至包括那些梦，都不是偶然，更不是幻觉，而是一种客观实在，是他存在于这个真实宇宙中的证据。

她环顾四周，深深吸了一口气，鼻腔里混合着香味和市井气味，成群的鸽子从眼前掠过，像是好几幅叠加在一起的油画。回过神来，她朝附近的旅游集散中心走去，有一些活络的当地人围在附近，她上前一步跟他们打探消息，主要了解那场异常的天气现象。她把这段也写进了书里——

你应该在飞机上遥望过这里的古老与辉煌，北面有喜马拉雅山庇护，南向有印度洋的暖流，终年阳光灿烂，不像总阴雨绵绵的成都。我喜欢看夕阳金黄的余晖映照着山巅上的白雪，为它镀上一层神圣的光辉，整座城市被周围的山脉环抱着，像金色的钵盂，承接着金光千丝万缕的施舍。你肯定也会心醉于这样的美景。

一位中餐馆老板说，几个月前，尼泊尔北部地区上空出现奇异云团时，他和妻子正开车前往南部，路上目睹了这一奇观。不止他们，还有好多人都看见了，一大片遮天蔽日的气团，大到足以覆盖一座山脉。它漂浮在半空中,像云,又像一个整体,似乎在缓慢挪移,如同一摊流质物体没有目的性地朝四周扩散。"奇云"最开始出现的时候,周围有人害怕地逃开,有人发出惊叹,更多的人拿出手机拍摄下这一幕上传到社交网络。

当天有新闻媒体报道,素材大多来自网友,当地气象局没有对此做出任何判断或预测。说实话,全世界每天都在发生各种奇闻逸事,这个小国家的几朵奇云并没有特别引人注目。整整三天,奇云一直悬浮在天空,在尼泊尔的其他地区也能看见。之后,诡异的事还是发生了,被奇云覆盖的地区磁场突然消失。人们开始正视这个奇异现象,并清楚地知道这不属于天气范畴,很有可能是量子物理领域。

不知道你看到这般场景是什么感受,你一定像个孩子一样好奇。

按照地图,苏望君找到去吉隆镇的路线。离开加德满都之前,她试着回复那封邮件,报告自己的位置和最近的见闻,尽管这样的行为十分危险,但她知道对方一定跟丁跃光有过或多或少的接触,这是唯一的线索。她朝杜巴广场的神庙鞠了一躬,双手合十祈祷。

班车行驶在空旷的公路上,像一道划开天际的云。天气炎热,车上的乘客大多戴着帽子和丝巾,苏望君的目光在车内探寻,想找机会跟他们攀谈。

她旁边第二个位置坐着一位年轻女性,眼睛大而有神,半张脸被遮住,脖子和手上戴着檀木念珠。苏望君挪过去坐下,用英语问道:"您好,我是来自中国的记者,请问你知道最近吉隆镇发生的事吗?"

对方是个学生,侧过脸打量她一番,眼神氤氲着善意,手挡着嘴悄悄说:"好几个月前,吉隆镇建了一个军事基地,周围有好多飞机和车子来来回回,方圆几十公里都被封锁了,外面的人进不去,但隔着山脉能看到一排排的临时作战棚屋,都是来自外国的军队,远远地还能看见天上和地上有好多陌生的机械和仪器,不知道那里发生了什么……"

苏望君右手伸进包里,悄悄摁开录音笔的开关:"哦?还有别的吗?"

"别的……"女学生往上翻了翻眼,似在努力回想,"这是好几十年来尼泊尔发生过最大的事,不过这里的人好像没那么在意,他们眼里只有寺庙和祈祷。吉隆镇本来就是战略要地,现在看来,它的意义不止如此。至于他们具体在做什么,我猜与外星文明有关。"

"外星文明?"这是苏望君从未设想过的问题,脸上闪过一丝惊讶,"为什么这么说?"

"你想,尼泊尔从来都远离战事,更没有什么特殊资源吸引别的大国来这里争夺,特殊天气这种事全球到处都在发生,不需要劳师动众专门过来调查吧?"

苏望君深吸一口气,她有过许多猜想,独独没有想到这种可能性,他的死是否跟外星文明有关?又或者他根本没有死?一瞬间,那种感觉又来了,丁跃光的幻影再次出现在她周围,像洪水紧紧将她裹住。从前,她从未有过这种感觉,只要一想起他,这个世界如同揽镜自照,会即刻映出他的影子,只是他的脸就像烟花一样,在夜空中绽放出一个灿烂的轮廓,随即一点点消散。

经过几小时的颠簸,车子到了吉隆镇。一下车,这里宜人的气候和集镇的样貌给她留下了不错的印象,举目远眺,有连绵的森林和流淌在山脉间的河流。跟女学生道别后,她独自在附近寻找落脚点,转身进入一条小巷时,她没察觉到有一个身影正跟在身后。

一转头的工夫,背后的陌生人将她一把往后拉,没等她反应过来,手腕被大力攥住,她被拽上一辆停在巷口的越野车,整个身子被抛到副驾驶位。她一脸惊恐,来不及大声喊叫,车子便迅速启动,度调转方向，她被惯性压到一侧，双手在空中试着抓住什么来恢复平衡。前方的路渐渐变得宽阔起来，她侧过头努力看清一旁的陌生男子，正准备发作时，他抢先一步占据话锋："时间来不及了，我们必须在中午前赶到基地。"

巨大的疑惑砸向苏望君，几秒钟后，她突然反应过来，这人也许就是那位神秘人："你是……"

"对，邮件是我发的。"他皮肤黝黑，是典型高山人的长相，牙齿洁白，唇上的胡须显示出他的世故与成熟。停顿片刻，他用不那么地道的中文对她说："叫我诺尔布吧，跟你丈夫一样是一名军人，我们是在吉隆镇军事基地认识的。"

苏望君怒气未消："那你不能好好解释下吗？我还以为……"

诺尔布一手握住方向盘，一手推了推鼻梁上的墨镜，嘴角卷起一抹笑容："抱歉，小苏，我怕再多说几句，咱们就要错过好机会了！"

她仰起脸："什么机会？"

诺尔布指向车后座："这儿有一套军装，你一会儿换上，今天基地开放了特殊通道，能带你进去。"他接着问，"对了，我让你准备的东西带来了吗？"

"嗯，带来了。"

他之前在邮件里嘱咐她带几根丁跃光的头发来，她照做了。车子继续往前行驶，从充满生活气息的集镇渐渐驶向丘陵起伏的无人区。苏望君细细打量着，这是一辆越野，车内没有导航，没有信号，后视镜上挂着一条平安符，后座除了一套制服，还放着一个黑色箱子。诺尔布身穿一件迷彩服，紧实的肌肉将衣服撑得很有线条感，手腕上有一个电子手环，裤袋里鼓鼓囊囊的，应该是手枪。眼前是一条野生公路，荒无人烟，手机也没有信号，她心脏扑通扑通地跳，像是经历了一次跳伞。

距离目的地还有不短的距离,她试着与诺尔布攀谈,问了更多关于丁跃光的事。

你作为国际支援力量在吉隆镇的军事基地待过一段时间,你和卓飞被安排到诺尔布所在的空军小组。最开始几天,你们只是进行一些日常训练,之后有科学家进入各个空军小组,为你们发布接下来的任务。原来,那些漂浮在尼泊尔上空的"奇云"并没有消散,它们存在于空气中,无处不在。当你听到这些时,潜藏在你心中的英雄梦想被激活了。

你第一次开飞机进入云层,是为了收集云层中的气态物质用以实验,你们把这样的工作叫作"收云"。在歼-20第五代制空战斗机的尾翼部分,安装着一个自动旋转吸入的装置,装置中央有一套循环系统,可以保证部分气态物质即使被单独隔开也能维持活性。你在3000米的高空目睹了从未见过的奇观,身处其中跟在地面上观看截然不同,像是在同它们一起舞蹈。你兴奋地在飞机通信系统里向卓飞和诺尔布报告,你看到了云层中的电流,那一道银白色的闪光轻拂过弧形云朵的边缘,几乎肉眼可见。你将飞机调为自动驾驶,专注地凝视着眼前的云,你发现这些电流有长有短,保持着某种节律性,同大脑神经元放电过程类似。你跟他们开玩笑说,这里的云仿佛正在进行一场抽象思考。

你们把收集到的云带回去,科学家把它们装在一个个透明泡里,看上去什么都没有,实际上里面的密度远远超过正常气压下的空气。当然,你也把你的发现一起报告了上去。一周后,来自中方的科学家周启东提供了有力的实验证据,他测量了云中的电流,并对里面的物质做了提取和分析,在记录云的每次活动数据后,他在程序里设置了一套可收集反馈的对应函数。输入—反馈,这是一套算法的基础模型,类比成人的"意识",又何尝不是"输入—反馈"的运转机制?我们从外界接收信息,这些信息直接作用于我们的五感和情绪,然后我们对此做出相应的反馈,久而久之,便会形成观念、性格、行为模式,甚至心智。我们来到这个世界,接收它传递的信息,然后选择爱一个人、摘一朵花、爬一座山、写一首诗……都是如此。

周启东将对应函数写入由云的运动模型程序转换的数据流中,接着,他输入由二进制代码编成的信息,是最简单的数字和字母,没有实际含义,却由此得到了来自云的反馈函数。几轮实验下来,他得出了一个近乎天方夜谭的猜想——这片云有自己的思想。

你在目睹那道闪光时,肯定也这么认为。它也许能让你联想到这个星球上智慧出现的第一缕闪光,或是某个夜里,你凝望着我的眼神里散发出的微微光芒,像流星,像深邃的星云。

周启东所在的项目组将此猜想与发现上报给军方,那片盘亘不去的奇云,究竟是一种怎样的存在,没人能下结论。实验还在展开,你继续"收云"。在完成任务之余,你跟随周启东参与后续的研究,你的大脑里有各种天马行空的幻想,为科学家提供某种可能性的参考。你继续在飞机上观察云的流动,仿佛身处云端昆仑的神圣国度。

"意识—生命—文明",在与周启东的对话中,你提到智慧生命演变的进程,从有意识开始,到最后形成一个高度发达的文明。你甚至大胆猜想,奇云就是一种气态生命,或是有某种文明隐匿在云的维度之中。你的猜想象是轻轻推倒了一枚多米诺骨牌,向着某种真相直奔而去,很快,项目组通过决议,启动了更惊人的计划。

于是,你们有了新任务。

——节选自《在云端》

前方是一片看不到头的低矮丛林,车辆有些颠簸,诺尔布双手紧握方向盘，眼睛盯着前方，一路上，他将这些秘密和盘托出，似乎并没有考虑保密协议和她的接受程度。他嘴角边的褶皱被那些充满秘密的话语牵动着，苏望君侧望向他，仿佛在聆听来自云上的切切密语。

"他就像个孩子一样天真。"诺尔布试图从回忆中抽离，"就是这样的天真，让他……"

"让他怎么了？"苏望君双眼微闭，近似呢喃。

接近日落时分，一种消沉的力量弥散开来，一大团粉红的晚霞与地平线难解难分，所有广大事物的意义正在消散。头顶依旧是那片云，有一块奇妙的暗蓝覆盖着它，令所有信号都失效，皮肤甚至能感受到气流中微弱的脉冲。车子还在行驶，长时间的颠簸令她感到疲累，刚才那段信息量巨大的对话还在她脑中拉锯，按照诺尔布的叙述，她在脑海里像作画一般，一笔一画描摹出每个场景、动作和神情。诺尔布关上车窗，播放轻柔的音乐，她缓缓闭上眼睛，半梦半醒间，好像又见到了丁跃光。

梦里，他就坐在车子的后座，凝望着自己的背影，笑得天真烂漫，不时用手指指前方，提醒她要多抬头看看天上，自己现在就住在那儿。梦里的时间和现实世界并不对等，她也分不清在梦里过了多久，模糊地记得这个场景是由她画出来的，然后在某个混沌世界变成真的。

不知是不是因为太过惦念他，醒来后，她被一种伤感的情绪包裹，像一层粘在皮肤上揭不开的膜。她环抱双臂，目光追随远处燃烧的落日，意识到这是第一次，她开始想念他。

不多久，诺尔布将车停在路边，对她说："把衣服换上。"接着从衣兜里掏出一枚手环，"戴上它，唔，最后把头发扎起来。"说完，他下车远远走开，背对着她说，"快穿上吧，咱们时间不多了。"

苏望君换好行头，俨然一位英姿飒爽的女军官。

"为什么帮我们？"她习惯性地捏住衣服一角，"这里的秘密至关重要，如果被我带出去了，你会怎么样？"

"再重要都只跟一个人有关，再说我欠他一条命，他不能就这样被人误解。"诺尔布舔了舔嘴唇，紧握方向盘，指节发白。

她挺直身体，直直盯着他，眼神里写满焦灼和疑惑："什么意思，他到底经历了什么？"

"很快你就会知道的，我们很接近了，耐心一点。"他尽力安抚她。

她抿紧嘴唇，点点头。

入夜，温度降下来，诺尔布交代了一些细节和话术，还有她的新名字、身份、项目组工作进展等，她要假扮成一名来自尼泊尔军方的顾问，去拿一份资料，里面有丁跃光生前留下的重要信息。诺尔布交代完，前方隐隐约约能看见基地的轮廓，苏望君抬起头张望，那是他最后待过的地方，像城堡，像墓碑，她深吸一口气。

这片区域接近边境，周围虽然有低矮的山脉，但基地所在位置一片平坦，中央搭建了好几十个方形舱和遍布四周的生活舱。诺尔布将车停在500米外的停车场，领她朝基地走去。身后有风推着她往前，细密的风声仿佛谁在耳边呢喃，她能听见自己有节律的心跳声，像在伴奏。

基地的第一道关卡用的是电子通行证，核验身份后即可通过。诺尔布说，之前在系统报备（伪造）了她的身份和行程，与此同时，她在里面的一举一动都会受到监视。接下来，第二道大门是智能测量系统，她跟在诺尔布身后进入一条狭窄通道，两人一前一后，相隔十多米的距离。两旁的出气口排出白色的清洁喷雾，前方是一排测量身体数据的设备，骨骼、肌肉、步态、面容、视网膜，甚至是神经信息素，都会在经过时不经意间被刻录下来。逼仄的空间将她的忐忑放大到极限，她调整呼吸，止住颤抖，嘴里默念着什么。还好，系统没有弹出异常提示，她看着诺尔布坚实厚重的背影，心里默默表示感谢。

第三道关卡有安保人员驻守，类似机场的海关检查，有面孔识别、证件检查、资料匹配、随机盘问等，诺尔布对她做了简单培训，她现在是尼泊尔军方的一名高级军事顾问，叫阿努达，祖上是华裔，这次来是为了做实地科学考察，以便向尼泊尔政府同步相关重要信息。她佯装成从容不迫的军官，适时挑眉扬头，自信地拂过肩章，应答方式、语气和该做出的表情、反应，她都在来的路上临时抱佛脚地全部演练了一遍，时间仓促，但她完成得很好。等通过了那道门，她紧绷的弦才松下来，意识到自己的手心和背已被汗水浸透，疯狂分泌的肾上腺素在体内退潮。

进入基地后，她所在的 C 区是尼泊尔军方所在地。来自不同国家的项目组驻扎在各自的工作舱内，按照自行拟定的计划和方案进行研究，这里的部分资源可以共享，但机密部分则会先提交各国政府进行商议，然后在定期召开的通气会上，各项目组负责人会选择性地释放一些信息。简单讲，各国之间有竞争也有合作。苏望君的出现并没有惊扰这里，她看见科学家、军人开着小型运输车在中央空地来回穿梭，俨然一个忙碌又秩序井然的军事化小镇，远处稍高大的方舱则停放着各类飞行器。她想象着丁跃光的身影穿行在他们之中，如一枚鲜活的标记。

其实，尼泊尔境内大规模的"奇云"现象已经停止，但并不代表着它已经离开，相反，按照周启东的实验结果，头顶的"云"还在。

诺尔布将她带到休息的地方，这是一间不大的资料室，位于工作舱中间通道的尽头，偶尔路过的几位白衣科学家会向诺尔布打招呼，同时对苏望君投去审视的目光。

在 C 区工作舱里，诺尔布的权限可以去任何一间房间，他能查看所有保密文件，却不能对外传输，这需要项目组负责人的权限，所以他只能冒着巨大风险将苏望君领到这里。这间资料室十几平方米大，墙面是不经修饰的金属灰色，天花板的灯光像漂白剂一般，房间里放置着十多个竖立的金属柜，每层砌满了亮着不同编号的电子晶屏。

"这是我们的部分实验数据，你大概了解一下，但丁跃光参与的计划数据，得去中方基地才能找到。"

"那里能让我进去吗？"苏望君略带犹疑。

"关键在于周启东。"诺尔布的食指和拇指在胡楂上摩挲。

诺尔布找到一组晶屏，拇指摁住中间下方的指纹识别框，解锁后，晶屏上的项目数据阵列排布在眼前。他递给苏望君："你先看看，在这里等我，我现在去找周启东。"

"好。"她接过来，抿紧嘴唇。

晶屏里的文件数目庞杂，互相勾连，像一张巨网。她搜索丁跃光的名字，弹出几个视频文档，她点击"播放"，左手不自觉地虚握成拳，轻靠在嘴唇上。视频里都是一些中尼军方的会议记录，部分画面能看到他的出现，多是坐在会议席聆听。

苏望君看了许久，竟靠在座椅上睡着了，梦里又是类似的情境，只不过这次，丁跃光的影子像是从镜子里的世界跨过来一般，对她呢喃的话语也变得清晰起来，她能记得这些字句："望君，我还在，我们会重新连接，等我……"他的笑容如春风绽开，眼中含着一汪清泉，就这样看着她，像是整个桃之夭夭的春天快要燃烧起来。她几乎在一瞬间明白了一个事实，她已经在他离开后的某一刻重新爱上了他，这令她在梦里和现实中同时体验到了欢愉和痛苦，如同一支沾了蜜糖的箭矢射入胸口。

不知过了多久，诺尔布轻轻摇醒她："周启东在等我们。"

中方基地的关卡更加复杂，苏望君通过几道身份核验，终于到达最后一关。一扇金属制收缩门挡在面前，在走廊尽头显得那么不可一世。走在诺尔布前面的还有两位中方科学家，苏望君双手交叠，手指摩挲着，缓解快要漫出喉咙的紧张。

与想象中不同，门后是一间客厅般的起居室，周启东正在等他们。诺尔布向周启东微微欠身，以示敬意，简单寒暄后，他将目光移至背后的苏望君。周启东50岁左右，清瘦，个子不高，白衬衣掖在牛仔裤里，两鬓微白，嘴角的纹路随着微笑牵引出两道沟壑，眼里闪烁着看透世事的光芒。接下来的谈话几乎将她抛向所有真相的核心。

"小丁他……我很抱歉。"周启东的喉中有一股气息在上下起伏，"但是我们需要你知道真相，因为只有这样，才能让我们重新与他连接。"

这句话仿佛一记重拳砸过来，她的嘴唇发颤："重新连接？他刚刚在梦里也这么说……"

周启东扶了扶眼镜："我没猜错，你能看到他，不对，应该说是能感觉到他。"

她的眼神移至虚空，眉头微微皱起："只是做梦而已。"

"不只是梦，是影子。"周启东继续解释，"能理解吗？是他存在于这个世界的一种方式，跟那片云一样。"

苏望君呆坐在沙发上，细细琢磨他的只言片语。

当听完那个更惊人的计划，你略有迟疑。他们要将你与云连接，简单来说，就是将你的脑电波信号与云中释放的电磁信号相连，互相匹配，然后在数据中构建一套信息反馈函数，也就是一条电信号通道，将两者连接以达到"交流"的目的。这比人机连接更加复杂且不可控。周启东为此专门设计了一套神经语言算法，保证连接信号的稳定和准确。这一切就像强行在两座遥远的山脉之间凭空搭起一座悬空的桥梁，还要保证能让千军万马通过。

你这条山脉是经过挑选的。

某一次收云工作结束后,周启东决定尝试第一次连接。你躺上实验台,戴上神经元信号模拟调谐收集头盔,每产生一个念头,头盔会自动将脑电波信号收集并转换成程序语言,然后周启东将云中发出的电信号提取到计算机程序中,在计算机中将两者之间做一个印射。当然,在此之前,你了解过冥想,你必须保证自己不产生多余的杂念,只是简单的思维及对云中的信息做出极其简单的回应。

云:0000101001000。

你:0100101101010。

云:010010111011001001101。

你:1001011001010010101001011000。

云:01100100100100000101000101110001。

你:1010100011001010010100110110。

……

程序语言与中文之间的印射,需要对源处理器代码中的每条指令实时解释执行,尽管周启东的这套程序算法完备无缺,但你与云的第一次连接,效果并不理想。你们的对话像是两个错误时空的相遇,像黄昏来临时,所有事物的意义正在消散的样子。

云:飞走。

你:你好。

云:面临一个未来。

你:你是有生命的吗?

云:到达在新星系云中有影子。

你:为什么要出现在这里?

……

成功连接并不能验证"云是有意识的"这个论点,你提议下一次交流直接在飞行中进行,周启东同意了。他在飞机上安装了一台调制调解装置，省掉"收云"的步骤，将云中信号直接驳入你的大脑，但这还不是那个所谓的惊人计划。在上飞机前，你穿上特制的隔离服，戴上信号频度更高的头盔，转换程序写入座椅后方的芯片基座里，卓飞驾驶的飞机则跟在后面全程拍摄记录。这是一场无声的空中交流，却足以改变人类文明的走向，你穿行在如密林般的虚空之间，像在大海上航行。

　　你们的航线是一个弧线，绕云飞行令你的视线变得更加开阔，在飞行中与它们接驳大大提升了效率，代码语言与中文的互相连接、嵌合，从最开始略显生涩，到航程过半后的顺畅，ACSII语言成了没有边界的宇宙通用语言，你与云如同两个相见恨晚的人在此时此地相遇。

　　它们是文明！你回到基地，摘下身上的设备，摇着周启东的肩膀说。你的语气确凿如同不可摇撼的山脉，而这个惊人的发现只不过是你参透真相中的极小一部分。

　　别人无法想象你在这短短三十分钟经历了什么，这种沟通短暂又绵长，你一定把自己想象成了桥梁、镜子、星尘、从云中孕育的雨滴，或是天选之子。

　　这一次，你与云留下的交流记录多达几亿字节，但究竟是什么让你把它们当成了"文明"？你兴奋地说，你从"对话"的数字海洋中，触碰到了生命形式的极限，它们不仅存在于云端，更存在于能触及的所有空间。你惶惑地说，它们试图向你传达信息，这信息里包含的意义太多了，就像孩童在满是贝壳的海滩上嬉戏，面对一地光华却无从拾捡，但是云的"意图"就蕴藏在其中一颗贝壳上。你担忧地说，现在看来，云的善恶难以区分，它会继续留在这里还是转向其他地方完全说不准，它会怎样影响地球，都是未知，但在最后一句对话中，你解读出了一个令人胆寒的信息：它需要一支军队。

如果你的解读没错，那几个字节的意思是一支军队，这足以证明"文明"的存在——因为它包含"意图"。

你梦寐以求的天方夜谭终于以这样的方式降临了。

三天后的研讨会上，周启东向高层汇报，巧合的是，当天基地里部分电磁系统失效，天气阴沉如覆满铅块，却迟迟未见下雨，这难免让人产生联想，特别是你在众人面前发言之后。一百多人的会场，包括中尼双方的士兵、科学家、语言学家、气象学家等。你挺直身体，与一旁的周启东点头示意，然后说："我来之前，就隐隐觉得这会是一场战争。像我们这样的军人，活着的意义就是为了止战。在几天前，我对真实的外星文明一无所知，更无从想象与它们之间会有怎样的交流，然而这次，我相信自己的判断，它们是一个有意识和意图的文明，但大多时候处于休眠状态，被激活的临界点可能就在于我们会对它做出怎样的举动。人类正处在一个关键点，而战争可能会以我们完全不能理解的方式发生……"

你把你们之间的沟通全盘托出，在台下专家的眼神反馈和长久的沉默中，你有些动摇，但幸好你的话得到了周启东的验证。会议结束后，科学家们又分为几个阵营，主战派，主和派，有人提议向全球征集战争方案，有人称跟云交战足够荒谬，几乎毫无胜算，不如无所作为。周启东尽力排除异议，将整个中方基地的科研人员又细分为不同的小组，从现有的信息角度去设计"战争与军队"的模型。对摆在台面上的争吵，你缄口不言，心里想的是一个全新的概念——"量子云"。

——节选自《在云端》

周启东的眼神凝重，此刻的苏望君更甚。随后，周启东和诺尔布带她从房间进入另一个狭窄通道，里面是光亮整洁的数据室。

"我让你带的东西,带来了吗?"诺尔布说。

苏望君点点头,从背包里掏出一个铁盒,里面是一根短头发。"这是跃光的。"她说。周启东接过盒子,将头发夹在实验台上的一对玻璃贴片中,然后放进一台类似显微镜的仪器里,片刻后,他取出一张不停跃动着双螺旋信息的透明晶片,插进数据柜前方的缺口。很快,一枚数据晶条一跃而出。

周启东小心翼翼地取出来,说:"这是丁跃光的遗物,如果你愿意,你能看到他在生命最后阶段经历的……"

"这是?"苏望君疑惑了。

周启东解释道:"这是一副复刻的全感信息眼膜,每位军人在执行任务时都被要求戴上它,里面记录了他们在任务期间的全部所见。简单讲,只要重新戴上它,你就能从丁跃光的视角看到他所看到的世界。如果要再次复录,就需要他本人的 DNA 信息才能打开。"

"之后……你们想要我怎么做?"她问。

"召唤他。"周启东的手掌握住桌子一角,抿紧嘴唇。

苏望君接下来没有再问,只细细端详着这枚晶条,里面躺着一副圆弧形的眼晶膜,里面有她想要知道的全部。她将眼膜戴进眼睛,一阵冰凉的触感从眼球传至大脑,一副全息图像瞬间呈现在视界中。她挺直背,深深呼吸,意识到自己追寻这么久,终于站到了真相面前。关于丁跃光的一切,如梦寐般历历在目,如今那最后的一块拼图唾手可得。

很快,视域里的画面开始重组。此刻,她的眼前是飞机驾驶舱内的场景,窗外是一片看不到尽头的白云,如宿命般延伸。声音随之传来,引擎的轰鸣、耳机里的指令、空气中嗡嗡作响的电流,如羽毛拂过她的耳膜。此刻,她全然被他的世界包围,主体和客体的边界正慢慢模糊。

前方有三架战斗机在云中翻腾，速度超过 2580 km/s，你驾驶的制空战斗机紧随其后，公共通信频道里传来人工智能合成的男声："请作战"。你一下子明白，这话来自云，刚刚收到的信息是经由程序转换成中文语言再由人工智能系统合成的。

　　你心中肯定有一丝疑虑，如果这就是战争，那未免太过草率。此时，来自前方战斗机的主动雷达制导米卡空空弹在云中炸开，在明晃晃的太阳下只能看见一团团淡白色的烟火弥散开来。他们在攻击云，如同用子弹攻击棉花。

　　飞机在颠簸，卓飞的声音从通信频道中传来："6339，你已偏离航线，请报告位置。"见你沉默着，卓飞继续呼叫，"6339，报告位置。"你将飞机转为自动驾驶，目的地坐标显示 85.315017，27.712178。前面能看到一段如水墨画的山脉，电离声越来越大，云对飞机通信系统的干扰还在加剧。

　　操作台上的屏幕显示，卓飞正往你的方向驶来，而此时，视线前方飞机的机翼几乎快被撕裂！驾驶 F-16 战机的美国空军托马斯发出"Mayday"的呼救，同时屏幕上出现了更多红点，美方派出的增援在陆续赶到。单从现有的信息，完全无法判断你们与云的战争从何处开始，以何种打击作为损益标准，以及你最后领悟到了什么。

　　基地发来指令，要你们进入打击范围，初步判断是云损了对方飞机，当飞机失去动力后，极速坠落，而托马斯刚刚殒命。此时，你离边境线越来越近，完全无视基地对你发出的指令。

　　所有声音都被甩开，你关掉通信设备，拉伸操纵杆，急速冲向云端，前方一片浓雾，什么也看不清，画面如同静止，只剩你粗重的呼吸声回荡在驾驶舱，仿若从我耳后传来的鼻息。飞机还在攀升，你开始说话，这是你在世界上留下的最后一段话——

"我不知道它们的目的，但在那么多次交流后，我感觉自己发生了一些变化，我的大脑像是住进了云端，或者说是云降落在我脑子里。我不知从何时开始领悟这场战争的真正含义，它的目的不是侵犯人类，而是一种自我表达，选择权依然在人类手上。这样或许会对我们造成一些误解和伤害，但它并不在意，它就像个在宇宙间嬉戏的孩子，'战争和军队'的意思不过是'游戏和阵营'。我很难去解释那些非善非恶的事物，宇宙一定要有目的吗？可站在我们的立场，一切未知的威胁都必须被消除，即使以人类的力量来看，是以卵击石。

　　"望君，我这辈子最大的愿望，就是每次回来都能见到你，很简单对吧？可我就是这么想的。好快啊，我都看不清了，手和脚也感觉不到了。它曾经告诉我，它不打算在这里继续停留，它没玩够，还要去更东边的大陆，就是我们家乡的方向，我不能让它过去。在距离地面一万两千米之上的高空，它能让我变成跟它一样的存在，只需要相同频段的电磁波，通过金属引导件传递至云层的电流中，它就会接收到，然后就像被闪电击中那么快，我就会变成……会变成……

　　"边境线快到了，就在下面，我们的家乡就在不远处，好高啊……我从来没飞过这么高，你会看着我降落吗？好吧……在云中找我。"

　　嗞嗞嗞嗞……接下来是一阵电磁干扰声。在远离战场的飞行区域，你战机的引擎系统突然失灵，操控面板的指示灯全部熄灭，世界仿佛被抽成真空。一瞬间，你消失了，面板上的反射镜面映出一段诡异的映像，你的身体瞬间化为乌有，没有四散的齑粉，只有一束刺眼的光，质能转换在分秒内完成，机舱内带有生物电场的物质全部消失，你的衣服一下子散落在座位上。与此同时，机舱内因虚空中突然产生的能量而爆炸开来。接着，全感视域里只剩下一片寂静和空茫。全感信息眼膜的画面信号就此中断，仿佛一条水流被拦腰截住。

　　在云中找我。这句话毫无意义或意义颇深。没人能理解，直到你再次被感知。

——节选自《在云端》

  苏望君摘下眼膜，呆立在原地，失魂落魄的样子如一滴朝露被渐渐蒸发。沉默许久，她抬起头，双眼微红："我要到哪里找他？"

  周启东环抱双臂，眼中透着疲惫："跃光他……其实就在我们身边，准确地说，一直都在。"没等她继续发问，他接着说，"如果你能够理解物理学中的量子态，是的，他没死，只要你还在观察他，他就会坍缩成某种确切的形态。我们还无法知道云是怎么做到的，也许类似被一道闪电击中，他的身体转变成另一种非物质的存在，这是一种超过现阶段人类认知的科技,目前根本无从测量,更无法找到他。"

  "嗯，我听说过那只著名的猫。"苏望君神情有些恍惚。

  "你是唯一的突破口。"周启东的语气笃定。

  "我只有在梦里才能见到他……"苏望君还没说完，便意识到什么，于是她屏气凝神，开始细细地想，如同一只在桑叶间默默咀嚼的蚕。

  整个过程就像编织一张记忆的巨幅地毯，细密的针脚在两边穿行，将过去和未来贴合缝补在一起。她和丁跃光的相遇、相处，在一个屋檐下生活，家就像一个闭合的果核，任由两个灵魂栖居其中。还有那些来自细微处的动静，他不经意凝望她时心满意足的笑容，踏出门口前想要拥抱却又收回的手，送出每份礼物时像孩童般等待回应的眼睛……种种被时间稀释的瞬间又重新聚合，凝结成一张巨网，将她包裹起来。她感觉自己的心被一支涂满蜜糖的箭射中，在此时此刻，她开始爱了，重新爱了。

  与此同时，他们没察觉到的是，天空中的云团正大量聚集，如同被一双巨手翻转，形同宫殿或是狂奔的群马，磅礴而壮丽，在西去太阳的照拂下,透出一层橙红的色彩,如油画渐隐的边缘。那团云在中方边境线以东形成一道厚厚的屏障,竖立起来,几乎与地面垂直,状若神祇,风吹不散。

尼泊尔基地又有了新的探云任务。当苏望君一行三人乘坐飞机向那堵云墙飞去时,她第一次体会到高空给人带来的眩晕感。

诺尔布在驾驶飞机,苏望君和周启东在后侧相对而坐。周启东怀里抱着一台检测设备,晶屏上数据跃动,那片巨幅云墙就在前方100米处,得到许可后,飞机准备径直穿过去。眼前空蒙的云雾扑面而来,如穿越一条云中隧道,他们很快习惯渐强的颠簸,试着在一片朦胧中遥望一个出口。她笃信丁跃光就在这新云里,在分子层面的空间里存在着。

战争和军队。游戏和阵营。

"如果他成了云的军队,"苏望君似恍然大悟,指向窗外,"那这不就是……"

"一支量子大军。"周启东接过她的话。

你曾经说,对死亡的恐惧是最好的老师,如果从未触摸过死亡,我们就不算真正活过。而现在,你在死亡尽头向我传来呼召。我,你的妻子,从未体验过那些你曾向我倾诉过的事——在爱人怀中醒来,听见战友在耳机里留下最后一句话,从上帝视角看着一座城市被枪炮毁掉,梦里听到从骨缝传来难民的哭泣,独自一人在山顶长久地凝望天空,凝望一朵玫瑰在夜间开放,更没来得及为人父母,看着自己的孩子出生的那一刻,还有那些或宏大或微不足道的事,就在这些瞬间里面,你把自己纳入永恒。

此刻,你在云里,成为一种我远远无法理解的生命,生物电的、气态的、凝结成尘埃的、量子的、存在与否取决于观察者的生命,静默而长久地守护在边境线。

——摘自《在云端》

  这本书快要完成了，苏望君带着尼泊尔的秘密回到家里，生活平静如常。她偶尔看看新闻，了解外面发生的大小事，新的基地建在境内，云墙两个月来都没有散去的迹象，外界猜测颇多。周启东跟她保持着密切联系，只要她在某一瞬间或在梦里感受到丁跃光的存在，或接收到什么信息，就会立马汇报给他。她不确定他的每次"出现"会对局势有何影响，只知道他一直在自己身边，每每想起都会有一种莫名的踏实感。

  她开始在画里加入丁跃光，他作为一种元素、一个符号，渐渐占据画作的主体，他在爱人怀中醒来、在云中飞行、同战友生离死别、在异国执行任务、在梦境里穿梭、在夜晚凝望花朵、驾驶着飞机从半空缓缓降落……

  某个秋夜，晚风微凉，苏望君在家里画画，音响里播放着《G弦上的咏叹调》，她右手握笔在画布上涂抹，蓝色颜料层层堆叠出透亮的天空。忽然，她的肩膀不由自主地轻弹一下，于是她放下画笔，静静感受周围的一切。接着，她感到一阵暖意涌上来，仿佛是有人轻轻靠在身边。

  "就这样，靠近一点，再近一点。"她笑了，轻声说道。

天启

# 1

天启四年，尔时的紫禁城刚从一场大火中得以喘息。

侧殿的大火在东方渐白时一点点被扑灭，明熹宗朱由校在早朝得知此次灾祸的来由，只哀叹一声，便决定亲自主持侧殿的重建。大臣们都知道，皇上又可以发挥他的木匠技艺了。宫中上下对这场大火议论纷纷，无非是那些玄之又玄的说辞。

紫禁城从永乐年间建成到现在，大大小小的火灾发生了不下三十余次，"朱"意为赤色，五行属火，故火不灭。各处宫殿都不曾逃过火势，每次重新修葺，都劳民伤财，修修补补，再被烧毁，老天似见不得这明皇宫得一朝安好。历朝皇帝想过不少法子，为宫殿改名，改方位风水，大行祭祀，都不抵用。

彼时的天启皇帝还痴迷着木工，世间之事不曾有一件驻留他心上，他宁愿做一个造物者，在忘我之境体会最简单的快乐。他不知道的是，未来将有一场大水熄灭他的火，一场劫数，仿佛早已命定。

在京城一间不算大的宅子中，一副散仙模样的王星舟手持扇子正在庭院里忙碌，他的脸光洁白皙，透着棱角分明的冷峻，乌黑深邃的眼眸映着春光，身材修长高大却清瘦，孑然独立间散发出一阵傲视天地的气度。院子四周堆满了奇形器具，旁边架着炉子，罐子里咕噜噜地熬着什么，蒸腾的热气不停顶着盖子，一股夹杂着酒和中药的气味飘散出来。王星舟凑近一旁，将火扇得更大，嘴里数到三，随后掀开盖子："妥了！"

这是他熬制的新药。日前，他为陆员外的女儿诊治风寒，不经问切便断言看上去精神十足的陆员外将会患上大病。员外不解，问何以见得。王星舟答曰，行医的最高境界是治未病，信则治，不信则等病入骨髓再来找他，到那时，可不是一两服药能治好的。陆员外是开明之士，一向对言行略微癫狂的他颇有几分信任。

王星舟盘腿坐在庭院的槐树下，喝下药，闭目静息，细细琢磨这味药在身体气脉中的运行走向，接着取出几根银针，扎于中注、肓俞、商曲等几个穴位。不一会儿，他的额头微微渗出汗珠，感觉一股清凉浩然之气凝聚在胸口，随后他张开眼睛，朗声笑道："哎呀呀妥了妥了，这药能救陆兄的命！"

妻子黄莺儿从木帘后缓缓走来，她面容清秀，不施粉黛，巧笑倩兮的机灵模样像是春风中开出的新芽。尽管嫁给王星舟已两年有余，但她看上去还是初闺少女般动人。

"这味道好生奇怪啊。"黄莺儿嘴角一翘，忍不住用手掩住鼻子，看见王星舟将剩下的药舀出，随即俯身帮他拾掇，"陆员外到底有什么病，需要这等罕见的药方子？"

"上次见他眼角有分泌物，舌苔泛白，手部水肿，这是肾经至心包经气行不畅，有郁结在经脉循行部位形成，三个月或半年都不一定出现症状，但三五年后，定会形成病灶。"

黄莺儿笑起来，眉眼弯成一道桥："爷果然好医术！"

王星舟却轻轻摇头："莺儿啊，虽然人的未病可预料可治，可这王朝之病，却难预料难治，除非……"

黄莺儿顺势捂住他的嘴："爷可别说了，这要被旁人听到，咱们小命不保！"

王星舟摆摆手看着她，眼神满是宠溺："好好，不说了。"随后，回过头继续摆弄他的那些玩意儿，院子里铺满了好些奇怪的阵列，石头和白线纵横排布，像棋不是棋，又像是孩童玩耍的跳方格。他挽起衣摆，在格子里跳来跳去，嘴里念念有词。

黄莺儿不懂那些器具是何用，还有屋里用来做算学、历算研究的工具及铺满案牍的图纸、笔记，她一律不懂，只知道星舟有自己的志向，他的奇思妙想未来一定有大用。虽不被外人理解，但她愿意一直守护在侧，默默支持他。

她更不知道的是，王星舟正在将针灸疗法往前推算，因为还有许多病症尚无方可治。人体有三百五十多个穴位，针灸某三到五处穴位便能治愈某种病症，这实则是算学题，但难度在于要选取某种特定的排列组合，且要做到与其病症精准对应。光是从三百多穴位中，找出这五个穴位，就需要做超过上百亿次的运算，这个天文数字是一个人穷其一生都无法做到的，那自黄帝传承下来的针灸术又是如何计算而出的？且不论从前，现如今只有十进制的算法，想要在前人医者的成果上继续突破，实属天方夜谭。

王星舟想借由天干地支和星象运行的规律来推算，苦思冥想了许久，倒有些眉目，但这些只是他脑海中的一场蜃楼而已。他常对莺儿提起上古时期伏羲观河图，由此发明了针灸，他观到的可能是高于这个世界的天机。莺儿每次都瞪大眼睛听他说话，甚是可爱，然后迫不及待地追问他那些天马行空的想法都从何而来。他每每感叹，世间知己，唯她一人尔。

在他心中，莺儿不仅是他的枕边人，更是红颜知己，虽不能完全明白他的所思所为，但这样的陪伴足以令他心安。他并无青云之志，只是想解开一些眼前的谜题，找出世上事物之间一些隐秘的联系。就像一出生就定好了，君王将士、商贾平民，每个人都在自己的位置上，宛若星星落于某个星座，甚至每一片叶子、每一粒尘埃都各行其命，各从其是，万事万物莫不如是。

到京城两年，他以行医卖药为生，并未有所成就。这不是他在意的，只是面对那些谜题，未能找到开解之道更让他感到愤懑，偶尔像个孩童般对着一堆图纸大发脾气，或是对前来问药的人破口大骂,又或是夜饮浊酒,望着星空掩面哭泣。尽管如此,他却从未对莺儿稍有苛责。

夜阑人静,黄莺儿卧于床榻,问他:"爷,你究竟想要在这世上完成何等事业?"

"唔……"他望向房梁,转又闭上眼遥想那幅梦寐中的画面,"我想造一个能预测这天地命数的天演仪。"

莺儿侧身卧过来,手托着脸,扑哧一声笑出来:"我看爷呀,跟那木匠皇帝倒是可以结成拜把子兄弟!"

王星舟乃名医王肯堂之子,祖上三代均是进士及第,父亲官至翰林院检付,曾参与国史编修,因上书抗御倭寇一事未纳,而被降职,引疾归后由儒入医。父亲交游甚广,与郭澹论数纬,与董其昌论书画,与曾柏大师论参禅,与各地名人志士友谊颇笃。

王星舟及冠前就已精通医学,算是子承父业,母亲从小对他疼爱有加,总打趣他如此天资过人、聪明伶俐,莫不是与他降生那晚的天象有关。方圆几里的乡亲都曾耳闻,他呱呱坠地那晚,正值盛夏,夜空中恰有星槎①出现,几点荧荧亮光倏地刺入夜幕,随后排成梭形,明暗不定地挂在天上闪烁着,半个时辰后兀地消失无影。当晚,不少人目睹此等奇观,钦天监还特地派人寻访民间,探录关于星槎的见闻轶事。

"这孩子不如就叫星舟吧,乘星河之舟,以渡未测之世,将来定可为事。"父亲说。

在他垂髫之年,曾在家中看到父亲与一位西洋人士有来往,此人便是著名的意大利传教士利玛窦,他二十五岁开始向东亚传教,而立之年(万历十年)抵达澳门,继而北上。利玛窦游历过

---

注解
　　① 舟船,古人将不明飞行物也称为星槎,故星槎与现代人所称的外星飞船类似。

大半个中国，途中结识父亲，父亲与他趣味相投，对天主教也颇有好感。

某日，王星舟在家中厅堂听见两人的对话，爬上椅子，看见他们立于案牍前，正对纸上画的几个圆和三角图形议论着什么。

利玛窦一身士大夫打扮，举手投足间已全是中土人士的风范："您看这图形，以丙为度，从庚截取庚辛线，次以己为心、丁为界作丁壬癸圆；再以庚为心、辛为界作辛壬癸圆，其两圆相遇，下为壬，上为癸，末以庚巳为底，作癸庚、癸巳两直线，即得己癸庚三角形。"

父亲手捋胡须，道："大人看来对天干地支了解颇深，如今西学东渐的风潮日盛，民风开化，大人功不可没。若以此图形之基准规矩，能做何用？"

"算学在西方亦在发展阶段，但对各门学问来说有基准之用，百年后必人人习之，至于作何用……"

没等利玛窦说完，王星舟从角落走出来，不等父亲制止，便提笔在纸上画了一个圆，接着在圆中间画上一个勾股三角，说道："大人您看，方才您提到的便是度数，度为几何，数为算术，度数之宗，所以穷方圆平直之情，尽规矩准绳之用也！"

父亲汗颜，恐犬子无礼，连忙摆手斥退。利玛窦却像是遇见了知己，意气风发地大笑一番，摸了摸王星舟的头，对他赞赏有加，随后对王肯堂说道："此子不简单啊，我正有此意，将欧几里得的几何学翻译成汉语，在中国大力推广，想必日后能运用在民间的生产、生活中，与之有关的历算、地理、建筑、天文等研学都将大有发展。"

小星舟对父亲做了个鬼脸，随后牵着大人的衣袂说："大人大人，小儿还有一事请教，您可曾听闻星槎？"

"哦,星槎?倒是有所耳闻,星槎乃天外之物,不像月食般能被预测,不过……"利玛窦沉默片刻,又缓缓道,"天,谓之问,地,谓之解答。不管是医术、算学、天文,还是神秘莫测如星槎,背后的运行原理一定有共通的地方。"说罢,又掏出一个可折叠的木制日晷,放在星舟手上,"今日,我将它赠予你,作为纪念。"

那次对话后,王星舟心里仿若种下了一颗种子,一颗能结出无限可能的未来的种子。十二岁那年,他患了场重疾,治好之后,他发现了针灸和算学之间的微妙联系。回想当年利玛窦的话,他总觉得这世上的奥秘是相通的,隐藏在这些奥秘之后的,必是同一个答案。

三年后,到了考科举的年龄,他却不爱舞文弄墨,更对追逐功名不以为意,邻里皆说伤仲永,这急坏了父亲。几次乡试不中,他便借平日所学当起散医,上门为人看病。眼看他沦为庸常之辈,父亲对一向散漫惯了的他也束手无策。彼时的王星舟已娶妻,莺儿明白他并不是胸无大志,而是需要找到一个出口、一门学问,以安放他的心神。

除了父亲,他还师从张仲景和药王孙思邈的学思,自顾自研学,慢慢能治疗未病,只需望闻问切,便能判断此人是否有未生之病。很多人并不相信他,认为他所说的病症并无依据。为此,父亲常常耳提面命,他也不顾,没人相信他治未病的方法和言论,后来他又转入研究十二岁时的发现。

针灸与算学,按从前的计算法规律,他意识到这需要将十进制推算到二进制才能完成突破。他想到了用自己做实验,在身上所有穴位试针,用算盘计算穴位组合下的可能,直到身体气脉全数紊乱,在床上病了数月才作罢。他叹息按照现有的算法和速度,恐怕需要上百年的时间才有可能往前推进到二进制。

夜晚，他仰望星空，想象着结合天文来推算未来，他在等一个时机，也许就是历史中的一个涟漪，能掀起一场波浪，彻底将当今的科学思想文化发展向前推进上百年，他相信。

此后，他翻遍《推背图》《烧饼歌》等古代典籍，里面提及诸多预言，以诗歌的形式流传于世。还有关于现有的六壬术、遁甲术、太乙术等这些曾帮助黄帝击败蚩尤的式法，都还不够。他想要更进一步在算学基础上进行合理推演，推演人的命运、家的命运，甚至王朝的命运。

兴许是日有所思，晚上他做了一个梦，梦见一场大火和一场大水，随后是一些铁鸟飞翔在夜空和好多来自未来的画面。他自视玄妙，醒来后，摇着莺儿的肩膀大喊："天启！是天启！"

## 2

三个月后，大明朝第十五位皇帝朱由校登基，帝号天启。那年，天启皇帝十七岁，王星舟二十岁。

"我要去京城。"他淡淡地说，像是突发奇想，又像是经过了深思熟虑。

他带着结发妻子黄莺儿来到京城，购置了一处空宅子住下来。一切重新开始，京城的繁华热闹令他们开了眼界，车水马龙，商贾来往，有繁忙的生产和多样的文化。年轻的夫妻俩在这儿结识了更多人，士大夫、棋士、乐师、偎师，总会听闻更多学说，总会遇到良人相助，他就这样静静等待着。

此后的普通一日，王星舟清点好柜子里的药材，嘱咐莺儿几句，便挎上药箱外出行医。接近正午时，他路过礼部侍郎丁肇中的大宅，门内有号啕哭声传出，他好奇地驻足细听。原来，侍郎家刚要临盆的小妾突然难产,母子双亡,方才落下最后一口气,宅子内上上下下乱成一团。王星舟竖起耳朵细听,接着往门内一瞥,远远看见那妇人的脚尖微微抽搐。

王星舟推开大门,喊道:"我是大夫,母子二人尚可救治!"

丁侍郎回头,听他一言,甚为惊讶,于是将他迎进来,七尺男儿在陌生人面前也不掩眼泪,急急问道:"这已死之人,如何救治?"

王星舟轻言安抚后,走近宅内细看,床板上躺着他的小妾,身材不算丰腴,面色苍白,表情扭在一起,额头挂着汗水,但已经没了呼吸。侍郎将信将疑,只能任他一试。王星舟也不解释,示意他退到一旁,然后捋起衣袖,掏出银针,在她腹部的中极、关元、神阙等穴位分别连下两针,接着又在脚底各扎三针。须臾间,接生婆往那儿一看,大喊:"要出来了!"果真,一个白白胖胖的婴儿呱呱降生,哭声响亮,小妾也渐渐清醒过来。

众人皆为惊奇,以为神医下凡。侍郎大喜过望,白事瞬间成了喜事,一家人尚在梦中一般,马上将王星舟迎进堂内,请其上坐。侍郎安顿好母子二人后,便吩咐下人安排酒席宴请,王星舟不习惯此番热情,但推辞无用。

席间,侍郎细细询问此事根由,王星舟说:"我看她腹部和腿部气脉还在运行,只是婴儿健硕,不愿脱离母体,双手揪住母亲的心芯,致其母昏厥,其形与死无异。被针扎后,婴儿松手。我再于母亲脚底各扎三针,在她失神的状态下刺激神经,助力婴儿顺利娩出,母子这才得救。你们可仔细观看婴儿双手是否留有细微针眼。"

侍郎进屋检视,果真如此。众人愈加佩服王星舟的医术,侍郎更是要赏赐他银两和珠宝布匹,并愿帮他安排进入太医院的考试。

王星舟自知医术只是糊口与济世之用,并不愿以此来贪求功名,于是推辞。侍郎见他如此云淡风轻,是打心底欣赏,便要与他义结金兰。

"那往后星舟便多了一位兄长!"他开怀大笑,遇见知己的喜悦涌上心头。

此后,王星舟用针灸令丁家母子二人起死回生一事传遍大街小巷,他的名号一时传遍坊间,专门找他求医问药的人络绎不绝,莺儿见家中门庭若市,欢喜不已。

不久后,王星舟终于等来了那个激起历史涟漪的石子。

缘起是天启皇帝近日做的一个梦,他梦见一场大火和一场大水,梦见天上的七颗星星排列成一条直线,还有一些道不明的仿若来自未来的画面。他醒来后自视玄妙,却百思不得其解,于是吩咐在全国范围内召集能人异士,宣上殿前,来为皇帝解梦。

丁侍郎见此集贤令一出,便推举王星舟,相信思维异于常人的他能为皇帝解忧。

那天,天朗气清,阳光透过榆树叶洒在京城的大街上,莺儿为王星舟换上一身新衣,两人没有过多言语,一个眼神便能体会彼此心意。王星舟按照指示,前往紫禁城内的尚书省,所有应召的能人异士都聚集在回廊围绕的中庭待命。他四下一看,有饱读诗书的学士,有来自西域的幻术师,有身上挂满机械物件的偃师,大家装扮气质各异,都信心满满的样子。

半个时辰后,官员宣王星舟上殿,所谓上殿应召,其实是安排在乾清宫。他被带到皇帝面前,身着朝服的宦官和护卫并列两旁。他跪下行礼,不敢抬头,声音因紧张而微微颤抖:"草民王星舟,参见陛下。"

"平身。"皇上上下打量一番,见他是一白衣素人,身上飘散着淡淡药香,竟有种飘然出尘的仙人气质,继而问道,"关于朕的梦,你可曾有耳闻?"

王星舟起身,鼓起勇气抬眼望去,皇上乌黑茂密的头发被金冠高高挽起,一身黄色的锦袍,腰间缠着金色腰带,脚上一双黑色靴子,靴后嵌着一块鸡蛋大小的佩玉。他的皮肤呈小麦色,鬓若刀裁,眉如墨画,骨健筋强,看上去英气逼人。王星舟第一眼就认定天启帝并不具帝王之相,而是跟自己一样,是一个只想极力追求心中所想的追梦之人。

如此一想,他便放松下来,清嗓答道:"不瞒皇上,草民在少年时也曾做过一个梦,梦中的景象颇似草民出生那晚的天象,万历二十七年,想必钦天监对此星槎亦有所记录。皇上的梦,兴许是一种征兆,就像草民能看出未病,而同样,未来之事兴许在历史中已然发生。"

皇上的脸上浮出一丝欣喜,王星舟见他手里盘着案前的一个墨玉笔架,迟迟未开口答话。王星舟欠身作揖,接着说:"关于梦境,草民也梦见过遥远的未来,梦见自己沐浴在新日轮的光线中,看见白茫茫的大地,一群穿着打扮迥异的人在山的尽头相迎。那是一个迥异的世界,铁鸟在天上飞,巨船盘桓在漆黑的夜空,这些未来之闪影,只会降临在曾想象过它的人的脑中,相信皇上也有不少关于天地的玄想。草民以为,必是天启,而这天启,定能用方法推演,人之命运,王朝之命运……"

一位宦官横眉怒目,翘起兰花指尖声喝道:"大胆!竟敢在皇上面前大逆不道、口出狂言,来人,将此人拖出去斩咯!"

皇上轻抬起手,制止道:"慢着,朕还没开口,你不必着急,都出去吧!"

那宦官立马点头哈腰，满脸堆笑："是，皇上。"随即和护卫一起退了下去。

皇上起身走到王星舟面前，觉得他与自己兴味相投，也颇有眼缘，一改方才的严肃，浅笑道："不必拘礼，有什么话，你现在可以放心大胆地说。"

王星舟的喉结上下起伏，庆幸方才捡回了一条命，此刻犹在梦中，惶恐得说不出话来。

"你叫什么名字？"皇上继续问他。

王星舟如梦初醒，眼前年轻的天子如此开明大义，令他如沐春风，遂放下心中包袱，畅言道："草民王星舟，星舟乃星河之舟。草民乃王肯堂之子，家中世代从医。草民从医学中悟到些许心得，但这远远不够。皇上因梦而召唤有志之士，并非心血来潮，是为探究这天地至理。可知世上的一切都在作出回答，迟迟不来的是提问的时机，所以我与皇上有相似之感。后来，我发现针灸术中蕴藏着数字间的微妙联系，私以为其中暗藏天机。皇上，可否让我为您演示一下解二元高次天元术①的过程？"

"准。"

王星舟呈上一套新式算筹，将自拟的方程各项系数、常数项用算筹排列成长方形，然后简单移动和重组其中四个算筹，如是简化行列式，矩阵的各行各列可相互加减，方程的解便能更快解开。接着，他再摆放五个算筹，说道："另外，万历十五年，皇族世子朱载堉以珠算开方的办法求得律制上的等比数列，用发音体的长度计算音高，假定黄钟正律为 1 尺，求出低八度的音高弦长为 2 尺，然后将 2 开 12 次方得频率公比数 1.059463094，该公比自乘

注解
①　高次方程。

12次即得各律音高，且黄钟正好还原。此法第一次解决了十二律自由旋宫转调的千古难题，这便是音律中的十二等程律[①]。

"由此看来，依靠算学，不仅是针灸、音律、天文，还有各门各类，如果能进行多到不可计量的运算次数，那是否可以在输入现有参数的前提下，对未来某件事做出相应预测？草民以为是可行的。钦天监能通过天文历算法准确预判月食出现的时辰，如果草民的方法能实现，定会较之有更进一步的发展，换言之，看得更远、更准确。"

言毕，王星舟抿了抿唇，其实内心并无十足把握，只是不知自己发了什么魇，竟敢在天子面前说完这番异想天开的话。

"好，甚好！"皇上来了兴趣，转头召贴身太监过来，要宣钦天监监正入宫议事。

不久，钦天监监正汤若望毕恭毕敬地来到皇上面前。皇上问他："爱卿，如何推算月食？"

"回皇上，臣等借助观测的交食周期与日月位置，用改良自元代授时历的大统历法，另又翻译引用西域的回历法，结合此二历法，其推算过程有固定的程式和步骤，需通过几十步严密计算才能得出日月食发生的具体时刻和食分。"

皇上转而问王星舟："喏，你意下如何？"

"依旧是算学，此历算方法确乎神奇，但如果有一台新的仪器，能将天地、星辰、人时都纳入运算范围，不少未来之相便会一览无余，可是这台机器会很庞大，大到需要一个偏殿才放得下……"

"这倒不成问题，只是你说的仪器，需要以何种材料来制作？"

---
注解
[①] 十二等程律：即西方音乐学中的十二平均律。

"陈年木材为主，加上部分金件、玉器最为合适。"

皇上仰天大笑，尽管他的提议虚无缥缈，也的确前无古人，但他口中的大仪器，皇上听罢便已开始在脑中设计雏形，这或许正应了莺儿的那句话，他们在某些方面像极了拜把子兄弟。

待汤若望退下，已过午后。皇宫庭院内鸟声稠密，阳光舒然，亭子里，两人对坐，如久违的知己一般畅聊起来，从天文地理聊到家国历史。皇上极少跟人谈及自己对木工的喜好，他说自幼就对房屋建筑、设计、木工制作颇有兴趣和天分，一直梦想能做个出色的木匠。这几年来，他亲手打造了许多大大小小的木工物件，不久前，还吩咐太监们佯装成商贩，将自己精心制作的家具等物件拉到市场上匿名售卖，其中有不少以高价售出，深得买家喜爱。谈及此，皇上难掩悦色，此般神情，只在诗人吟诵自己的诗句、乐师扬起手指拨弄琴弦、画师在纸上肆意泼墨时才得以一见。要沉迷于一件内心钟爱之事，也不是没有代价的，一直以来，满朝文武对宦官弄权的状况痛心疾首，数次谏言，皇上却一概不听。

皇上似乎读出了他心中所思，问道："你是不是也以为朕是个昏君？"

王星舟略做迟疑，不敢妄言："草民……"

皇上转而笑起来，露出洁白如雪的牙齿："哈哈哈哈，就算你如是想也无妨，朕从不在意。"

说罢，皇上起身，邀请他去往花园的侧殿。那是一间堆满木头、工具和各种材料零部件的工匠房，阳光透进来，能看到木屑在空中飞舞，一股混杂着木漆和木料沉香的气味扑面而来。房屋的东南角有一件盖着帷幕的家具，看样子是尚未完成的作品。

"朕今天也让你开开眼界。"皇上走过去，掀开幕布，"你能看出这其中的玄妙吗？"

不及细看，王星舟以为眼前是一幅工整、规则、层次丰富的立体山水画，或是古典园林的微缩景观，外方内圆，各层有不同的景致，有上尖下沉的楼台建筑，有挂在上方似同辉的日月，有河流般缥缈的雾形木楔。大多木器在楔形上的切割打磨得极其流畅光滑，寸感之间完全符合算学上的黄金比例。树绕庭廊，水满陂塘，小园几许，收尽春光，王星舟的目光肆意在其中畅游，感觉自己就像一个散淡闲人，偶然乘兴，漫步此地，进入了安置在天外一方的宙宇，这里的时间流速与现世全然不同，似乎有种置身一日、世上已过千年的如梦似幻之感。他此刻心意畅然，心底拂过一丝清凉的惬意。

王星舟踱步在周围细细观望，发现各独立物器之间的连接处竟看不到互相嵌合的缝隙，且越往里看，越觉其中暗藏玄机。

"你试着拨弄那个圆形按钮。"皇上提醒他。

在这件造物的西北方，有一个石头状的按钮，他轻轻按下去，一个机械转动的声音响起，仿佛打开了一处机关，地面自动折叠、收拢，从下面翻转出一个完全不同于上方景观的世界。王星舟又依次找到好几处暗藏的机关，分别按下去，新的世界再次从下翻卷而上，直到中间自动折叠堆砌成一个通天之塔的模型，换一个角度看，竟与儿时听闻的星槎的外形有几分相似！王星舟惊讶得无言，没想到皇上的技艺已臻于化境。

王星舟暗自怀想，皇上依靠权力将自己的特长无限制发挥，在权力背后是惊为天人的巧思。此刻，他又有了新的妙想，一个既能推演又能进行模拟的天演仪才符合所需。从时间角度上需要的是"推演"，从空间角度上需要的则是"模拟"，而眼前的奇观世界，完全补足了他从前忽略的"模拟"的部分。

皇上悠然启唇："朕为它取名'江山在握'，你觉得如何？"

王星舟还未将目光收回，心神仍在其中畅游："微妙在智，触类而长，玄通阴阳，巧夺造化！"少顷，他转过身，欲言又止，"只是……"

"只是什么？"

"只是缺少了最关键的人。"王星舟如履薄冰，又故作轻松地回答，"天地万物，人乃造化第一，这万千世界里只要有人，才有了气象。"

"哦？"皇上皱起眉头，"似乎有些道理。"

王星舟进一步将方才的遐思如实陈情："皇上，您的江山在握，如果能成为天演仪推演和模拟的载体，会如何？草民想，若您来建造一个世界，我来负责计算这个世界运行的算学规则，由此时此地及彼时彼方，如此，天演仪便能够如实为我们呈现一个王朝、一个时代、一个世界的兴衰更替！"

皇上似陷入沉思，双手交叉在胸前，缓缓开口道："有趣，朕再与你说一件奇事。万历二十七年，钦天监对那晚的星槎确有记载，在南方一个小村落里，星槎出现之后，一块铜锅般大小的陨星[1]从天而降，撞击到地面，造成了不小的冲击。不久后，人们发现这陨星似乎有种神奇的力量，生长在陨星周围的植物比普通植物更茂盛，他们将其保存起来，试着将一小块碎石放在伤口旁，发现竟然能加速伤口治愈，渐渐地，当地人便靠着陨星碎片行医救人。久而久之，陨星村的名声传开了，再后来，钦天监派人去此地勘察，将所有陨星收回并全部上交朝廷。先皇将陨星请入宫中，因无人能解这陨星的奥秘，便将它置于殿中，只偶尔为皇亲国戚疗病所用。直到朕看到此陨星，初看是一个不规则球体，但朕将

---
注解
[1] 即陨石。

其切割开凿,过程与开玉同理,之后得到了一个十分精密的形状。"

王星舟大胆说出心中猜测:"难道是……六边体?"

皇上略微惊讶"你猜得不错,的确是一个六边体,且更妙的是,将一小块碎片放在示微镜下,看到的结构依然是无数个连接在一起的正六角形,如同金刚石和蜂巢的切面,朕暗暗称绝,却从未言与他人。我曾利用这陨星的算学等式,依其周三径一①的标准度量制作了各式器具,日晷、浑天仪、重力仪、数术盘、司南车等。朕以为陨星就像一面镜子,万物投射其上,反映出的是其源头的本质。"

王星舟眼中一亮:"巧了巧了,此乃天助我也!皇上,那陨星现在在哪儿,可否借草民一看?"

皇上将他领至侧殿角落的密坞,只见里面端正放着一个四方的大木箱,打开盖子,王星舟瞬时被这陨星的美所吸引。陨星通体透明,但在光的折射下又似溢出盈盈光华,奇异宝石不足与之相较,世间造物难与之媲美,它不仅在外形的算学测量上接近完美,其内里的结构之精密还更准确。

王星舟忍不住用手触摸,触感不似冰凉,也不似温热,他若有所悟:"这天外之物的奥秘恐怕要深入其极微观之层面方能探知一二,我们恐怕很难通晓,不过……"

"不过什么?"

"不过这不代表陨星不能为我们所用。"王星舟思忖片刻说,"皇上,草民以为这陨星能帮助我们完善天演仪的精准度。"

"也是算学的范畴?"

---
注解

①中国古代对圆周和直径的关系有"周三径一"之说,可以视为采用正六边形为圆的近似图形求得的结果。

"极有可能，甚至不只是算学，草民想做几则实验，接下来几日，不知可否……"

"准！"

王星舟在侧殿劳形已有数日，他绘制出陨星的算学结构图，一分一毫，精准无比，再结合天演仪图纸的复杂布线阵列进行度量、数值、结构上的推算，小至一个榫卯件，大至木器框架，他都一一测准。他还利用水、火对其浸泡、炙烤，依据光线、热量等变化进行多番测量计算，取其近千次测验的数值，研究其规律性。锲而不舍的努力后，他果然算出了一种新的进位和借位的算学规则，即二进制。

不仅如此，他还发现了陨星内部自带的磁场，起初是发现两根细细的绒线放在陨星前会互相靠拢，他由此推测，陨星能提供某种能量。他找来一池电鳗，测试能否将陨星中的能量和电鳗中的生物电结合起来，再转换成某种稳定的能量，为天演仪的运行提供动力。多次实验后，天演仪建造工程有了可喜的进展。

某日深夜，皇上立于天演仪前，见那陨星置于其基盘之下，被金属丝线缠绕，又有一根较粗的丝线伸至基盘中心。没等皇上开口，王星舟说："皇上，陨星的珍贵超越我们所知，草民以为未来定能发展出一种能穷尽所有算法可能的算学规律。虽此时代远不及所畅想，但皇上，这便是我们眼前能到达的至高成果——天演仪。您之前问过何以测量它的精确度，草民想，不妨从推算历史入手，便能知晓其结果精准与否。"

"好！从何时开始？"

"秦朝如何？"

皇上微微点头："尽管听起来像一场蜃楼，不过朕以为很有趣。明日便可开始，朕会先建造一个秦王宫，与此同时，你打造一台可以推演秦朝历史的仪器，是不是如此？"

"皇上英明！"两位知交静静相顾。

待月光盈满庭院，今日的会面宣告结束，两人都意犹未尽。回去后，王星舟一夜无眠，回想起利玛窦曾经教给他的"记忆宫殿"之法，能将需要记忆的内容，比如汉字或图形，都有序安放在一个想象的空间内，待需要记起时就从中取用。这是一套记忆体系，一套在大脑当中构建的记忆场所。于是，他年少时就在脑中建造了这样一座记忆宫殿，里面安置了他所需的一切学问、知识，每味药的名称、每个穴道的位置，乃至于纷繁复杂的数字、图形、方程、标准量等运算基数。尔时，该打开这扇宫殿的大门了。

夜里的虫鸣在窗外起伏，王星舟如同在琳琅满目的药柜中挑拣、品尝药剂，准备要熬制一味惊世之药。他有种神奇的感觉，自己的一生似乎就是为了这个机会而准备的，前二十余载广参博学的经历是从不同角度仰望高山，而到了打开宫殿大门之时，则需要将全部所学精简归一。

# 3

翌日中午，王星舟持皇上所赐手谕，再次进入紫禁城。

在工匠房见到皇上，王星舟颇为惊讶，只见他褪去龙袍，束起头发，一身白衣匠人的打扮，平平扬袖，如裁流云，显出紧实的手臂肌肉，右手持锯条，在一件木料上大力拉锯着，汗水浸湿衣襟。原先那件未完成的景观已经被撤走，眼前是一台全新的木件基座，足有百尺见方。听见动静，皇上扭身点头示意他："星舟，快来。"

"皇上，这是新的模型？"

"然也。朕正在建造一个微型秦王宫，需要制作三千个以上的真实人物模型，其余部分就交予你了。"

"甚好，甚好。"王星舟从包袱里取出一卷轴，摊开在地，"这是能令秦王宫活起来的算学方程。"

皇上细细一看，上面的图形宛若一个巨大的看不到出口的迷宫，庞杂如繁星。王星舟解释道左半部分算的是地时，天干地支的名相被依次嵌入迷宫的格子中；中间的是加入十字秤星的珠算法，用机器便能实现自动运算，算的是人时；而右边是天体运行的历算法，算的是天时。整体方圆，方圆嵌合，此乃天地人之道和。

"皇上请看。"王星舟眉宇上扬，又拿出木箱，打开后似一棋盘，上面布满了方圆图形，"这是一台微型演算仪，我先输入今年今月今日的天干地支名相，然后演算目的是后日的天时，片刻后，您看会得出什么结果。"

王星舟在棋盘第一排拨入几个点阵，类似拨弄算珠，随后下方的点阵如同接收到指令的士兵阵列，开始一步步往下演变，横变成竖，点变成列，机器的齿轮和零件开始运转。皇上瞪大了眼睛，走近细看，只见里方左右四周有序运行，竟有种说不出的美感。片刻后，下方变换成一组全新的数形阵列。

"这是何意啊？"

"土木合相，天动异方，皇上，两日后，必有此天象出现，到时且看它推算得准不准。"

没想到皇上竟轻蔑地笑了起来："哈哈哈哈，你这木器能算，那钦天监定也能算出同样的结果，有何高明之处？"

"那……"王星舟稍做迟疑，再与他对视，"皇上还想算别的吗？"

"那就算明日,魏忠贤公公是何时、用哪只脚先踏进我的偏殿，如何？"皇上说完又笑起来，像在故意刁难他。

"不妨一试。"

又是一番拨弄，木器算出结果：卯时，左脚。

翌日，皇上在工匠房忙完，于卯时到来之前，与王星舟一同前去偏殿静候。两人继续就天演仪的事交谈，皇上的目光一直驻留在殿前，王星舟阻拦道："皇上，在未来到来之前不必多加观测，让其自然发生，乃是最佳。"

"观测？意思是朕的观测可能会影响结果？"

"对，皇上。"

"这是为何？"

王星舟刚要开口，想起皇上此前让他不要再自称"草民"，于是立马改口："星舟也难以解释，只是一些小小经验而已。"

没多久，卯时刚过，身边的小太监向皇上禀报魏公公求见。皇上比任何一次都高兴："宣！"须臾间，走廊响起脚步声，魏忠贤进入侧殿，他俩同时看见魏公公的左脚先迈入门内，皇上突然大笑一声，拍案叫好。

皇上对王星舟的算学方程再无疑虑，于是下令将工匠房的门框拆了，继续拓建，以安置越来越多的工件器具，并调集建造天演仪需要的所有材料、资源、人力。很快，从皇宫到民间不断运来上等木材，宫内十二殿上下最得力的人手都来帮手，白天人进人出，锯木声、榔钉声、指挥声此起彼伏，一派热火朝天的气势。路过的下人听闻驻足，往门缝里一瞥，以为皇上在建造什么巨大神像。此后，皇上下旨请王星舟日日都来，若不是宦官拦着，皇上还打算让他住进宫里。两人将大半时间和精力都放在天演仪上，这间工匠房也越拓越宽，自成一处小殿，王星舟提议不如起名"天启殿"，皇上快意许之。

皇上翻遍所有关于秦王朝的旧史，一座气势恢宏的秦王宫在他脑中渐渐成型，从宫殿整体的分布、每座大殿的构造到回廊上的每一处玉柱雕花，甚至是池塘中莲花茎叶的纹路，他都尽数还原。经过筑造、雕刻、上色，基建完成后，还有至少两千多个人物的塑造，始皇帝、嫔妃、王公大臣、军士将领、公公丫鬟等，他们的面容、妆发、衣饰各异，无不需要细致如发的手工技巧。除此，还有王宫内的日月星轨、河池泉井、花草动物等。这一切全由皇上主持完成，他在工程建造管理上的天赋，时常令王星舟叹服。

与此同时，在整个秦王宫的基盘之下，便是王星舟的天演机关和陨星，上下共七层，各衔接处有嵌合的机关，机关与机关之间互相牵动，依次推动上一层的运转。用二进制的算法——仅仅是"出"和"入"两位算位，中间经历过无数次的算法进阶，便能将天、地、人的变化推算到极致，原理如同阴阳生万物。而在最上一层，共有108处中指长的方柱，每根柱子上连着108根丝线，看似交错芜杂，却又按照极其严整的规律排布。这些发丝般细的线坚韧如铁，牵动着秦王宫的建筑、人乃至一草一木的运动和变化。即使全部机关都运行起来，细密的牵丝线互相牵动、交汇且互不干扰，复杂程度令皇上咋舌，称之为"如同繁星般的造化"。

仅仅耗时四月，一座推演秦王宫的天演仪便打造完成。竣工之日，皇上特设酒宴庆祝，邀王星舟跟自己平起平坐，更是对所有参与其中的宫女、仆人大加赏赐。

王星舟微醺，面色酡红，举杯相邀，全然忘了该有的礼数："皇上，我敬您一杯，酒逢知己千杯少！我从心底佩服您的技艺和才能，从未想过能同您一起……实乃邀天之幸！这秦朝啊……大秦朝，即使我们都熟读历史，但我能保证，这天演仪推演出的必然是比秦宫历史更为真实的过程。"

"好，朕信你！待秦王朝推演完毕之时，朕便封你做演国公！"

一旁伺候的宦官听见，不由得一惊，抬眼望向对面毫无半点王公气度的王星舟："皇上，您册封的爵位如此之高，王氏不过一介草民，是否该同魏公公商量一二？"

皇上眉头微皱："朕金口已开，何来收回之理？我与王星舟甚是投缘，你们不必多加干涉！"

"是……"

翌日，推演开始。

晨光熹微，皇上与王星舟二人踏入天启殿，揭开帷幕，天演仪已似一个庞然大物，占据整个大殿近一半的空间。一番敬天仪式后，王星舟轻轻拨弄天演仪下方的一个木楔，并在最下层输入秦朝的天干年份、经纬、星轨等参数。很快，天演仪运作起来，机关触碰机关，丝线牵动丝线，由最下层慢慢牵动上一层，每层的算学程序独立而又互相关联，直到通过最顶层的丝线连接上方的秦王宫。无数根丝线开始繁忙地工作，嗖嗖的声音细密却不嘈杂，层层递进，逐渐交织成缥缈的乐声。不一会儿，整个秦王宫便重新活了过来。

皇上爬上特制的滑动木梯，举目四望，王宫中的每个人物、每处景致尽收眼底。秦王政二十六年，秦统一六国建立秦朝，整个咸阳城几乎都是王宫的范围，在咸阳宫，因北陵营殿，端门四达，气势恢宏，皇帝、朝臣、宫仆行走在殿门、走廊之间，天下之事尽数往来，乃大朝起始之象。皇上的目光又落向后宫，佳丽三千争奇斗艳，春风拂槛的景象令他想起云想衣裳花想容的诗句，美人们衣袂飘飘、娉婷袅娜，乃至一颦一笑都生动如斯。

看到这里，皇上喜笑颜开："奇哉，妙哉！"

王星舟站在另一方的木梯上眺望，他眼中看到的是宫墙土地、河池草木、各色人物被下面的丝线牵动而精准运行的状态，不由得感叹道："在此刻，天演仪所做的或许是复盘历史，但对这个独立的世界而言，确实是在推演未来。"他转而看向皇上，"我们成功了！"

他们继续看下去，秦始皇在中央设三公九卿，废分封行郡县，实行书同文、车同轨、统一度量衡。对外北击匈奴，南征百越，筑长城以拒外敌，把六国富豪和强宗十二万户迁到咸阳，另一部分迁到巴蜀等地，使他们脱离乡土，以便监视。他在咸阳铸成十二个各重千石的铜人，修建由首都咸阳通到全国各地的驰道，东穷燕齐，南极吴楚。为了加强北方的防务，又修筑由咸阳经过云阳、直达九原的直道，堑山堙谷千八百里。在西南地区，修筑五尺道，于近旁设官进行统治。这一切都在推演之中。至深夜，大秦历史已演过五年，彼时，大秦首都咸阳的人口急剧增加。

皇上命人彻夜守护在秦王宫旁，记录所发生的一切。

接下来的两日，他们从秦三十五年开始，始皇帝下令重建朝宫，在沣峪口与渭河之间轴线的最高地修建阿房宫。地基建好后，始皇帝本计划将其建成天下第一朝宫，东西五百步，南北五十丈，上可以坐万人，下可以建五丈旗。周驰为阁道，自殿下直抵南山，南山之巅以阙，自阿房能渡渭河，以象天极阁道绝汉抵营室。

正午，演至秦三十七年，始皇帝驾崩于东巡途中，那时阿房宫只有地基和前殿的框架，工程被迫停下来。秦三十八年，秦二世登基，陈胜、吴广起义，两年后，秦二世自刎。朝纲混乱之际，子婴登基，在位 47 天，项羽入咸阳城后，立刻杀死子婴，秦朝累代之积至此一炬而尽。

皇上感叹道："原来，传说中恢宏无比的天下第一朝宫阿房宫竟从未建成？这岂不是天大的笑话！"

"照此看来,确是如此呀,所以项羽烧毁阿房宫一说竟是假史。"

自秦始皇称帝,到秦朝覆灭,中国第一个大一统王朝仅存在十五年,而天演仪模拟的王朝兴衰更替,只在短短三天内上演,更令皇上唏嘘不已。整个微缩的世界,每分每秒都在上演曲折跌宕的历史,城门开、新人来、旧人死、大火一炬……比皮影戏更精彩,比勾栏瓦舍间的戏更真实,仿若一个独立存在的世界,有着与生俱来的轨迹,所有的人和事都沿着既定的轨迹行下去,于无数偶然之中,最终同样由看不见的丝线编织成必然。

"天演术还需要继续吧,你意下如何?"皇上递给他一壶酒。

"不如我们直接去唐朝如何?"王星舟望向圆月,仿佛头顶上正是照耀当年大唐时的那轮明月。

"好!就让朕一睹那盛世风采!"皇上将酒一饮而尽。

## 4

几日后,皇上命人将天启殿清理一空,并择吉日开始修建大唐王朝的微缩宫殿。皇上调动了更多人力和物力,王星舟则在天演仪上继续优化,有陨星能量的帮助,加之二进制的算学规律,能令推演过程大大加速。若以天干地支、星辰地理等量度作为基本参数,推演的结果则会由与之对应的一系列相位组成,如何时"生""衰""卒",何地"启""兴""戈",何人"合""冲""刑"等。同针灸原理颇为相近,每人、每时、每地都有一个合成相,而不同的合成相相互叠加,又形成全新的相,往下继续推进,逢二进一,借一当二,因成为果,果又成了新的因,如此推演输出,则能让天演仪承载更庞杂的运算量。

皇上将附近的几大内院都纳入天启殿，以容纳更为庞大恢宏的唐宫，他暗中召唤了几位史官、学士、画师、乐师、工匠等人做智囊团，前来商议建造的细节，还将后宫参与做工的公公、宫女分为不同组，木工组、漆工组、雕刻组、织物组，每组由一位年轻公公领队，分工越细化，便越能大大提升整个工程建造的效率。

动工前几日，后宫上上下下忙碌着，备材料、画图纸、建基盘，不少堆满工件的车辇往来于大殿之间，四周放满了木料、工件、漆料、史书、古画，琳琅满目，甚至有皇上的妃子跑来当帮手。看着殿外各处人来人往，好几位嫔妃都说："宫里好久都没这么热闹了！"

王星舟按照手中图纸清点着一切，一边捡着脚边的画卷，一边喃喃自语："这世上一切看似无序，实则有序，依现在的天演仪算法方程，即使不对照唐史，也能一眼看明个中趋势。"

"说得好！"一旁的皇上挽起袖子，从一块木料背后抬起头。

翌日早朝，殿后慢慢转出一袭清雅身影，皇上身着光亮华丽的柔缎龙袍，坐上龙椅。礼仪毕，他兴奋地将天演术的原理告知群臣，盼从他们口中得到认同。关于皇上的爱好志趣，朝廷内外一向是知晓的，一旦他沉溺在木工中，很长时间都不理朝政，任凭文武大臣多次明里暗里地陈情，也换不来皇上对国事多几句关心。

此时，话音未落，太师便启奏："陛下，此等事务有钦天监一司专门负责测算，不必劳烦皇上亲自费神。至今日为止，陛下已有一月未上朝，朝廷内外大大小小的政事已堆积如山，尚无人定夺，该用的兵、该拨的款、该肃清的势力，都需要您来主持大局。陛下，还请以国事为重啊！"

殿下不时有小声议论，见太师说完，几位太傅、尚书也陆续附议，反对意见颇多，说此时北方辽东面临金军进犯，当务之急是商讨军事战略，希望皇上把心思放在治国上，而不是虚无缥缈的天演术。皇上当下面露不悦。接下来，群臣上奏江南水患、国库空虚等紧急事宜，他并未听进去，反倒闹脾气似的，冷冷地与大臣们对峙着。

魏忠贤立于一侧，微垂的眼睑下有淡淡黑影，颧骨高耸突兀，衬得整张面庞更为清冷消瘦。魏公公见势，在近殿前躬身上奏："陛下，奴才以为，天演术乃利国利民之重器，如加以利用，定能助陛下通晓天地万物运行之理，如此智慧之术传至后世，能引领开化民众智识，皇上也定会成为受万世敬仰的一代明君。"

听见这番话，皇上的脸色方才好看一些，转而看向他，点头赞许："还是你这奴才明事理，能为朕着想！"

在朝中，阉党横行已不是新鲜事，眼下几位老臣见魏公公竟然在朝堂之上极尽谄媚、公然干政，尽管怒不可遏，却不敢多加言语，只能继续旁敲侧击，以国事相谈，委婉劝阻。皇上察觉到他们的不满，反而愈加任性："朕不仅要专心研习天演术，还要重重赏赐那王星舟，他出身名门世家，乃一代名医王肯堂之子，朕要赏他黄金百两，京城家宅一座，并册封他为演国公，官至五品，往后可自由进出皇宫！"

此言如同往殿内抛下惊雷，诸位大臣顿时面露惊色，惶恐不安，齐齐进言："皇上，三思啊！"

"退朝！"皇上拂袖而去，留下朝堂内一片议论之声。

那时，年少的王星舟并不知朝廷内忧外患，亦不知东林党和阉党明争暗斗已久，皇上此举无疑是将他卷入这场浪潮，弊端多于保护。

回到天启殿，皇上褪下龙袍，换上洁净明朗的白色锦服，内松外紧十分合身，发丝用上好的无瑕玉冠起，领着一众匠人忙碌着，如孩童回到自己的乐园。

王星舟得知封赏之事，虽诚惶诚恐，内心却因天演术能够传世而感到欣喜。莺儿得知后，反倒有些游移不定，毕竟在京城住了许久，多少听闻过朝廷的事，想到星舟一介草民，如今得到皇上宠幸，自会有人嫉妒他、企图利用他，怕是他跟皇上走得越近，反而越容易招来祸端。见莺儿脸上未见喜色，王星舟问她："怎么了，莺儿不高兴？"

"不是，咱们暂且不要搬过去吧，我在这儿住久了，那边宅子太大，不太习惯。"

"皇上还赐了十几位家仆，从此以后，你便可以安心享福了，这样不好吗？"

莺儿摇头："爷不懂，您的心思从未放在世间人事上，从无顾虑，可是……"

王星舟自是不明白她的话："也罢，也罢，一切都依你便是！"随后，他回去书房，口中喃喃着："若是利玛窦老师还在世的话，他定会很高兴的……"

往后近一年的时间，王星舟每日出入天启殿。皇上更是终日不倦，眼看着整个大唐长安城从一个木石框架慢慢变成曲折微妙、巧夺天工的微缩景观，不久后，这座凝结了无数心血的大唐天演仪便会活起来。然而，每每皇上全神贯注做工时，魏忠贤便会来天启殿奏事，呈上奏章，请他批阅。皇上感到厌烦，不肯听下去，随口答之："朕知道了，尔等酌情为之便是！"

魏忠贤借机多次矫诏擅权，排挤东林党，手下的东厂番子亦横行不法，这一年中，皇上鲜少主理朝政，魏党和皇上乳母客氏联合起来独揽大权，从朝廷到后宫，无不在他们的掌控之中。当然，皇上对这一切装作不知情，也无过多关心，他眼中，只有那座极尽繁华风流的大唐长安城。

王星舟自是同皇上志趣相同，魏忠贤亦了解这位演国公是一闲散人物，有他在，皇上才会专注在那堆木头上，放心把大权交给自己。这一年里，魏公公暗中派人监视和保护王星舟夫妇，在他们搬入御赐的宅子后，曾有东林党的刺客前来暗杀，全被锦衣卫秘密拦下。当然，王星舟和黄莺儿对此毫不知情。

就在某日将夜，莺儿独自回到家中，进入内院时，突然瞧见房梁上插着一支飞镖，飞镖上还挂着一张纸条。莺儿急令家仆取下，打开纸条一看，上面的一行字令她大惊失色——"毁掉天演仪，速离京城，否则杀之。"

莺儿一时慌了神，又不敢声张，抬眼往四周房檐上观望，安静得连一丝风都没有，不知是得罪了哪号人物，只怕如她之前所想，星舟已被牵扯进朝廷各派的权势争斗之中。家仆和丫鬟上前询问，她闭口不言，只勉力保持镇定："多一人知道，就多一分危险，你们先各自回房吧。"

等到王星舟回来后，莺儿终于克制不住情绪，害怕得啜泣起来，颤抖着将纸条交与他："爷，你看……"

王星舟的脸色瞬间变得煞白，护着莺儿进入内屋，紧闭房门。他把这张纸条从头到尾细细读过，每个字背后都透出令人胆寒的杀机。这是要打破他所有念想，断了去路，不仅如此，还可能要了他俩的命。没承想，原来自踏入天启殿后，他一直如履薄冰却不自知，自己同皇上志趣相投却是引火烧身。可距离正式推演大唐不到一个月时间，如若前功尽弃，甚至要毁掉天演仪，那皇上会如何？若不能安全离开，自己的命运又会如何？

"不如咱们回老家吧，皇上根本保护不了你，现在朝廷内外敌友难分，究竟是何人要害我们都不知。"莺儿心绪焦灼，不见了平日的喜乐。

王星舟的脸色愁虑中带着疲累，倚在床榻上独自思虑，片刻才回过神来："莺儿放心，我会护你周全。此番看来，皇上身边势力芜杂，应是东林党人最不愿我留在皇上身边，他们希望皇上放下天演术，安心治国。可是没有亲历，群臣不会明白天演术有多重要，推演大唐便是一次极为重要的实验，如果他们能彻底通晓此术，那治大国真的便如同烹小鲜一般得心应手。不过，眼下最要紧的是想出一个万全之策。"

待莺儿沉沉睡去后，他起身步入书房，星月的凉意沁满全身，他要彻夜思索自己一直想要参透的"命运"，而这天演术究竟会带来福音还是灾祸，还未可知。

翌日清晨，屋檐上的薄雾还未散透，王星舟如往常一般，准备出发去天启殿。离家之前，他再三嘱托莺儿，不要离开房间，并吩咐家仆守在门外。他知道，自己的一举一动都在监视之中，而另一边，魏公公派的锦衣卫也在搜查东林党刺客的行踪。

天启殿内，一座恢宏无比的唐宫伫立在中央，尽管只是微缩景观，却逼真得如同盛世再现，皇宫庙宇错落有致，宛如一幅细节饱满的立体画卷。皇上和匠人们在按照图纸做最后的调校，王星舟则负责校准和输入所有关于唐朝的基础参数，陨星在其下，为其动力组件提供源源不断的能量。

不到两个时辰，皇上宣布大唐王朝的天演仪全部完工，殿内所有人都兴奋不已。王星舟思忖再三，向皇上进言："三天后，不妨举办一场仪式，邀请朝内几位重臣参加，将推演全程展示给他们看，让朝廷内外明白天演术的重要。"

"甚好！"见王星舟眉头未舒展，皇上又问，"你是否还想要赏赐?"

王星舟随即跪下:"皇上,等推演过后,我只想求一枚免死金牌……"

皇上不作他想,点头应许:"准了,起来吧。朕知道你怕什么,且放心,谁都不可能阻拦此事。"

王星舟想起那威胁之信,未敢多言:"谢主隆恩。"

回到家,他速速唤来家仆,让他们把自己得到免死金牌一事传出去,让越多人知道越好,想借此打消那些刺客暗杀他的念头。

推演大唐那日,皇上没去早朝,只在天启殿等候诸位王公大臣。乐师奏乐后,是同往常一样的敬天仪式,接着,皇上请众臣陆续登上滑动梯。太师、太傅、尚书等大臣从未见过皇上如此紧张庄重,加上眼前这庞然大物的阵势,竟也对天演术产生了几分好奇,他们相互对视一眼,脱下高帽,登上木梯。几位宫仆站在下方拉下帷幕,王星舟取下基盘的木楔,所有齿轮、机关开始转动,一个连动一个,很快,一座长安城便活了过来。

群臣定睛观望,首先映入眼帘的是大唐芙蓉园,屋顶琉璃砖瓦,舒展平远,门窗朴实无华,庄重大方,从视线中央一直延伸到紫云楼、芳林苑、紫宴宫等金碧辉煌的建筑群。这一卷盛世华章从千古之前悠悠传来,春江花月夜的艳丽与霓裳羽衣曲的飘洒不断入梦、出尘,以致唐朝的衣冠不至于飘荡在孤独的野冢,而是绕梁至此,终于成为今生可以令众人怀想的归依处。唐朝像是有种特殊魔力,在大明天启殿重新复活,皇上与众人齐齐立于高处向下观望,目光中带着痴迷,任思绪飘到了一千多年前的长安城。

那是伟大而隐秘的王朝,柳绿花明,街巷沸盈,一派富庶豪华的气象。大唐之势不止于它的繁华,还有它的傲然之气,囊括四海,包举宇内,凡来交往之国,莫不与之结交,世代相延,养育生息了一个个朝代。长安之城，国都之魂，连接西域及大唐的辽阔疆地，丝绸之路驼铃声声，商旅客人络绎不止，胡姬美人善歌善舞，舞榭歌台传来美酒芳香。

"青云缓步共生平，巍巍乎高高哉！"皇上畅意直呼。

天演仪的无数根牵丝线，牵动着唐朝的盛世之景，从皇帝、美人、臣子、诗人到平民，都活了过来。浪漫和风流，幻想和诗意，存在于大唐的气韵之间，古长城的细细青苔，依依夕阳，古道逆风，才子佳人，登临楼台，指点江山，赋诗意表，皆跃然而上。

面对这奇景，群臣无不啧啧称叹。

基盘的每一层榫件如波浪翻滚，人、事、物相对应的"兴""衰""转""定"迅速跳动，继续推动至上一层相应的名相，一切都在推演中，如同天上的星星在夜空中设立一个起点，经过漫长飞行，遵循着各自轨迹，去到一个一个归依处，直至最后的终点。

皇上不禁遥想起当年的唐朝，那是如今的大明无从再现的景致。他想象着自己倚在大明宫外的栏杆上，对水望天，天上一轮明月高悬，水中一块玉盘荡漾。听丝竹声声，看对面水亭上演着霓裳羽衣的轻盈飘逸。那些芙蓉如面柳如眉的宫娥舞姬和着节拍轻歌曼舞，舒展长长的广袖，极尽离合悲欢。倏忽，池中一朵清雅莲花翩然打开，天启帝的面容似微醺。

"大明宫灯火辉煌，仙乐飘飘，今夜的歌舞恐怕要到天明才会散吧！"一抹奇彩在皇上眸中亮起。

不知过了多久，又像是过了经年，众人如饮酒般沉醉。

"这天演术，还能推演何等事物？"太师侧身问王星舟。

"启禀太傅，应是与时间、空间有关的所有事物。"他回答。

"那这世界，可是早有命定？若有，是谁来操控这一切？"

王星舟略做思忖，缓缓道来："恐怕天演术暂也无法解答，自上古有历史以来，至此不过千年，在宇宙中仅须臾一瞬，我们所能记录的有形名相，还不足以通过演算得到答案……"

太傅恭敬地对他点头："所以这才有了太白的'桃花流水窅然去，别有天地非人间'吧。"

王星舟颔首抱拳以示敬意，没注意到众臣之间亦有一些别样的眼光。

不过，自大唐推演开始，每日聚集在天启殿的人越来越多。两月后，唐朝已由盛入衰。往日的繁华逐渐衰败，楼台歌舞、壮志诗情都随着时间的流逝而悄然隐没于斯。见到的人无不唏嘘叹惋，仿佛入梦一场，转眼又从梦中醒来。

最后一日，大唐覆灭。

结束后，已近深夜，皇上坐在天启殿门前，呆望着洒进庭院的月光，眼神落在虚空："朕总感觉那个世界越是真实，外面的世界就越是虚幻，我们建造天演仪的过程，难道也是天命？朕想问，天演仪是否能算出自己的诞生，如果能，那岂不是揽镜自照，镜中依然是一面镜子？再者，如果我们看到了未来，再设法去改变它，那天演仪接下来将从何推演，岂不是一根线断了，其余所有线都会受此牵连，如同只凭一个涟漪就能改变滔天的浪潮？未来真的能被改变吗？"

皇上的一系列发问让王星舟不知所措，愣在原地，眉头紧蹙，不敢告知皇上那个想法。转而，他又恢复散漫的秉性，轻松畅言道："就算是天命又如何，能改变天命又如何？历史都是循环往复的，我看哪，皇上倒不必忧虑，顺应这一切便是了。"

回到家，王星舟虽疲惫不堪，但还是将今日所见讲给莺儿，她听得如痴如醉，不禁想象那个王朝是何等壮丽。听着听着，她似想起什么新点子，眼珠一转，直直问他："你说，天演仪能推演这大明朝吗？"

王星舟默不作声，眼波却如星屑流洒，可知莺儿的这句话，正是他曾想过却不敢言与皇上的。不单单是出于对未来的好奇，还有一种近乎纯粹的对天演术的研学精神。天演术，这是他造的词。如果能顺利推演大明朝，那么天演术便能永久地流传下去，成为一种风尚的文化、学识，如果好好为国利用，甚至能纠正和改写时间长河中会出现的错漏，如此才是真正的江山在握。不管在什么时代，家国太平，风调雨顺，人人安居乐业便不再是图景。

夜里，朗月高照，王星舟如此畅想着跌入梦乡。

# 5

天启殿还没从繁华跌落的氛围中恢复过来，是夜，宫里突然燃起一场大火。火从宁庆门的一间居屋而起，蔓延至天启殿。待火光将天色染至深红，周围的公公、宫女方才发觉。夜里，叫声、喊声一片，百来个宫仆不断从湖水和井中运水救火，待天亮后才将火全数扑灭。

大明建立以来，发生过很多次大小火灾，然而这次，不仅大唐天演仪被尽数烧毁，还连着烧了四座大小宫殿。皇上知晓后勃然大怒，当他走进尽成颓垣的天启殿，看见那些凝聚了他所有心血的木器工件尽数化为灰烬，幸而陨星不怕火烧，保留了下来，它的秘密也从未被外人知晓。皇上挖出陨星，仰天长叹一声，眼中盈满悲哀。

第二日，王星舟在家中得知消息，无比惋惜的同时也知情不妙。他思前想后，推迟去宫中的时辰，叫来莺儿，将免死金牌和一封信塞进她手里。莺儿见他心绪凝重,问:"怎么了,是宫中失火的事?"

"拿上这个,今日夜里,你扮成家仆离开,去丁侍郎家,我在信里跟丁兄说明了缘由,你先在那里等我,几日后,我便来与你会合。"

"我们就要这样离开了吗?可是我不想一个人走!"

王星舟眉头紧皱:"莺儿,听我说,天演仪被毁,要重建绝非易事。我的存在对某些人而言是眼中钉,是一个花言巧语哄骗皇上的异类。推演大唐之前,我特地求来免死金牌,便是要争取一段时间,让他们认识到天演术的价值。依这次来看,想必是有人故意毁掉它,现在明里暗里都是想要我死的人……莺儿,听我的话,你先走!我跟皇上道别后立马动身去找你,我们回家,离开京城,换个活法。"

"那你要多加小心啊!"

紫禁城内,来往的宫仆都被安排去各殿收拾失火后的残局。王星舟缓步进入皇上的乾清宫。来之前,听近身的公公说,皇上这两日心绪不宁,像丢了魂一般,草草命魏公公调查火灾,并重修宫殿。皇上见他进来,抬起头,眼眶凹陷的面容更显消瘦,只是盯着他,不发一语。

王星舟见皇上这般模样,心中犹怜,却不敢多加安慰,只跪在他面前:"皇上,星舟有一事相求……"见皇上并未开口,他继续道,"星舟想离开京城,回到家乡,继续行医,星舟嘴上笨拙,不知该如何报答皇上这段时日……"

皇上忽然大笑道:"罢了罢了!不必多说,明哲保身未必不是对的,只是……"他欲言又止,"奈何你我的大志竟不能顺应这天地人之势,就算在天子之位,终要被时代所缚,也罢!你走吧。"

王星舟磕了三个响头，起身与他对视一眼，尽力隐藏目光里的哀愁与不舍，说道："谢皇上，星舟先行告退。"

"慢着。"皇上沉下语气，掏出一件软布包着的物件交与他，"这是陨星的一块碎石，你带着它，往后对天演术兴许还有些用处。"

"谢皇上。"

"如果你以后能推演出朕的未来，你会告诉朕吗？"

"会。"

皇上喃喃自语，目光移向别处："朕最想做的木工就是你曾说的星槎，结构复杂，庞大无比，还能飞起来，一定比做任何家具、建筑都有趣。如果它真的存在，那它到底属于哪个时代，天演术又该属于哪个时代呢？"

王星舟心中一热，这些话，皇上当作最后的心意交付，但此刻自己不敢再多言一句。他看了最后一眼，眼前的天启帝跟最初那个单纯少年一样，心中只有一件可想可念之事。

他感到怅然若失，举步滞涩，慢慢从乾清宫躬身告退。宫殿的高墙没有阻拦阳光倾洒下来，他的目光无处可落，盼着某处能飘过一片花瓣。紫禁城里的一切还是那样熟悉，包容了百年来的喜乐哭笑，曾经有那么多人权倾朝野，最后都只留在历史中。不时有忙碌的宫人路过，恭敬行礼，他无暇多顾，在路过垮塌泰半的天启殿时，驻足朝里看了一眼，什么都没留下，接着又步履沉重地离开，心中留下海潮似的波动。

莺儿走后几日，他安排好家事，遣散仆人，卖掉宅子，只带上几个大箱子，里面装满天演仪最重要的部件，牵丝线、轴承、基盘等。他将陨星挂在脖子上，清点好一切，在深夜子时独自驱车离开。丁侍郎的家离京城三十多公里，他走的小路，一路还算安全。他紧紧拽着缰绳控制方向，月光亮堂堂，比起太阳高照的紫禁城，此时在山岭野外竟要自在得多。他哼起小调，试着排遣心中的落寞，一边赶车，一边细细想今后的打算，此刻，他感觉自己正如被缰绳牵动的那匹马，如果不是背后有一双手，实不知该要往哪里去。

连日赶路，第二天夜里，王星舟便到了丁侍郎家。丁兄对他和皇上的事早有耳闻，今日与他相见亦是久别重逢，一番寒暄后，丁兄热情地将他迎进去。不一会儿，在厅堂见到早几日在这里安顿下来的莺儿，王星舟这才放下心来。

丁侍郎吩咐仆人帮他收拾好行李，接着说道："贤弟，不妨多住几日，上次的救命之恩我还未来得及好好报答。另外，关于天演术，我也颇为好奇，不知改日是否可以请贤弟演示一番。"

王星舟欣然答应。本想早日南下归乡，因此邀约，他们只好先在丁府多逗留些时日，顺便也方便打听皇上和宫中的消息。

听丁侍郎说，皇上近日倒是每日上朝，似乎在努力平衡东厂与朝臣之间的关系，不过私下里，也一直琢磨着火灾的事。这次三殿两楼十五门俱灾，三殿重建兴工，需采楠、杉诸木于湖广、川贵，费银九百三十余万两，征诸民。在皇上的设计下，三大殿的格局与明初相比发生了很多变化，三殿的面阔、进深、柱子的直径等都会缩减，华盖殿的屋顶亦改成四角攒尖顶。柱子和房梁亦用杉木代替楠木，采用拼接、包镶等做法，再将形制硕大的柱、梁替代成小块木料。令人不解的是，皇上命人在宫殿下方挖建地道，向民间筹集各种材质的丝线，还对一方来路不明的透明石头极其喜爱，收集大量水晶石、金刚石摆放在周围说用以放大其电场。

好在皇上最近对群臣上奏的态度变得积极，几方势力关系得到缓和，所以朝廷对重建宫殿的事宜并未多加阻拦，皇上也只解释说是这些规划不日将有大用。

听到这里,王星舟不由得一惊:"皇上这是……不妙!"

丁侍郎问道:"怎么了?"

王星舟暗暗在心里揣度,皇上是想让整个皇宫都变成天演仪,把自己和大明朝的命运演变全数交给天演术!如此,不管是兴衰成败,都坦然接受,不会再有得意或哀怨,一切不过是命运所指。现在,只有他一人明白皇上的心思,看似雄心壮志,背后却是深深的无奈与悲哀。尽管如此,他却万万不能认同皇上的做法,猜想他可能是在失智的情况下,才生出这样一个荒诞又天真的想法,而且除了皇上,谁都知道这只是一个幻想,一场无人能及的蜃楼。

"丁兄可曾听闻,天演术能推演历史和未来?"

"确听几位重臣议论过。"

"现在能阻止皇上的唯一办法,就是我们自己来推演。"

"你要推演大明朝?"

"嗯,只从天启帝开始。"

"然后呢?"

"尽快将结果秘密告知皇上。"

丁侍郎不解:"我不明白,这有何用?"

"至少能让皇上提前看清他的王朝。"

"好!我也想看看这大明的未来,需要我提供什么,贤弟尽管开口。"

接下来的半月时间,王星舟不眠不休地制作天启帝天演仪,相比从前花费大量人力、物力完成的微缩景观,这次他只求在最快速度内用基盘模型推演。这段时日,丁侍郎趁进出宫的机会打探到一些动向,皇上将王星舟推崇的二进制算学及正六角形结构原理运用到工程建造中,比起永乐和万历年间重修宫殿需要花费超过二十年的时间,皇上亲言,这次重建会比从前高效十倍多,至多三年便能完成。

王星舟细细听丁侍郎讲来,觉得自己和皇上之间的默契会一直留存,那些秘密和答案,那些念想,终不会消泯,无论有用无用,都是他们存在于历史中的涟漪。当然,他会比皇上更快。他择好吉日开始推演大明天启帝,演算基盘足有五十尺见方,陨星依旧置于其下,整体放在一间新客房里。此次推演涉及大明国运,极为秘密,丁侍郎早早嘱咐过家仆,最近几日不许靠近。

正午时分,王星舟焚香作礼以示敬天,然后在基盘上层输入与天启帝有关的所有天干地支等基本量,以及大明朝在此前百年来的重要时辰节点、天象、流年相等各式向量。丁侍郎和莺儿在一旁屏气凝神,安静凝望着。一切准备就绪后,他深吸一口气,拿掉木楔,启动推演。

这方基盘比起之前的要简便许多,不过也细分为三层,最下层依然是陨星和金属线组成的动力组件,然后是各式复杂的活动机关,由名相基数所牵连构成,互相牵制、互相影响,如海面上翻滚的汹涌波浪;第二层则布满了牵丝线,连接基数和结果中的活动机关,如同可变换移动的桥梁;最上一层,是如同棋盘的木格,横向依然是天、地、时、人,每项名相下又有更为具体的细分,纵向则是几千个层叠排列的活字木楔,代表结果,不同的字格在其上跳跃,转而又洄游至横向的天地时人之下的细分项。最上层的每一次变幻得出相应的结果,都会短暂暂停,接着又据此结果再进行下一轮推演。他们目不转睛地盯着,不敢呼吸,屋子里只有机关旋转和丝线抽动的声音。王星舟与丁兄、莺儿分工合作,将每次暂停时横纵对应的字格全部细心摘录下来,并将每一页推演结果按顺序整齐排列。

谁都不曾预料,仅三天半的时间,大明朝就尽数推演完毕。

基盘停止运算的那一刻，周围安静无声，王星舟以为自己太过劳累而恍然出现错觉。

丁兄问道："停下了？"

莺儿抿紧嘴唇，望向王星舟。

他心跳骤疾，双手微微发颤："看样子，是的。"

一时间三人陷入沉默。丁兄皱紧眉头，面露悲色，压低声音问："贤弟，这天演仪可信吗？难道我大明朝没剩多少年了？"

王星舟不敢回答，努力站定，眼中只盯着案牍上画满字格的纸张："丁兄别急，待我将这些名相悉数排成盘，看看何解再说。"

他探下身，以最快的速度检索出纵横向量各自对应的关键字格，右手在新纸上急急书写。没人能想到，天启帝和整个王朝的未来就在这间普通的屋子里被三人窥视。

王星舟举起那张纸，眼含泪光，口中沉吟着什么，似在道出结果，又似从身体里发出悲鸣——

天启七年，帝遇水则衰，夏乙卯，亡。

丁巳而新王出，庚午旱，庚辰饥疫临，灾起变节至。

甲申，四方割据，刀兵劫，明覆灭。

丁侍郎嗓音嘶哑："明年皇上便会……新皇登基后，大旱、大灾、大疫、大劫，只十七年，我大明就要亡矣！这是真的吗？"

王星舟垂头不语，屋内异常平静，三人连呼吸都变得小心翼翼，害怕多走动一步都会牵动历史的变化。这样的惶惑不知过了多久，夜晚降临，王星舟独自倚在庭院，兀自思索这一切何以演变至此。凉风习习，无一人能告解。

一夜过后，他明白此事再无法逃避，便与丁兄商议，要尽快向皇上告知推演的结果。丁侍郎语声僵涩："若未来已定，那能否改变？"

他轻叹一声:"我也无从知晓……"

说罢,王星舟速拟好一封密信,交于丁兄:"这封信只能拜托丁兄亲手交给皇上,剩下的,便看我大明的造化。"

丁兄面色凝重,接过密信放进胸口,复无别话。

两日后,早朝,天启帝端坐于大殿之上,看上去比以前消瘦了不少,目光闲散地落在群臣之间:"有事启奏,无事退朝。"

丁侍郎立于大殿后方,神色紧张,余光看了看左右侧,双手举起朝板,缓缓走出纵列:"启禀皇上,微臣有一事相奏。"

皇上微微抬头:"讲。"

丁侍郎从怀中取出一方绢布,内里似包裹一物:"臣听闻皇上正主持三殿重建,颇劳心费力,臣亦想为皇上分忧。近几日,臣在民间寻得一神奇器物,由楠木打造,可完成简便的算学计算,外观精美小巧,想必可助皇上计算工程中的算学问题。"

魏忠贤在一侧刚要插嘴,皇上便开口道:"呈上来给朕看看。"

丁侍郎正了正乌纱帽,一步步向前走,他无法预料皇上的态度,只能冒险一试。群臣的目光齐齐落在他身上,心里恐怕想着从不谄媚、不结党派的丁侍郎今日为何如此反常。

丁侍郎缓缓步入宝座榻下,魏忠贤上前欲接过他所呈之物。丁侍郎低声说道:"谢魏公公,臣想自己呈给皇上。"

"拿上来吧。"

丁侍郎小心翼翼地将此物献了上去,皇上打开绢布,里面是一个改良过的算盘,方寸大小,做工精细,两行的珠子摆放方式与传统不同,分为黑白两色,算盘上方嵌着一块微细的陨星碎片。见皇上看得痴迷,丁侍郎侧身挡住魏公公的视线,暗暗提醒道:"皇上,您瞧,这绢布的做工也非同一般啊。"

皇上这才注意到绢布上的一行小字,上面写着:皇上,王星舟有密信托臣交予您。

皇上面露惊讶之色,随后微微点头,压低声音对他道:"退朝后,来后花园见朕。"

丁侍郎这才作揖退下,额头已渗出细密汗珠,想到此举若稍有差池,便是掉脑袋的风险,可谓步步惊心。魏公公眉头紧皱,盯着他的背影,似有所盘算。

半个时辰后,皇上褪去朝服,屏退左右,独自在后花园的亭子里等他,桌上摆放着棋盘和酒壶。丁侍郎如约前来,面色凝重。

不等丁侍郎开口,皇上便问:"你与王星舟什么关系?"

"启禀皇上,星舟贤弟乃一代神医,曾救过臣妻儿性命,是臣的大恩人,自与他推心置腹,一直以来,我二人以兄弟相称。"接着丁侍郎从袖中掏出密信,"皇上,这是他亲手写下的,还请皇上过目。"

皇上接过一看,一下便认出字迹。信的正面是一些名相,皇上自能看懂几分,待目光从第一行掠至最末一行,他紧抿嘴唇,冷冷的表情如一潭死水。

信的背面,是王星舟的一段肺腑陈情:"皇上,别后常忆念起您,偶感伤怀,但在此长话短说。星舟近日斗胆启用天演术推演大明朝,结果在此,不知是否该全然相信。震惊叹惋之余又作深思熟虑,倘若不告知皇上,唯恐一切将按照命定的结果发展。若能改变未来,还请皇上再三斟酌,避开那些不吉的时日、地点,并为我大明善做治理,为我百姓多谋福祉。星舟今日冒死劝谏,不仅因为家国天下,更感念与皇上的情谊,即使造化将至,却依然抱有一线希望。事急从权,盼皇上明察,不管星舟身处何地,依然愿为皇上分忧。望天佑我大明。"

这封信省掉一切寒暄、叙议的婉转,直了点破那衰亡的结果,天启帝将要面临的命运与责任，大明的造化与劫难，遑论真假，任凭是谁都无法轻易接受。

皇上久未作声，丁侍郎微微抬眼，他从未见过如此复杂的神情，震惊、惶惑、无奈、悲愤，从天启帝的脸上，他仿若看到了活在世间的芸芸众生，经历过所有离合兴衰，独自面对命运的责难，一时不知该如何回应。

"哈哈哈哈哈！"没想到皇上忽地放声大笑，笑声中难掩悲哀。他举起酒杯一饮而尽，酒暖得像一片裹火的玉从心口崩碎："罢了罢了，都是造化，造化啊！"

丁侍郎一下子跪在皇上面前："皇上！知命而不认命，未来未必没有机会改变。"

"真的可以吗？朕的命运似乎从来没由过自己，怕是生错了人家罢，朕的母后，朕的妃嫔，朕可信可亲之人，朕都保护不了他们。朕这一生只想逍遥度日，无奈却被束缚在宫闱之中，世人尊崇艳羡的帝位，朕以为不过一顶太过宽大的帽檐，不管合适与否，一旦戴上，就再也摘不下来。"

"皇上……"

皇上将那封信递与他："烧了它，单凭这张纸，就足以让你俩惹上株连九族的灾祸。"

"是。"

"退下吧。"

# 6

丁侍郎此后再也没单独见过皇上，他明白今日之举迟早会令他身陷囹圄，但没承想会如此之快。第二日朝堂之上，皇上像是换了个人，对朝中政事表现出莫大的关心，下令停掉重建宫殿等闲杂事务，还命魏忠贤等人上报从前抗旱防灾的经验。众人感到奇怪，为何无故提起毫不相干的事。

王星舟得知皇上今日的态度，松了一口气，准备打点好行李过两日就告辞。谁知，翌日下午，魏忠贤公公突然到丁府登门拜访，吓煞众人。

魏公公端坐于厅堂中央，手持拂尘，瘦削老朽的脸上看不见任何神色，仰起脸眼神低垂的样子，连屋里的猫儿见了都害怕得躲开。刚听家仆来报魏公公来了，丁侍郎急忙跑进去交代王星舟夫妇躲在内院，千万不要出来。等魏公公和两名锦衣卫步入厅堂，他深吸一口气，这才从侧门进入。

"不知魏公公和两位百户大人驾临寒舍，微臣有失远迎，还望恕罪。"丁侍郎拂了拂衣袖，遮掩方才的慌张神色，眼神避开锦衣卫。他们手中握着的绣春刀仿佛正悬在屋梁之上，随时都要掉下来。

魏忠贤右眼瞥了瞥他，转而又目视前方，嗓音发尖："哟，丁侍郎，你可真是不得闲。"

"公公请多多包涵，是家奴有眼无珠，没认出您来。不知今日到访，有何要事需亲自交代？"

"杂家就是想来问你一件小事，我手下的一个奴才那天无意间经过御花园，看到你与皇帝谈话，皇帝亲手递给你一张纸，可有此事？"

"魏公公，微臣只是与皇上商议治国之事，别无其他。公公也知道，微臣一向不参与朝廷内的权势纷争，还请……"

"治国之事为何不光明正大地在朝廷上商议？"魏公公打断他的话，咄咄逼问道，"那张纸上到底写了什么？"

丁侍郎感觉背脊发冷:"恕臣无可奉告。"

魏公公起身,眼珠直勾勾地盯着他:"那张纸在哪儿?"

"公公,只是一张堪舆①图,已经烧掉了。"

"呵,是吗?皇上不去寻堪舆师,而来问你一个礼部侍郎,简直谎话连篇!"魏公公横眉怒目,对锦衣卫勾了勾手指,"给我搜!"

"是!"锦衣卫得令。

丁侍郎一下慌了:"公公,且慢!微臣愿同您一起面见皇上,请皇上亲自为公公解惑!"

"我看没这个必要!给你最后一次机会,说,那日你到底跟皇上说了什么谗言?"

丁侍郎心想此时如何辩解都无用,他听说过魏公公的手段,朝廷内外的重臣无不对他忌惮三分。可此时自保都成问题,更何况还不能让王星舟再被牵连,他只能小心试探:"公公如此步步紧逼,就不怕微臣明日在朝廷之上向皇上陈情吗?"

"哈哈哈!你多虑了,怎会还有明日?"魏忠贤朝锦衣卫使了个眼色,便向屋外走去。

没等丁侍郎明白这话中含义,两名锦衣卫已将他押下,拖着他的身体离开大堂。丁侍郎动弹不得,压低声音怒斥道:"魏公公,你竟敢如此对待朝廷命官,我大明还有王法吗?"

魏公公并未回头,自顾自悠然往前走:"丁大人啊丁大人,说你不聪明还真是。平日里,东厂可没少拉拢你,可你们一个个自视清高,说什么不与宦官为伍。你们哪能知道,除了皇上,杂家就是王法!"

---
注解
① 堪舆:地理风水。

路旁的家仆眼见主子被绑,慌忙追过去:"主子!你们为何要带走我家主子?"

魏公公幽幽道:"你可想好了,丁大人,就算锦衣卫今日砍了这些奴才,也无须跟任何人交代,东厂办事的路子,谁都知道!"

丁侍郎含住泪,回头大声喊道:"退下,都给我退下!告诉所有人,丁府今日遣散,都给我走,赶快走,谁都不要留下来!"

外院的樱花正开得灿烂,如同懵懂少年初见天子时脸上的红绯。丁侍郎的身后,除了一片痛哭声,什么都没留下。

仅一日之间,丁府便成了祸乱之地,这一切皆因王星舟。

丁侍郎被带走后,丁府的人乱成一锅粥,从妻妾到管家,哭天喊地的,谁都没了主意,坐也不是,站也不是,在家里等也不是,出门去寻人帮忙更不是。王星舟在房里痛苦自责了好一阵子,任莺儿在一旁如何劝解都无法安慰。

直至入夜,王星舟方才从焦灼中恢复,思前想后,找来丁夫人和管家,向他们下跪磕头:"小人就算舍命也会想办法救出丁兄,请夫人放心!"他和大家商量道,"我这儿还有一枚免死金牌,明日就进宫找魏公公要人。莺儿,你继续往南走,走回乡的那条路。丁夫人,还请你们暂时离开这里为妙。"

"明日便是中秋节,我们哪儿都不去,就要留在家里等老爷回来!"丁夫人捻起白绢,擦拭脸上的泪痕。

王星舟沉默了,不曾想中秋之日,竟是大家的离散之时。

回到房里,莺儿问他:"你可有对策?"

王星舟闭目盘坐在榻前,面前燃着一炷香:"正在想。"

莺儿望着苍然暮色自远而至,再回望王星舟,不禁双眼泛红。

三更时分,王星舟跟莺儿细说他的计划,她认真谛听,心里又在思索着什么:"此去可有把握?"

他摇摇头。

"实在不行,还可以去求皇上啊,求他为我们做主。"

"如今,朝廷内外尽是魏公公的党羽,即使皇上能救我们一时,魏党肯定还会想方设法置人于死地,暗里谁都保护不了我们。"

"那……"

"莺儿,别担心,吉人自有天相。"他顿了顿,喉咙上下起伏,"天一亮就出发。"

辰时,天边现出分隔鸿蒙的第一道光。王星舟却酣睡着,卧在一辆南去的马车上,马夫不时抽鞭,马车急速向前飞奔。

黄莺儿像换了个人,正对着铜镜梳洗装扮,她褪去红妆和脂粉,画上两道剑眉,脱掉裙纱,穿起裹胸布,将长发束起,换上一套武人的黑色衣装,再在鞋子里垫了好几层鞋垫。她揽镜自照,看上去像极了一位英气十足的男儿,从前的妩媚娇态不见了,举手投足间,是一位剑未配好,转身即遇江湖的少年。她带上足够的银票和免死金牌,在众人将醒未醒之时悄悄离开了丁府。

一个时辰前,莺儿听王星舟讲完后便将计划熟记于心,担忧他此去凶多吉少,便谋划着替他前去。她问管家要来蒙汗药,称是星舟的计划。在他睡前,她悄悄放在茶里让他服下,待他醒来,已是一两天后的事了。接着,她又安排好马车,给了马夫一些银两,让他加快驶离京城。

夜里的凉还未散去,黄莺儿迎着将要露出地平线的朝阳往前走。她不是没有恐惧,只是有别的东西战胜了恐惧,她不知道那是什么,情感、道义或是她笃信的某个未来。

此时正值早朝,魏党和亲信都在宫内,她悄悄行至位于东安门北的东厂,大门戒备森严,有不少锦衣卫把守。她掩饰慌张的神色和习以为常的女态,紧了紧手腕,向前一步踏入门口。这也是她第一次意识到免死金牌的威力，她举着牌子，压低声音对锦衣卫说自己是皇上亲信，前来调查厂卫最近办理的一些案子。锦衣卫见她这番民间江湖气的打扮，心存疑惑，但保不准是皇上的秘密心腹也未可知，碍于金牌便没多说什么，领她进入。

莺儿四处打量，一边往里走，一边不经意地问道："听说东厂最近抓了一位朝廷命官，姓丁，可有此事？"

一旁的锦衣卫暗暗思索，答道："确有此事。"

她的心一下提到了嗓子眼，又故作镇定道："他在哪儿？带我去见他。"

"大人，这……"

莺儿掏出一锭银子，悄悄塞进他手里："您行个方便，到时候我在皇上那里为您美言几句，应该不成问题。"

"那……请随我来。"

东厂的牢房在地下，透着一股阴冷的气味，光线幽暗且寒气逼人。莺儿捂住口鼻，经过一间一间牢房，在丁侍郎那间停下脚步。莺儿见到如此狼狈的他，立即向他眨眼并做了一个"嘘"的手势。丁侍郎会意，垂头默不作声。

莺儿挺直身体，粗着嗓门说道："开门，把这人交给我，他的案子交由皇上亲自审理。"

几位锦衣卫一时犯了难，面面相觑："大人，您这是为难小的了，小的得去禀报魏公公才能……"

莺儿见不能再拖延，朗声吼道："放肆！我是奉皇上口谕，速速释放丁肇中侍郎，谁敢不从，便是忤逆皇上！难道在你们眼中，公公比皇上还大？"

"小的不敢！"

莺儿继续向前一步："不敢就好！今日你们若是不放人，小心掉脑袋!"

"是,大人!"

还未过早朝,二人便急速离开东厂,又悄悄潜回丁府。丁侍郎谢过她的救命之恩,也明白两人今日犯了假传圣旨的死罪,若不赶快逃亡,恐怕魏党会翻遍整个京城追杀他们。

莺儿来不及换下衣服,便与丁侍郎匆匆一别,两人言辞极简,致歉、致谢和道别的话都在无言之中。莺儿驾马车离开前,留下最后一句话:"丁兄,星舟在内院客房的床榻下建了一条密道,通往北向街的无人小巷,丁兄保重,我们江湖再见!"

丁侍郎第一次见到如此侠气的女子,和此前"王星舟之妻"给他的印象相去甚远。而江湖二字,在丁侍郎的生命中也从未有过,如今庙堂已离他远去,此后只能投奔江湖,但他并不后悔,这世道,换个活法兴许更逍遥自在。罢了,他想。他嘴角带着些笑意,转身进入府宅,见那樱花正开得灿烂,一切似要重新翻篇。

他速速遣散家仆,将老小眷属集中在客房,准备从密道逃走。果然,午时过后,东厂派了五十多名锦衣卫将丁府重重包围,魏公公再次前来,命所有人把这里搜个底朝天,且不留活口。可当他们闯入大门,像是触碰了什么机关,中庭内突然响起几声奇异的声响。

"什么声音?"

几位冲锋在前的锦衣卫握紧手里的刀,环顾四周:"像……木头的声音?"

此时,十几个木头人从中庭缓缓步出,它们队列齐整,个个身高八尺,手持刀剑兵器,脚下是可移动的滑轮,木制的身体外裹着一层金属铠甲,头上则顶着铁头盔,下面是一张木刻面具。它们纵列排布,接着再散开,守住各个方向的入口。这些兵人四肢灵活、形态逼真，挥舞兵器的拳脚招式也有模有样，宛若一个个功夫高强的武士。众人都傻了眼，几位锦衣卫一时不敢上前。

"呵，虚张声势的江湖之术，别管这些破烂，进去给我搜！"

这是王星舟制作的"兵人"，同样由木制榫卯机关、弹簧和牵丝线等组成，他曾见过京城的偃师打造类似的机械组，于是照样学了过来，不过他在此基础上设置了更多机关和扭结，更在核心组件里用金属圈储存了陨星释放的电能。为了保护丁府上下的安全，他秘密做了这些，尽管不是万全之策，但定会为他们留出救命的时间。一旦那间密道开启，客房内的机关便会自动启动，藏于内院的几十位"兵人"开始列队待命。只要外面有人越过门槛前的牵丝线，"兵人"便会调整为"武动"状态。

一场酣战必不可少。锦衣卫没把眼前这些死物放在眼里，冲上去与它们厮杀，短兵相接、摧金断玉的声音彻底打破了这里的宁静。兵人的身体重若磐石，铠甲坚不可摧，任锦衣卫如何砍杀，都动不得它们分毫，反而是兵人身上的某些部位被触碰或撞击后，会自动变换攻击招式，不管是刀剑还是拳法，都力道惊人且速度极快，令对手找不到还击的缝隙。几番下来，锦衣卫并未占得上风。

"这些废物，再去调人过来！"

那边，丁侍郎领家眷走水路向西逃去。莺儿则一路南下，热闹与繁华渐渐褪去，视野也变得开阔起来。待王星舟醒来，才明白是怎么回事，此时已离京城好几百公里。不久，他们二人再度会合。

中秋之夜，街市上尽是些游园赏月、猜灯谜的百姓，家家户户正吃月饼庆团圆，可丁府内却是一片肃杀。一直有新闯入的锦衣卫替换负伤的，不少兵人的身体被斩断得零零落落，抵挡不了太久。举着护盾和长矛的禁卫军闯门而入，击杀最后的兵人，房梁上的弓箭手也朝卧室和房间齐放冷箭,他们不知道,最后一枚机关已被触碰——只见所有兵人全部散开,突然站立不动,紧接着,兵人身体里的火药瞬间炸开,冲天的火光和炸裂的声响直窜夜空。

此刻,紫禁城上空也绽放出一簇簇彩色焰火,这是宫廷烟火师的杰作,京城的百姓都能看到,在圆月的映衬下,满目尽是光亮,绚烂极了,耀眼极了。

唯有丁家的几个仆人,背着包袱,低头走在陋巷,似在寻一个安身之地。他们抬起头,眼看着那彩色焰火一寸寸亮起来,又一寸寸暗下去,默默哀叹着:"这世道,还能改变吗?"

# 7

京城,皇宫,天演术,对王星舟夫妇来说,这些都已成为过去。他们来到一个南方小城安顿下来,改名换姓,继续行医治病。只不过他还保留着计算的习性,在墙上画上好些方格用来算日子,每过一日,便划掉一格。

一年半后的春天,离那个日子越来越近。

某个清晨,他放飞一只信鸽。他在信鸽身上安装了一枚磁石和指针,磁石会将鸽子接收的方位感增大,并根据加磁指针的引导,指引它飞向目的地。一月后,那只信鸽停在了皇上的乾清宫前。彼时的皇上更显沉稳,蓄起了胡须,案牍前堆满了奏章和书籍,眼神里少了些轻狂,多了些疏离。他注意到那只鸽子脚上绑着一根细竹筒,里面是张字条——

皇上,依天演术所示,切勿靠近水源之地。

皇上胸中莫名涌起一阵空寥,仿佛昏昏一场酣眠,醒时不辨时辰,推门骤见花漫庭院。他撕掉纸条,喃喃自语道:"逆天改命,或许能令朕不死、王朝不灭，但能改得了百姓苦，改得了世道维艰吗？过去历朝历代无不是生灭兴亡的轮回，未来遑论到了哪世哪代，恐怕依旧如此。星舟啊，你怕也是没想明白……"

翌日退朝后，看起来恰似巧合，天启帝的弟弟信王朱由检特意邀皇上一起逛后花园。兄弟二人许久未曾闲适同行，此刻他们却各怀心事。

"说吧，信王有何事？今日肯定不只是来赏花的吧。"

彼时，信王还是一位十七岁少年，长衫儒冠，眉眼俊逸，颇具风雅。"皇兄，臣弟别无他事，只是与皇兄许久未见，特地来向您请安。"

"嗯。"

"对了，臣弟日前在江南游玩，见一宝船甚是美观，高而宽，木工精致华美，船坞顶上有一龙头，雕工巧夺天工、栩栩如生！臣弟知道皇兄精于此工，于是买了下来，想献给皇兄作为礼物。"见皇上未开口，信王接着说道，"那艘宝船现在就泊在京郊江边，不如择一日，我陪皇兄乘这宝船游江赏玩，皇兄意下如何？"

皇上停下脚步，眼中的光华蓦地转暗，脸上肌肉微微抽搐，侧眼看了看他，又朗声笑道："没想到是你，朕的好弟弟，哈哈哈哈！"

"皇兄这是何意……"信王略显紧张，声音细如蚊蚋。

皇上轻拍他的肩膀："没什么，还是你最懂朕的心啊。甚好！甚好……朕便应了你，去游江便是。"

信王欣喜应承，没想到如此快能讨得皇上欢心，可他并未读懂皇上话里的意味。

三日后，京郊满树桃花，久看之下却引人心中冷怅。皇上、信王及几位近身奴才登上宝船，微风徐徐，江两岸的花柳亦随风舞动。船上的几位歌姬正为皇上献上霓裳曲的表演,乐声悠扬动听,此刻皇上的内心反而有一份近乎静寄的澄明。

宝船行至江中,皇上吩咐所有人都离开最顶层的船坞,只留下他和信王二人。他为信王斟上酒,神情还似方才惬意恬淡:"贤弟,你是否对这宝船动了手脚?"

信王一脸煞白:"这……皇兄何出此言?臣弟万万不敢……"

"瞒不了朕,做了这么多年的木匠活,见过的木头比人还多,哪里有问题,朕一看便知。"皇上也为自己斟满酒,仰头一饮而尽,"说吧,想要朕的皇位?"

信王不发一语,低头避开皇上的目光,手指紧紧攥着,虽表面平静,内心却早已是波涛暗涌。

"你想要,给你便是,这些年,也委屈你和你的母亲了。朕知道,朝廷上下都骂朕昏庸,怪朕不理朝政,任宦官横行。那魏忠贤权倾朝野,自封九千岁,你以为朕不知道?你可知,若非他厂臣魏忠贤,那帮东林党人早已把辽东输了出去。魏忠贤用的都是能臣良将,他建立的关外防线可保辽东局势平稳,将士们修关宁防线从不缺钱,是因为他延续了万历的矿监政策,向中上层征税,使大明不至于被财政拖垮。你们或许以为朕不懂治国之道,但朕唯一懂的,便是平衡。吾弟,若江山在握,朕对你的忠告,便是一善用魏忠贤,二善加利用天演术。一是留着他维持平衡,二是能提前避掉祸端,如此兴许能延续我大明命脉。"

这番话如同最后的箴言。

信王呆坐原地,腹中之言此刻已不必再说,只盘算着计谋明明天衣无缝,为何却轻易被人识破,监工早已告诉他,即便顶级的木匠也不可能察觉到宝船的异样之处,况且皇上并未下到船舱里去。相比这些,皇兄对自己谋逆的态度更令人无法捉摸。

"你还有何想说？"

"皇兄，所言当真？"信王颤抖着接过酒杯。

"当真。记住，你要演好这场戏，今日之后，朕落水大病一场，久药不愈，不出一月，薨。今后，你要好好防范各地的瘟疫、旱涝灾害及农民起义、边疆战事等。七年内，若不止灾止战，我大明便快要亡矣！"

"皇兄，这可是天演术推算的结果？"

"是。"

信王一时陷入沉默，如若推算是真，那不知这觊觎已久的皇位得来是幸福，还是诅咒。

不知过了多久，风乍起，江面泛起阵阵涟漪。信王听到对面传来一声悠长的叹息，羽毛般飘落。皇上起身，挺拔的身影竟有一丝摇晃，接着他步入舷边，纵身跳了下去。

这便是他接受抑或反抗"命运"的方式，如天演术所示——天启七年，帝遇水则衰，夏乙卯，亡。

天启七年，皇上驾崩的消息传至南方，王星舟痛心疾首，连续三天不吃不喝不睡，过了一段失去心神的日子。此后好些时日，他都不愿踏出门，不再理人间世事，不管见到何等事景，都有一种一夜看尽沧桑世事的感觉。

# 8

崇祯二年，阉党覆灭，王星舟和丁肇中已不必再隐姓埋名，两家在蜀地一聚后再次告别。王星舟和莺儿收拾行李准备迁回福建老家，行路途中，他们在一间山中寺庙落脚。

王星舟抬头望见新漆好的牌匾"净信寺"，轻轻叩响门闩。

一位小僧接待他们进入寮房歇息，寺庙里古朴静雅，鸟声啁啾，将他们与外面的世界隔绝开来。安顿后，莺儿卧于榻上小憩，王星舟来到大雄宝殿。门前，一位扫地僧正在清扫地上落叶，小僧双手合十，他亦躬身回礼。

大殿之内，香气萦绕，诵经声从后殿传来，静谧又安稳。高大庄严的金色佛像令王星舟心中顿生敬畏，一番礼敬后，他独自盘坐在佛像前，望着那双慈悯低垂的双眼，试着将那些过往埋葬在心中某个角落，再不忆起。他没注意到的是，大殿供桌上摆放着一尊两尺高的水晶石般的站姿观音雕像，圣洁高妙，在光的照拂下似溢出一丝淡蓝色的光泽。

此时，一束光从屋顶斜斜照下来，落在佛祖微微翘起的手指间，落在自己面前说一切事物皆是虚妄的经卷上。良久，他睁开眼睛，起身往殿外走去，地面打扫得干干净净，而那位扫地僧就立于菩提树下，似乎正等着自己。

王星舟不由自主地朝他走去，越靠近，那人的身形和气质越让他觉得熟悉。

扫地僧转过身来，再次对他行礼："小僧法号演觉，见过施主。"

演觉抬起头来对他微微一笑，王星舟一眼便认出眼前这个小僧就是两年前驾崩的天启帝！尽管他剃去须发，脱下龙袍，眉宇间的丰神俊逸却依旧未变。不过，有什么别样的事物占据了他的身心，王星舟不得而知那是什么，只知眼前的天启帝似已获得新生。

"皇上……"王星舟意欲跪下。

演觉速将他扶起："快起来，这里只有僧人演觉，天启帝已从世上消失。"

王星舟眼含热泪，一股莫大的喜悦涌上心头。两人皆静如春山，仅仅丈许之距，却生出隔世之感，似有一声空灵的鸟鸣从梦境传来，震散蒙尘，唤醒神魂，王星舟才接受这一切。

演觉取出戴在胸口的陨星碎石，两人相视一笑，明白是这块天外陨星将算学的发展进程提升了近百年，在它的帮助下，王星舟和天启帝一起改变了历史中极微小的一部分，至于陨星与天演术能否流传后世，且看造化吧。而后，演觉领他在寺中四下游逛，与他细细道来那日之后的事。

他跳入水中后，随即游至江岸的隐秘处，乘着提前准备好的木筏悄悄离开。而在宝船之上，他留给信王一封信，指引他如何演好这场戏。

信上写道："宝船沉没，皇上落水，水中久寻不见，在岸边找到一惟妙惟肖可自主活动的木人傀儡，那便是'皇上'。信王要将'他'请回皇宫，好生伺候，至少半月'他'都无法离开卧榻。所有近身的宦官，我早已遣走，而信王要速速将亲信安插入乾清宫。待信王布局完毕，便可择日宣布天启帝驾崩的消息。此后，天下便将换个主人。吾弟，当为尧舜。"

在那之后，从天子变成普通人的朱由校离开京城，告别从前的命运，告别权力巅峰和锦衣玉食，重新做回一个凡人。他一路南下，后来行至净信寺，在偏殿见到一尊木雕观音，那是他不曾见过的精湛技艺，恰有一只蝴蝶停在菩萨指尖，宗教的庄穆与生命的华美于刹那间彼此辉映，他瞬间被那不可言说的美打动，于是决定就此出家为僧，每日扫地、做饭、诵经、刻碑、雕像。那尊透明的站姿观音像便是他用陨星打造的，平静的日子里，他寻得了久违的自由与宁静。

王星舟听完，恍然发觉天启帝的未来已经被改变。演觉又说，当今的崇祯皇帝若能谨遵他的劝告，也定能改变大明的未来。

王星舟却面带忧虑："可我听说魏忠贤已死，东林党当政。

另北方大旱，赤地千里，寸草不生，陕西大饥，百姓争食山中蓬草，朝廷的救济迟迟未及，民不聊生……"

演觉感到雷鸣般的怅惘，自己入山几年，再未关心世事，如此看来，弟弟并未听从自己的话。此刻，二人经历过生死后阔别重逢，本是一件幸事，可各自心里都带着些愁绪。

演觉的目光随着黄鹂追向大殿之后的山峰，葱郁翠绿的山脊有茸茸的边缘，像宣纸的毛边。他领着王星舟向山顶攀登，等到达山峰，视野一下开阔起来，有清凉的绿意滴入眼里，远处能看到半山腰建筑翘起的一角，还有淡淡的云雾缠绕其间，须臾又飘散。见到此景，王星舟也变得心意畅快。演觉手捻念珠，宽慰道："你看这山间景致，换个角度看则全然不同，变亦未变又何妨？万物生有时，衰有时，相聚有时，分离有时，只各从其命，各行其是。"

"皇……哦不，演觉法师，我记得在推演秦朝后，您问过我'既然有大一统王朝，那会否有大一统世界，大一统洪荒'，我当时并未有答案，而现在想来……"

"如何？"

"若是一幅画，便都在画中，若是一片山，便都在山中。不管是算学、医术、木工、天文、堪舆，乃至天演术，无不是创造世界的工具，最初见山如山，而后见山异山，最后见山是山。不再是我们去解释世界，乃是个中术理都臻于化境，最终定会在山顶汇聚，如是，便是一统。"

演觉嘴角泛起一丝微笑，像极了那尊木雕佛像的笑容："甚妙，甚妙。"

太阳升至当空，山下的寺庙传来三声钟鸣，这声音像江面上的涟漪，幽幽回荡在层叠的山林之间。

王星舟在净信寺度过了一段安然时日，告别前，他双手合十再问演觉:"演觉法师,天演术可否继续下去?"

"你已了然山顶的风景,看看山下又有何不可?"

王星舟默默点头,与演觉法师依依惜别,步上马车后,他流下眼泪,那句"施主保重"像是刻在他心里的碑文。他转身从木窗向后望去,一山一寺,一人一小径,像极了一幅越来越远的画。

# 9

他们回到福建开了一家医馆,日子如此平淡地过了几年,王星舟一边用陨星行医,一边继续演算天演术,莺儿则为他添了一双儿女。彼时已是崇祯七年,关中地区瘟疫四起,不断蔓延,他苦心研制对症良药,无偿救济病患。但他知道,即便如此,也不能阻止饿殍遍地的灾祸,仿佛老天故意要降下重重灾劫。

七年后,一切景象都昭示着大明朝将要走到尽头。那年中秋,已过不惑之年的王星舟最后一次用天演术进行推演。家宴过后,他独自步入书房,窗前一地明月,月光伸进角落,停留片刻又挪开,一切便暗下来。他点燃烛火,屏气凝神,似等待晚风中的灵机,随之,一根木楔被他拨动。

此时,天演仪推算的结果不再呈以文字,而是图像。陨星的能量直接牵动无数根墨针在画布上飞速游走,那些"生""灭""兴""衰"都演变成更为具象的点阵图,一针一针在洁白的布绸上慢慢连成线条,再形成图像。他净手焚香,盘腿坐在庞大的天演仪下,看着由点阵组成的无尽图画,仿佛那双泼墨挥洒的手来自天上,此刻,时间如凝滞的霜,屋里只剩下机关转动的音律般的声音。

他仿佛在白布上看到无数铁骑兵马入关,旧的旗帜倒下,新的旗帜竖起；看到皇城宫殿人去楼空，百姓削去长发，不再下跪，新的文字成为守则；看到铁车上路、铁鸟飞翔，海岸线停泊着载满货物的铁船，更猛烈的战火在不同的世界点燃；看到城市扩张得无边无际，一支全新的机械大军成为帝国坚不可摧的力量；看到空中再次出现星槎，它飞向高高的天上，去往更遥远的星河；看到有异类形态的生命降临地面，那是一张张和善友爱的面孔；看到长出翅膀的人们在不同星星之间跳跃，太阳被一层铁甲包裹；看到所有的时间线都通往一个目的地，所有河流都汇聚到顶峰，宇宙最终收束成一个符号，无人能解。

他极力排空心中的杂念，杂念却分裂成灾，他设想自己正静静坐在大雄宝殿内，期盼神灵会给予他灵犀一指，助他领悟此中真谛。兴许，这就是自己的终点，这就是自己的穹顶。

香燃尽的一瞬间，他仿若顿悟，恍然发觉未来的时间线充满无限可能。尽管点阵图像如此诠释，但一切并不是注定，大明亡后，时过经年，新的一代人会迎来全新的盛世，全新的世界，如同天启帝逃过命中死劫，他笃信。

四周的烛光如刹那间的心象明灭，他想立马告诉演觉法师这天启般的发现，告诉他那无尽的未来与往昔。窗外有风，拂起衣袖，一束光照耀在案前，他感到心凝形释，与万化冥合，感到晨光熹微，春寒乍现，默许万物苏醒，自己正踩过明媚的涧中水，身轻如羽，又炽热如虹。他的目光宁柔，在思念着什么，一抹奇彩在眸中渐渐亮起。

崇祯十七年，明朝覆灭，王星舟一家和友人隐居深山，已准备好过一段离世避祸的时年。他每日都能看到山下景致的无穷变幻，看自己身在山野，却心怀无垠宇宙。

加加林的温泉旅店

我是半个月前来到这家温泉旅店的，入秋后的缙云山景区天气转凉，天空整日灰蒙蒙的，不见太阳。

对于一个刚出院的伤患来说，这里算不上康复疗养的上佳选择。但这家店的王老板跟我父亲是故友，他听说我在旅途中摔下山受了伤，特地邀请我来这里疗养身体，我父母都在国外没法陪护，又碍于礼节，便答应了。王老板专程派人将我接到山上，留我在这里住上半月一月，说这里的天然矿温泉对恢复身体有好处，还要帮我找来最好的康复治疗师。我不想再添麻烦，婉拒其他繁余馈赠，只答应每日的温泉和餐食疗养。

我在医院已经恢复大半，能下地走路，只需一根拐杖支撑右腿，其余无恙。刚交往半年的歌手女友正忙于她的一档综艺节目录制，她说过那是她的翻身仗，至于我的伤情，她无暇过问，我早知道我们之间的关系并不长久，短暂的迷恋过后，各自都要去往下一站。

酒店位于山腰上，我的豪华客房有落地窗，视野足够好，能看到山的不同侧面。温泉浴池分散在户外的山林中，有硫磺泉、矿物泉等，非常天然，我每天都要泡一泡的，池边雾气蒙蒙，仿佛什么都能化在池中，如同世外瑶池。

这里有十二处温泉，最大的宽如卧室，最小的仅三四见方，温泉水很有讲究，每一处都是自然在山中形成，且全年恒温，不需要任何人工加工处理，这里能聚集数量如此之多的天然温泉，堪称大自然造物之奇，不少远近游客闻名而来。现在还未到淡季，可每日来的新客却不多，基本一人能享受一整个池子，餐厅和大堂显也得有些冷清，我每次过路，拐杖敲在地面发出的嗒嗒声，像存在于音节与音节之间的空旷回响。

习惯了漂泊在路上的人其实对伤病习以为常，最难熬的是暂停键一旦按下，激流变得平缓，会让人对眼前的生活产生怀疑，逃离或投身其中都不太适宜。好在这温泉旅店像是有某种魔力，栖身其中却不觉厌倦，我每次看山中风景，山中风景倒是也把我看习惯了。这里的员工喜欢找我聊天，问我的旅行经历，或在路上遇见的奇人异事，我偶尔说一两个，他们当作故事听。很快，我便与大家熟识了。

那天晚上雨停了，我吃完饭在餐厅休息，从落地窗能看见外面深邃的绿意，我就在这儿安静坐着，点壶茶独自品尝。如果大厅客人不多，大概率会有员工带着些厨房甜点来找我攀谈。

今天是搓澡师傅林家德，他像一团贴地飞行的云飘荡过来，在我前面站定片刻，胖胖的右手压了下白色制服的衣角，眼神向我示意后便很自然地坐下来。他酝酿过了开场白，将一个小果盘推上来，压低声音说："全老师，听说您是走遍世界的冒险家，我有件事想请教您。"

"您说。"

"不知您听说过旅店的事没？"

"什么事？"

"这家店有一个秘密。"

"噢？我是第一次来这里。"

"我儿子死在了这儿，我要找出真相。"

"从头讲讲？"

这莫非不是侦探小说中的情景，一个人正被一件事情、一个谜题、一个案件所困扰，此时遇见一个阅历丰富的外来者，他向他求助，请其帮忙找到答案，之后真相水落石出，两人各自分开。这便是一个新故事的开始。

远处的山里有雾气蒸腾上来，掩映住深邃的绿色，眼里感觉凉悠悠的。我为他倒上一杯茶，将茶盏推到他面前。换作以前，杯里会是酒。

他直入主题，先问我有没有听说过不同的人对同一件事会产生不同记忆的事。我回答说，极有可能，人们只相信自己愿意相信的那部分。就像曼德拉效应吧,他接话。

然后,他继续说:"我儿子叫林加加,是天文系的学生。半年前,他和几个同学约好一起去缙云山山顶观测哈尔—波普彗星,他说那颗彗尾将扫过地球磁层,磁暴将持续好几天。他说这项工作很重要,叫我们最近不要打扰他。可当晚,我儿子在上山观星的途中不小心摔下了山,同学们慌了,找了好久都没找到他。报警后,他们摸黑来到山腰上的这家旅店,叫人帮忙一起找。三小时后,人找到了,我儿子只是晕了过去,腿上受了些轻伤,连夜被送到山下最近的医院,全身检查了一遍,医生说没有大碍,伤口包扎后,好好休息一下就行。

"这件事,儿子没有告诉我们。三天后,他又一个人回到缙云山,继续他的观星任务,星象出现了些变化,还需要增加观测时间,他本来打算在山顶支帐篷过夜,温泉旅店的王老板知道后,专门邀请他免费住下,事后给大家讲讲宇宙天文知识来换旅费。他欣然答应。

"那几天的星象据说很诡异,哈尔—波普彗星并不是第一次路过地球,这次'再度访问'可能不是偶然。不过,所有星体都是宇宙诞生时撒下的余晖,直到几十亿年之后,这尾迹还在持续向可知的宇宙空间外飘洒。他打算多待一阵,白天泡温泉,晚上观星。诡异的是,住进旅店的第七天,我儿子溺死在了温泉里。有人看到了尸体,有人说没有看到,有人说自杀,有人说他杀,找了一圈,活人和尸体都没找着,但他的东西都在,加上所有监控记录,证实他那天并未离开旅店。可是人呢?我和他妈妈一直联系不上他,找到他同学后知道了这个地方。我们一起商量后,决定到这里应聘,留下来悄悄查探情况。"

"这件事情你应该去找警察,我不懂破案的。"我说。

他摇头,像一棵大树晃动枝叶,说:"警察没有调查出结果,只当作失踪案搁置。我们在这里花了好几个月时间,从老板、员工、客人口中打听了可能跟儿子有关的所有细节,还是没有结果。如果儿子自杀了,我们想给他收尸;如果是他杀,我们要报仇;如果没死,我们想知道他到底去了哪里。"

"说说那些听来的细节吧。"我举起茶盏,饮下快失去温度的茶水。

"王施乐老板是个好人,温泉旅店原本是他哥哥的产业,哥哥死后,他出于责任接手过来,本来他可以把这里卖掉,把财产分了,往后过自由潇洒的日子。但他哥哥曾经说过,温泉旅店必须一直存在,除非这座山被铲平,除非这座城市消失,除非宇宙湮灭。王施乐不懂哥哥为何如此执着,他只能用自己的行动回应着那些疑惑,直到疑惑被慢慢磨平,久了,他跟这里的一草一木、一砖一瓦融在一起。

"我儿子消失的那天,王老板恰好不在山上,除了温泉旅店,他好像还有别的事业要操心。不过,王老板提到,我儿子好像有什么新发现,不是关于星空,而是关于泡温泉。他兴冲冲地去问过王老板关于这间温泉旅店的历史,王老板了解得不多,说要去找到哥哥的遗物看有没有相关资料。王老板后来忘记了这件事,直到他失踪,也没能解答他的疑惑。

"厨师长老赵跟我儿子见过几次,按理说他们本不会有什么交集。可我儿子受王老板的恩惠,一日三餐都可以跟赵厨长他们一起吃员工餐。在后厨吃饭的时候,赵厨长偶然间提起前任老板王翘楚,说他一手建造起这间旅店,过程非常艰辛,当时选址考察的时候还有科学家参与。

"后来,有很多常客不全是为了泡温泉而来,而是为了温泉里的秘密,这个秘密可能只有王翘楚老板和他的密友们知道,他常邀请他们上山来住一阵子,包下几个总统套房和温泉池,一起聚会聊天,神秘兮兮的,期间不让任何员工接近。我儿子问,是商业机密吗。

赵厨长否认，说是商业机密的可能性不大，天然温泉是大自然给的，别人想学也学不来，不存在商业竞争。

"我儿子再细问，凭什么说这里一定有秘密呢，赵厨长摆摆手不再回答了。我儿子泡过所有的温泉，在不同时间段都去过，他消失的时候是傍晚，那天他没有选择去观星，而是泡在温泉里。月亮刚显出银白色的亮光来，赵厨长成了第一目击者，他仅仅是路过，远远看见池中有什么东西，走进一看又不见了，只听见水深处若有似无的回声。赵厨长离开现场，又找了唐经理过来，他站在池边往水中一看，越看越不对劲，突然尖叫一声，随即喊赶紧救人。可最后什么都没有。

"我问过唐经理他到底看到了什么，是不是我儿子林加加。他说就是一具尸体，明明就是一具尸体。唐经理坚定地说他看到了，那个年轻的身体就伏面沉在水下，静止不动，肯定没气了。他说一看就是自杀的，像是吃了某种药物之后，走进温泉水里静静等待死亡，只有在溺毙前就失去了意识，身体才会呈现出这种姿态，而周围又没有搏斗的痕迹，池边干净整洁，所以一定是自杀。

"赵厨长和唐经理看到的东西各不一样，两人争执不下。唐经理便火速去浴室脱衣冲水消毒，立马下温泉池捞尸体，但是，就如猴子捞月一般，什么都没捞着，只在边缘处抓到一件他穿过的浴袍。

"人是真不见了。警察来之后，找所有人都问询过，儿子那几天的生活非常规律，按时按点吃饭、工作、休息，都如常，除了他消失的那一天。温泉区没有摄像头，赵厨长和唐经理的证词都无法得到证实。而我们，林加加的父母，我俩的真实身份只有警察知道，他们出于同情默许这样的行为。

"我老婆怀疑王老板，猜测是我们儿子撞破了他的什么秘密，被他谋害后转移尸体又藏了起来。他看上去是很礼貌和善，说不定善良的面孔只是一层伪装。但实话说，这家店目前看起来没有什么污点。"

山上入夜更快，夜色四合，茶水很快淡至透明，沉默的间隙，林家德凝神思考还有什么能与我说的，像一团陈旧的云。他的谈吐不像是一个搓澡师傅，林加加之谜每过一天就在他心中增加一枚秤砣，令他的眼睛和脸深深地向下坠。

"你想从我这里获得什么呢，老林。"我叫他老林，一方面是想安抚他的心情，一方面想从他口中听到更多。

他抿了抿嘴唇，继续说："我们俩的文化程度不高，但也不差，儿子常常跟我们讲天文知识，我们能听懂一些，他在同学之间有一个外号叫加加林，不是学苏联的那个宇航员，只是单纯地把名字倒过来念，他自己取的，说是什么以此来对抗这个线性宇宙的无序，全老师，你是能懂吧的。加加林，我们后来也这么叫他，当作爱称。

"加加林的事，我告诉你不是为了博得同情，如果你对他的消失感到好奇，不妨帮帮我们一起找到真相，这说不定会成为你的一段新的冒险经历。我想请求你帮我们的是，去找王老板要到他哥哥的资料，那应该是我儿子正在寻找的东西。王老板敬重你，你拜托他，兴许能成。"

他诚挚的眼神似在等待告白后的回应，没有留下拒绝的余地，把我一同网入这个秘密之中。考虑到加加林受伤上山的遭遇跟我颇有些类似，在好奇心和同情心的共同驱使下，我答应下来，"好，我试试。"

温泉不宜久泡，一次可泡 20—30 分钟，每天次数应在 2—3 次，不宜频繁入浴。方形竹盘里盛着茶杯和饼干，静静漂浮在池中水面上，宛若一叶轻舟。我最钟爱硫磺泉，泉水从岩缝中汩汩流出，将岩壁浸染成橙色或绿色，岩下天然的凹陷盛接上方的泉水，似一个完美的容器，整个温泉池就如此嵌在山岩中，随着缙云山的一呼一吸而存在。

我习惯背靠在湿滑的岩壁，大脑放空，感受身体因水温上升而变得柔软脆弱。不过这次跟平时不同，我要试着探索这一方空间。凭借着水中浮力，我的伤腿能自如地在水中缓步移动，越往中央水越深，几乎漫过我的胸口，缓缓增高的水压像一只不断加码的重锤垂在心脏下方。泉水中富含矿物，所以并不是全然清澈，我带上泳镜深吸一口气，接着头冲下沉入水底。

池底是平滑的积岩，侧下方有一个洞穴，洞穴极幽深，是泉水往外流出的地方。我用手丈量其直径，仅能容双拳通过，至于泉水流向何处？不知，也许重新渗入到了山体之中，滋润着山间的土壤和草木。每一泓天然温泉下面都有一个洞穴，不过，这些洞穴应该很窄很深，过不了人的。

加加林是如何消失的呢？

我重新浮出水面，倚在边缘休息，血液循环加速引起脸颊泛红、皮肤潮热，视线因为雾气氤氲而变得模糊，我的手自己去寻找一旁竹盘里的茶杯，竹盘不见了，可能漂浮到边缘随着水面的小漩涡沉了下去。

冒险家热爱神秘事物，如同加加林热爱星空。纵然我的推理能力还不赖，却依旧很难推断出他身上的谜题何解。正常逻辑行不通，不如依靠想象力。

我将自己想象成加加林，泡在温泉中，思考着星空、大自然的运转法则，以及宇宙中的其他琐事。泉水的温度刚刚好，大脑升温有助于脑细胞神经突触传递电信号。他在想什么？那时是在夜晚，他没去山顶观星，而是来这里，有什么比星星更重要？如果，我是说如果，这池温泉是一个通道？一个中转站？他穿过这扇通道去向了另一个世界？如果《热浴盆时光机》中的荒诞场景真有可能发生的话。

我一一捋清线索，回想他们说过的每一个细节和漏洞，以及我想象中对那些漏洞的补充，像拼拼图一般，将卡口不整的碎片生硬地拼凑在一起。于是，一个奇诡的场景在我脑中渐渐成形——加加林，一个星空冒险家，他找到了星星与温泉之间最隐秘的联系，它们都是由宇宙中某种最原初的能量转换而来，两者都成为一个能量转换的桥梁，连接着彼此之间的出口。他急于想要验证自己的想法正确与否，于是，身在池中，深呼吸一口气，向下一头扎入泉水中。洞穴极窄，他用手比量过，一个成人无法通过，他想着，没有别的出口了，肯定就是这里。

也许是能量消耗太快的原因，腹中空空的饥饿感很快让我感到虚弱，我从水中起身，像卸下捆缚在身上的重担，随后去餐厅吃了点东西，坐在我的位子上稍做歇息。林家德没再来找我，代替他的是他的妻子李淑芬。

"全老师啊，我老伴肯定找过你了对不？情况你都知道了，我呀，实在是等不下去了，有件事我没给老头子说，我在这里待了这么久了，没耐心了，我走之前想着要把这里烧掉，好给我儿子报仇啊。"她说着最狠的话，柔软的眼泪却自己掉了下来。

"阿姨，您别伤心，您今天不来找我，我也是会帮忙的。现在还没有任何结果，说不定才是最好的结果呢？"

她只点头，没再说话，只顾着小声哭泣，林家夫妇弄这一出无非是想逼我一把。我当然记得林家德对我的嘱托，我本打算今晚就去找王老板。他通常会在每周一的下午回到旅店，组织员工开会以及打理各项事务。

对面墙上的时针快压向8点，我告诉李淑芬，我要行动了。她擦掉眼泪满意地冲我点点头，我用眼神回应，像两个特工在暗处接头一般默契。

王老板在旅店有一间私人套房，在顶楼最里间，他偶尔会在这里接见贵客，这都是我提前打听好的。我跟他发过信息，他让我8

点直接上去。

门是虚掩着的,我抬起拐杖轻轻叩门,这是一间总统套房,比我的豪华客房还要气派不少。我本来已经可以脱开拐杖,但今晚还是把它带在身边。王老板正倚在欧式大沙发上看书,我嗒嗒的拐杖声显然惊扰了他,他回头看见是我,便起身迎上来。

"腿好些了吗?"王老板展颜一笑,他身材不高,西装里面套了件白色高尔夫球衫,左手上的欧米茄金表显示他的身份与这间套房极其匹配。也许是常泡温泉的缘故,他的皮肤近看白且细腻。

"好多了,谢谢王总关心,您这里的环境太好了,山水都养人。"

"喜欢的话就再多住一阵子,不急着走的。"他将我引到沙发边,请我坐下。

"王总,有件事我很好奇,不知道能不能……"

"问吧。"他眼角带笑,令我放下拘谨。

"我听说过一些故事,这里的天然温泉很珍贵,也很神秘,之前听我父亲提起过,王老板的哥哥还留一些关于温泉的资料,我想多了解一下……"

"不是不行,这里的温泉不存在商业机密,至于那些神神秘秘的说法,我不知是从哪里传出来的,也没兴趣多过问。你说的那些资料,算是我哥哥的遗物了。"他脚上穿着金色拖鞋,起身踱向卧室,示意我跟上来,"这间套房以前就是我哥哥的,他的东西我现在都还没碰过,原封不动。"说完,他打开复古风的衣橱内层,手指在保险柜的锁上轻轻摸索然后转动,滴答一声,保险柜腹中的一切向我全部敞开。

"感谢您。"我微微欠身致谢。

王老板轻易给予我超越常人的信任,是我没想到的,或许是有父亲的关系做背书,他才如此毫无保留,或许是他想找一位新的合伙人,替他守在这里。

"我哥哥要是真有秘密的话，我知不知道都无所谓，只要它一直在那里就行。"他回到他的位置上，继续低头看书，只把安静的侧脸留给我。

如果不知道王翘楚的身份，我大概会把他当作是一位科学家。他的遗物包括几本书籍、笔记本、几张光碟和一些设计图纸。我想将这些东西借回去慢慢研究，当我提出请求的时候，王老板有一丝犹豫，不过很快便答应了。

对冒险家来说，这些资料无异于宝藏。

如王老板所说，缙云山的天然温泉其实没有什么秘密，我花了整整一晚，大致从这些宝藏中梳理清了一些脉络。我将这些信息碎片拼凑在一起，试图站在王家兄长的视角来看待这家温泉旅店，接近凌晨时分，我有了一个大胆的推测——这里真正的奥秘来自历史。

我手上的设计图纸不是温泉旅店的，而是一项大型科研实验项目的。当年有大批科学家和工程师聚集在这里，他们打算建设一座量子隧穿实验场，用于新型核物理武器的建设。实验失败后，基地并未全部拆除迁移，陪伴那段历史一同潜藏于静默的缙云山。

我试着去理解何为量子隧穿，以及它的作用，最关键的还有它与加加林之间的关系。我继续猜测，这些科研资料大多来自王氏兄弟的父母，他们是科学家，王翘楚也许是继承了他们的遗志要守护这里，而我相信王施乐老板出于伤感还没打开过兄长的宝藏，否则他会比我、比加加林还要沉迷。

如果这缙云山下真有实验基地，那必定会有一个入口。我向林家德要来一份地图，并将我的发现与他和盘说出，他并不全信，那么久远的历史与加加林能有何干。

后面几天，我独自穿梭于密林之中去寻找那个入口，从遥看绿色到潜入绿色，两者感受完全不同。可历史仿佛都被这座大山封存起来，那个入口隐匿于绿色密林之中，无处可寻。从山下返回的途中，一条岔路口展现在我眼前，往左走是石板路阶梯，路途更长但却平稳，往右是一条杂草丛生的小路，只要循着矮草的轨迹向上攀爬便能很快到家。我选择往右。

不过十分钟路途，我脚上传来湿润的凉意，有一条小溪顺着山脊流下，一路跋涉流淌过草木，我的鞋被沾湿。不顾危险，我继续往上几步，小路旁的一条沟渠出现在右侧，汩汩流水从山的高处不断往下淌。这本不是什么奇观，直到那个方形竹盘随着流水印入我的视野，它从水渠中滑下来，躺在绵软的湿地上。

这个物件本应漂浮于温泉池中，却兀然出现在这山间小径，不得不令人生疑——温泉池的洞穴口不足以容它通过，那么，连接两处的通道究竟在哪里？

山间的雾气上涌，寒气逼人，我手脚并用地爬上山，以最快速度回到旅店，房间入口满是我鞋留下的水渍，我想这腿伤还未痊愈不能受湿，来不及吃晚饭便下温泉泡浴驱寒。不到半盏茶的时间，身上的寒气从脚底经由上身蒸腾至头顶，打了个冷战过后，寒意和疲乏均已卸去。我身在的这池温泉不过是缙云山的一个毛孔，即使它下面隐藏着巨大的秘密，我还只能躺在这秘密上面，依凭想象在黑暗中摸索它的轮廓。

我闭目观想那张设计图纸上的内容，放到现在也是超越天工的工程，很难想象在当年的技术条件下何以实施。这个科研项目计划将整座山体中间挖空，四方上下均打通，为了架设一个巨大的圆环，圆环中央是一扇门形的装置，造型近似一个发光的黑洞天体，又像是电子天堂的入口，这个仅存在于想象中怪诞奇异的造物，却又在想象里留下了一种美感的残影。

从王翘楚的资料中，我大致弄懂了量子隧穿实验的原理，似乎很简单——经典力学认为，如果量子的能量无法超过位势垒的能量，则量子是无法穿越的。就如同拿小球去撞一座山，一个人去撞一堵墙，这是一个不可能事件。但是在量子力学领域，经典力学是不太可靠的。量子隧穿就是指量子能够概率性地穿过位势垒，尽管位势垒的能量比量子高，它还是有概率穿过去。就好像在墙上打了一个隧道，然后量子从隧道中穿了过去。

在微观世界中，粒子有许多共轭量，比如位置和速度，而在隧穿中，时间和能量也是一对共轭量，它们都符合海森堡的不确定性原理。这就意味着当时间十分小的时候，能量会有巨大的起伏，从而在某些时候能够获得巨大的能量，从而大于位势垒的能量阈值，实现穿越。

好比一颗星星的光芒要无数次奔走，才能穿过无尽遥远的空间抵达我们头顶的黑色夜空。对星星来说，这堵墙是真空宇宙，对加加林来说，这堵墙即是温泉池。

不如做个实验吧，我凭借着冒险家的思路大胆设想，规模不一定那么大，只要原理相通，兴许能得到相应的实验结果。

出浴后，我火速联系父亲在山下的某位神通广大的朋友，拜托他帮我搞来几套高研机器，惊喜的是，还有一位专业的博士生刘凿光前来辅助。我将温泉池当作整个实验场，水作为"墙"，机器搭建在池边，构成一个圆环通道的电子发射器，电信号通穿过水体会得增强放大的效果。在这些半导体器件中，电子需要穿越障碍层以完成电子设备的运行，然后，将一个高能粒子轰击到金属离子表面上，如果它的能量足够高，那么这个电子就有可能穿透金属离子的表面，实现量子隧穿。

这件事我是悄悄进行的，几天时间，温泉池变成一个小型实验基地。我选择了一个新鲜苹果，将其置于圆环中央。

刘凿光博士为此刻兴奋了许久，前后忙碌着，说这是在单位做不了的实验。一切准备就绪，我和他身穿银白色防护服，退于温泉山岩的后侧，他按下启动开关后，嘴里还不停喃喃自语，像等待新生儿出生的父亲。

半分钟后，一阵白光乍现，又如涟漪般散开去，隔了许久我们才走过去查看，苹果不见了，温泉池的水面水像被大风吹起一般来回起伏，其余没有任何改变。

"成功了。"刘博士嗫嚅着，"这么容易吗？"

"苹果去哪儿了？"我急切问道。

他的神情中有一丝喜悦，"有两种可能，第一，物质的结构改变了，变成了另一种存在；第二，通过量子通道进入了另一个地方，而我们并不知道这个通道究竟通向哪里。"

讨论许久，刘博士有些举棋不定，但我坚持还要再做一次。他思忖片刻后说好，还说实验尚待完善，再给他一些时间准备重新开始。匆匆下山前，他叮嘱我这些东西都别动，他明天会再上来做收尾工作。

冒险家跟科学家看世界的角度不完全一致，比起刘博士依赖精准的数据，我更信任的是直觉，直觉告诉我，离答案很近了。苹果消失，跟加加林消失应该是同一种原理，只不过加加林的质量更大，需要的能量更强。

这样的实验结果摆在任何人面前，都会令人产生一种魔法真实存在于生活的错觉，而此刻急需的是用一个科学原理来进行论证。这样想着，我被脑中冒出的思绪牵引回房间，面对桌上堆积如山的资料，我慢慢翻弄，竟鬼使神差般抽出压在最下面的一沓打印书稿。

这不是物理学实验笔记，而是我写的一篇尚未完成的小说，主角一个是冒险家，他经历意外的创伤，受邀来到温泉旅店疗养，可不久后的某一天他突然离奇失踪，父母前来寻找而剧情就卡在这里，我想不出下一步该如何发展。我跟加加林来到这里的经历略有相似，从生活中取材，是小说家赖以生存的方式。为了寻找故事灵感，我扮成冒险家来体验这个人物，一切都变得合情合理。

　　苹果和我存在于一个世界，加加林和他的父母存在于另一个世界——小说中的世界。只不过与林家德的对白有一句我写错了，关于加加林的记忆误差算不上曼德拉效应，那不是集体记忆的错误，是自我意识在现实世界显化的差别。他们愿意相信那时的加加林是什么样子，现实即是什么样子。

　　这仅仅是故事中的一个小小细节，而我对故事灵感的探求，将我引向了更大的秘密——隐匿于缙云山下的那段真实历史。

　　我放下小说稿，离开房间，一个新的念头产生且挥之不去——如果把苹果换成我呢？

　　缙云山下的大型仪器一定还存在，温泉水曾被山体下的线圈磁场扰乱，如同彗星扰乱地球的磁场，能量变化让它本身变成一个容器或者通道，由此，量子隧穿的实验场形成并一直存在着，物质与能量间的转换通道随时都有可能随时打开，而在一定条件下，物质能够变成能量，能量能够变成物质。

　　念头即现实，现实即念头。正如那句禅学经典中的恒言："心如工画师，能画诸世间。"

　　同样的，在冒险家眼里，想象力正是打开魔法的关键，现在看来，魔法是恒久存在的。刘博士一定也会很快知晓这一点。


　　刚入夜，山间的绿色渐被染黑，我脱下防护服慢慢靠近温泉池，池水已经恢复平静，我等不及下浴去扮演那颗苹果。

　　刘博士操作设备的流程我记在心里，全盘复制后，我将所有参数调至最大上限。如果宇宙中存在无形的"场"的话，那么，场与场之间就像是音符与音符，是能够互相影响的，温泉场和缙云山体的场会连接在一起，我坚信。

　　我仰躺在温泉水里，像泡在羊水里一般舒适自由，我定下神来，想象着最新的剧情，加加林之后的去向到底如何，必须要有一个确切的结果。念头即现实，念头中的画面越逼真，显化就越容易。如果我的逻辑成立，那么，世界将按照这些念头成形。

不知过去多久，一阵耀眼的白光从池子中央迸出并如涟漪般散开去，通道打开，念头成形。之后，我像是沉入了水底，身体没有任何感受，从这个通道进入了宇宙或是别的地方。

我决定给故事中的加加林安排不一样的命运走向，让他在迷失之后，顺着一条由我创造的路，来到原来苹果所在的现实世界，他将会平安无事地回到温泉旅店，回到父母身边。而我则变成自己笔下的人物，一个经历创伤来到旅店休养然后在温泉中突然消失的冒险家，代替加加林从那个神秘的温泉通道抵达宇宙中的另一处。

林家的儿子回来了，从山顶回来，他经历了一场梦一般的遭遇，丝毫不记得发生了什么。我，这个冒险家、小说家，与他交换，将永远地沉溺于温泉之中，变成温泉水中的一个气泡，变成宏大宇宙中的一声回响。

小说结局是如下文字：他写完所有故事，搁下笔，沉入温泉底部，很轻易地打开了那条通道，迎接那个命运，他在池底看见了整个宇宙，于是，一并将自己留在了这个故事之中。